河北师范大学人文社会科学
基金资助

伍尔夫短篇小说概观

段艳丽◎著

河北出版传媒集团

花山文艺出版社

河北·石家庄

图书在版编目（CIP）数据

伍尔夫短篇小说概观 / 段艳丽著. -- 石家庄：花山文艺出版社，2022.12
ISBN 978-7-5511-6351-4

Ⅰ.①伍… Ⅱ.①段… Ⅲ.①伍尔夫(Woolf, Virginia 1882-1941)－短篇小说－小说研究 Ⅳ.①I561.074

中国版本图书馆CIP数据核字(2022)第256969号

书　　名：**伍尔夫短篇小说概观**
Wu Erfu Duanpian Xiaoshuo Gaiguan
著　　者：段艳丽
选题策划：郝建国
责任编辑：郝卫国
责任校对：李　伟
美术编辑：王爱芹
出版发行：花山文艺出版社（邮政编码：050061）
（河北省石家庄市友谊北大街330号）
销售热线：0311-88643221/34/48
印　　刷：北京一鑫印务有限责任公司
经　　销：新华书店
开　　本：880毫米×1230毫米　1/32
印　　张：10.25
字　　数：210千字
版　　次：2022年12月第1版
2022年12月第1次印刷
书　　号：ISBN 978-7-5511-6351-4
定　　价：56.00元

序　言

　　短篇小说研究在文学批评中曾一直处于一种边缘化状态。究其原因，与篇幅短小而无法展开宏大背景叙述、塑造丰满人物有关，也与最开始时短篇小说带来的经济效益不高有关。在19世纪中叶之前，长篇小说更受欢迎，英国的报刊更愿意通过连载方式发表长篇小说，因为它们情节曲折、充满悬念，非常吸引读者，出版商可以通过增加销量以获取更大利润。作家们于是也热衷于创作长篇小说，用戏剧性冲突或悬念来吸引读者，获取更多稿费。19世纪下半叶，随着印花税、广告税和纸张税的下调、取消，以及印刷技术的提高和发行方式的改变，英国的报刊呈现出繁荣的景象。由于生活节奏的加快，人们更愿意阅读篇幅较短、一次就能读完的完整故事。短篇小说的需求激增，一些文坛新秀开始通过给杂志写短篇小说赚取稿费而走上文坛。被弗吉尼亚·伍尔夫及布鲁姆斯伯里文艺圈所批评的阿诺德·贝内特年轻的时候创作了一个关于艺术家的模特的故事，投给当时的《点滴》杂志，赢得了一基尼的奖金，自此之后，不断向各类晚报投递短篇故事，逐步蜚声文坛。

　　英国短篇小说市场的兴旺不仅使出版商们获得了可观的经

济效益，而且也对作家的生活水平、创作观念和美学选择产生了积极的影响。第一次世界大战结束后，英国与过去的传统决裂，旧的文学叙述方式似乎不再适合新的故事，最具创新性的短篇小说作家开始出现。在 20 世纪 20 年代，进步期刊如《标准》（*The Criterion*）（1922—1936）、《伦敦水星》（*The London Mercury*）（1919—1939）和《阿德费》（*The Adelphi*）成为短篇小说发展的温床。很多作家都尝试用短篇小说进行艺术创新。1924 年，D. H. 劳伦斯发表了短篇小说《吉米和绝望的女人》、1925 年出版了《骑马离去的女人》、1926 年出版了《墨西哥的早晨》；马塞尔·普鲁斯特的《阿尔伯丁之死》（*The Death of Albertine*）、格特鲁德·斯坦因的《11 月 15 日》分别于 1924 年和 1926 年发表。这些作品充分反映了现代主义文学的创作特点，即可以通过"小事件、大背景"的方法，折射出大时代的某些本质和特征来。短篇作品同样可以描摹人生百态，抒发人的喜怒慨叹，表现常态的和非常态的人生、人情和人心。马尔科姆·布拉德伯里在《现代英国短篇小说集》中说：短篇小说已经成为现代文学表达的主要形式之一——在某种程度上是所有形式中最现代的一种。

玛丽·罗尔伯格（Mary Rahrburger）的《从小说到反小说》一书对欧美小说发展过程进行了梳理，系统地阐述了短篇小说发展的三个阶段及每个阶段的文学特征和写作技巧：第一阶段是 19 世纪，特点是注重情节和冲突，以神秘恐怖、惊险曲折著称。第二阶段是现代阶段，从 19 世纪末到 20 世纪初，短篇小说发生了重大变化。首先内容不再奇特神秘，而是普通和平常；其次淡化情节，注重人物本身；第三阶段是当代，时间是 20 世纪中叶以后，随着女性主义、后结构主义、后殖民理论的兴起，短篇小说写作呈现多元化态势。按照这样的划分，弗吉尼亚·伍尔夫的短篇小说主要处在发展的第二阶段。伍尔夫生前只发表过 18 个短篇小说，大部分是发表在杂志上；生前也只出版了一本短篇小说集：《星期一或星期二》（1921），里面收录了她的 8 个短篇小说，由自家的贺加斯出版社出版。1965 年，Jean Guiguet 将伍尔夫的短篇小说按出版日期分为三组，各有不同特点：1917—1921 年，最具实验性；1927—1929 年，主要围绕达洛维夫人的故事，更关注人物性格；1938—1940 年，传统的现实主义"后期风格"。1985 年，苏珊·迪克（Susan Dick）编辑的《弗吉尼亚·伍尔夫短篇小说全集》（*The Complete Shorter Fiction of Virginia Woolf*），是迄今为止最全的伍尔夫短篇小说集。苏珊·迪克也按照发表或创作日期进行了大致相似的划分：早期故事、1917—1921、1922—1925、1926—1941。

关于伍尔夫的短篇小说研究，早在 2004 年，国外就有两部非常重要的专题研究书籍出版：一部是妮娜·斯科比克（Nena Skrbic）的《自由勃发：读弗吉尼亚·伍尔夫的短篇小说》（*Wild Outbursts of Freedom：Reading Virginia Woolf's Short Fiction*）以及凯瑟琳·班赞尔（Kathryn N. Benzel）和露丝·郝博曼（Ruth Hoberman）编辑的《越界：弗吉尼亚·伍尔夫的短篇小说》（*Trespassing Boundaries：Virginia Woolf's Short Fiction*），但

在国内，尽管有识之士一直在呼吁，还未引起足够重视。

现代主义短篇小说常常聚焦于日常生活，作家们往往把衣食住行、娱乐休闲、男女交往等基本的生活需要和日常活动纳入作品创作之中，将人们的基本生活状态作为叙事中心，努力挖掘人物的内在精神，探求生命本质。法国哲学家亨利·列斐伏尔指出，在启蒙运动以来的西方思想史上，日常生活通常被视为琐屑的、混乱的，它平淡无奇、微不足道，哲学家们往往对此嗤之以鼻，不屑研究。然而，日常生活是各种社会活动和社会关系得以萌生与成长的土壤和滥觞，因为它是一切活动的汇聚处，而社会关系只有在日常生活中才会产生出来，形成每个人存在的社会关系总和。社会的本质依存于日常生活小事，人也是在日常生活小事中被真正塑造出来的。它不只能反映个人习俗、情趣、欲望、心理状态及活动，一样也能反映宏大世界，可以看到社会、政治、文化、道德等方面的现实问题。虽然在列斐伏尔看来，现代文学在描述日常生活时常常进行贬低，但对日常生活的关注这一点上是值得赞许的，进行日常生活研究的意义是在平凡琐屑处看到伟大与丰富。

伍尔夫相信平凡的力量，认为单调、重复的日常生活隐含着深刻的内容，而产生于日常生活并从日常生活中抽离出来的艺术会永恒。日常生活尽管有习惯性、重复性和保守性等特点，但它是动态的，又具有多面性、流动性、含糊性等特征，丰富而矛盾。在《给年轻诗人的一封信》中，她建议说：诗人要注重的是生活在街道、公园和普通时刻的户外世界。因为这些寻常事物、普通时刻非常重要："风飘雨落，路上行人——在我的记忆中，最最平凡的声音和景象都足以把一个人从狂喜的高峰抛入绝望的深渊。"在《简·奥斯汀》一文中，伍尔夫赞扬简·奥斯汀利用平凡的时刻来揭示和探索人物性格，她的小说中"没有悲剧"，只是生活中那些熟悉而平凡的时刻，然而，从这些琐碎、平凡中，人物的谈话突然变得有意义，成为生命中最值得纪念的时刻之一。虽然她写的都是日常生活中琐屑的小事，然而小事中又包含着点儿什么："它在读者心中扩大发展，变成具有永恒形态的生活场景。"有了持久的生命形式，也就具有了"永恒的文学性"。

本书的研究以苏珊·迪克1985年出版的《伍尔夫短篇小说全集》为蓝本，部分译文参考《雅各的房间：闹鬼的屋子及其他》等。在结构上，不是按照作品发表的年代顺序而是以日常生活的不同主题进行编排，在日常生活批判大框架内兼涉跨文化比较、心理学、女性主义、生态文学等理论。英国评论家弗兰克·克默德说："我认为，不论人们在什么时候研究新奇的先锋派作品，这一点是应该记住的，即不考虑某种先前的条件的分裂是毫无意义的。"任何一种思潮刚出现的时候都是以反叛的姿态宣布与先前的决裂、不同，其实，任何一种反叛都是在原先的基础上孕育、产生的，与之有着割舍不断的千丝万缕的联系。所有的文学变革都是在传承的基础上的发展、创新与突破。因此，本书的每一节评论都会介绍与作品相关的背景，将细致的微观文本分析和现实语境相结合。此书并非对伍尔夫45个短篇小说的逐一评述，但几乎囊括所有的短篇小说。有的论文已在期刊发表或收录在以前出版的《双性之维》中，本书就不再收录。全书共分为五章，各章节主要内容如下：

第一章"从边缘走向中心：衣食住行之书写"。衣食住行是人类生存的基本需要，因其与智性无关而在过去的文学研究中被忽略。但在现代主义作家笔下，这些日常行为不仅成为审美客体、意义主体，而且，作为一种艺术手法，它们已然成为文学作品中叙事的一部分，在推动小说情节、人物形象塑造等方面发挥了重要作用。服装、食物既是彰显身份地位的符号，也是个性表达的工具。同时能揭示出现代人在自我认知与社会客观形态、进行身份建构和突破自我阶层的不易。而房屋不只是人生存的物质空间，还是一个丰富的精神世界，这些全部附着在普通物体上，体现在平凡的日常生活中。火车作为现代出行工具，多次出现在伍尔夫小说中，以这个移动的空间为叙述背景，伍尔夫塑造了同《贝纳特先生和布朗太太》中的布朗太太一样的普通小人物。其创作方法突破了传统现实主义创作的窠臼，为现代主义文学创作引领了新的方向。

第二章"绿玉窗前好写书：人与自然"。人类的生存发展离不开自然环境，人与自然的互动是人类探索的永恒主题。伍尔夫小说中的植物、动物种类繁多，意蕴奇崛丰富，构建了独特的自然景观。既有以花朵置换的含蓄方式表达女性欲望的觉醒与肯定，也揭示了人类与动物不平等的深层文化内涵。所有一切都表明，在庞大的生态系统中，生态链上的各物种地位平等，都具有其存在的价值和意义。人类对自然承担道德关怀的责任和义务，在二者所构建的共同体中应共谋和谐发展。

第三章"剖破藩篱：现代交际与自我追寻"。伍尔夫在《达洛维夫人》之后所写的8个短篇小说的场景依然是在达洛维夫人的晚会上，呈现主题—并置叙事模式，它们各自独立，又互相衬托。小人物纷纷登台出场，成为各短篇小说中的男女主人公。人到中年的主人公们在晚会上内心冲突加剧，主体建构异化，陷入了更加孤寂的精神状态，结果与以社交为目的的晚会初衷形成明显悖论。面对现代社会的各种诱惑，朋友会因各自的追求不同而分道扬镳；普通人可以通过日常的实际行动改善周围环境，为生命赋予意义。日常书写在历史研究中自有其重要意义。

第四章"他山之石：艺术借鉴与创新"。主要关注伍尔夫对异域文化、其他艺术种类的思考与借鉴。凡集大成者，无不善于向他人学习。在伍尔夫的短篇小说中，既可以看到她在文学创作中对音乐、美术技巧的借鉴与运用，又可见其对异域文化，尤其是中国传统文化的思考。小说创作呈现多变与复杂性，突出表现在小说的结尾部分。既有遵循传统的直线型叙事模式，强调故事的完整性；也有现代主义的环形结构，结尾衔接开端，循环往复，在重复叙述中层层递进，呈现螺旋上升的历史发展态势，赋予中间过程以秩序和意义，凸显小说作为艺术的整体性；还有后现代主义的开放式结尾，凸显生活的不确定性与多义性，表明身为现代主义作家的伍尔夫向后现代主义文学的初步转向与尝试。

第五章"小说之外：责任担当与后世影响"。这一部分聚焦伍尔夫文学创作之外的现实生活，从另一个侧面看伍尔夫及其所在布鲁姆斯伯里文艺圈的艺术追求与后世影响。作为出版人的伍尔夫夫妇面对当时法西斯主义的盛行，表现出了出版人强烈的文化使命感和责任担当。欧米伽工作坊将艺术引入日常生活及日常生活审美化的双向探索与实践对伍尔夫的文学创作产生了重要影响。正是因为伍尔夫在文学、政治、思想领域的重要贡献，使后世铭感于怀，《伍尔夫漫步21世纪曼哈顿》这部穿越小说就是对她的致敬。

在本书中，那些曾经在文学研究中难挑大梁的食物、衣服、动物、植物、器物等正式进入批评视野，因为作者与作家一样相信平凡的力量，相信精微与浩瀚可相容互通。通过日常生活，可以观察个体在人与自然、人与人、人与自我的关系中如何构建自己，而有创造力的人，能在静谧无风的地方，从最微小的事物中探察深意，于微小之处写出广大推开狭窄的门，可以开启整个世界。

段艳丽

2022 年 10 月

目　录

第一章

从边缘走向中心：衣食住行之书写

第一节　"服装情结"与时尚选择

服装作为一种消费品，虽然不像房屋、家具那样具有历史感，但它所承载的文化信息也足够丰富。它的存在能呈现一个时代的社会风貌，其变迁能反映历史文化的文明进程。从亚当和夏娃偷吃了智慧果，用无花果叶遮羞开始，人类就拥有了漫长的穿衣史。随着人类文明的推进，人们对得体、优雅着装的要求胜过对遮体、保暖的基本需求，而等级社会对女性的衣着要求更高。英国16世纪流行细腰，以伊丽莎白一世为首，贵妇小姐们喜好华丽繁复的衣裙，内穿紧束身衣，绳带拉紧到几乎无法呼吸，要靠女仆的帮忙才能穿上，外面还要再套上好几条裙子，若要外出还须加一件厚重的羊毛披肩和一顶插上羽毛、花朵、丝带及面纱的大帽子。算下来，一个体面的淑女出门会客至少要背负10—30磅重的衣饰。到18世纪的洛可可时期，女人们用鲸骨撑裙，裙摆越来越大，突出细腰丰臀。1851年，穿着男式马裤的利比·米勒夫人去拜访纽约塞内卡瀑布的阿米莉亚·布鲁默家时，遭到众人嘲笑，因为女人着裤装被人们视作对传统的威胁，它会消除性别之间的差异。（有趣的是，这种穿着却被错误地以布鲁默夫人的名字命名，虽然她不停地抗议。）

19世纪末，在男人们都可以骑自行车出行的时候，女性面临一个很现实的问题，争论的焦点不是"妇女该不该骑自行车"？而是："她们穿着长裙，身材娇弱，如何骑?"深受穿衣之苦的女性，着手打破这华丽的枷锁，从人为罗织的樊笼中开始了解放身体的征程。1883年，一位金夫人在"理性着装协会"（Rational Dress Society）的旗帜下，开始了反对穿长裙骑自行车的运动。一战之后，女性服装开始有了明显变化，出现了一些时尚的"不羁女孩"（flapper girl），她们短发，穿轻盈的衣裙，戴长串珍珠项链（如电影《了不起的盖茨比》中黛西的穿着）。在弗吉尼亚·伍尔夫的长篇小说《岁月》中，埃利诺在"当前"一章中所穿的印第安斗篷也反映了20世纪30年代一些独身女性的地位变化：她们可以自由行动、旅行、穿一些活动更自由的衣服。在伍尔夫生命的最后几个月，她记录下了穿着丈夫的旧棕色裤子的舒适和方便。1940年11月，她在给朋友埃塞尔·史密斯的信中发誓："我要给自己买一条灯芯绒裤子。"作为伍尔夫同时代人的时尚教母可可·香奈尔设计的服装简洁，去掉了多余的装饰性的繁复的蕾丝，女人们可以随意活动，获得了极大的解放。她说："我给了女人们一种自由的感觉；我把她们的身体归还给她们。"随着女性越来越多地进入公共领域，女性的着装也越来越舒适、简洁。而今，女性能够穿着T恤和短裤上街，甚至在T恤上张扬地写着"I am a feminist"（我是女性主义者）公开自己的主张，捍卫自己的权利，不能不说是一个巨大的进步。

一、伍尔夫的"服装情结"

将弗吉尼亚·伍尔夫与服装联系起来，似乎有些牵强。首先，虽然在艺术创作里，通过描述穿着、服饰搭配等来塑造人物是作家们惯用的手法，但因为现代主义作家重精神、轻物质，强调内在心理变化、忽视外部客观描述的创作主张，让人们想当然地认为现代主义作家不重视外在衣着描写。其实，伍尔夫对于人物衣着的描写在其作品中比比皆是，塑造了不同人物的不同性格特点，反映人物所处的不同的社会地位、经济水平、性别差异等。它们或雍容华贵，如《达洛维夫人》中的达洛维夫人和《到灯塔去》中的拉姆齐夫人晚宴上的华服及昂贵配饰，突出她们的高贵典雅；或滑稽可笑，如短篇小说《公爵夫人和珠宝商》中，对公爵夫人衣着的夸张描述突出了她那种虚张声势的可笑；或单一古板，在《存在时刻》中，音乐教师克雷小姐的衣着"与其说她穿着衣服，还不如说她裹在套子里，就像甲虫紧紧地包在自己的壳里一样，冬天是一身蓝，夏天是一身绿"。寥寥几句就把女教师的古板、孤苦描述了出来；或变化多端，在《奥兰多》中，奥兰多性别、身份的变换也都是先从衣服的变化开始。瓦克·普洛克博士甚至指出："衣服，在伍尔夫的小说里，是一种特定张力的视觉指标。"

其次，在现实生活中，伍尔夫不是一个讲究穿着之人，并且有很多资料都显示伍尔夫的衣品不好。其密友维塔·韦斯特第一次见到她时，就认为她穿得"非常糟糕"。她的丈夫伦纳德的侄子塞西尔·伍尔夫回忆在僧侣舍见到她时，"她的头发灰白而纤细，她的衣服又长又黑又邋遢；在乡下，她的袜子可能会有一两个大洞，她还穿了一件很难看的长雨衣。"因为穿着不当，伍尔夫经常被嘲笑，她自己曾回忆起年轻时穿好礼服准备与哥哥赴宴前的一个场景：

> 大约在1900年冬天的一个晚上，我穿着绿色的礼裙走下楼梯；虽然有点儿不安，但一件新衣服会让即使是不善于穿新衣的人也会有些激动、高兴……（乔治）立刻盯着我，就像他经常检查我们的衣服那样，格外仔细。他上下打量了我一会儿，就好像我是一匹被带进竞技场的马。接着，他的眼睛里出现了阴沉的神色……这是一种道德上的、社交上的、不赞成的表情，仿佛他嗅到了某种叛逆的气息，嗅到了对他所接受的标准的蔑视……他最后说："去，把它撕了。"他的声音古怪地尖酸、刺耳、乖戾，愤怒的男性的声音……

这件事极大地伤害了生性敏感的伍尔夫的自尊心，导致的直接结果就是："我不穿新衣服……免得别人笑话我。"1926年6月30日的这则日记非常生动地描述了她因穿戴不当受到朋友们当众奚落的难堪场面，她形容自己"因克莱夫嘲笑我的新帽子而陷入黑色绝望"：

> 今天是6月的最后一天，我一直处在绝望中，因为克莱夫（贝尔）嘲笑我的新帽子……当时客人们都来了，我

们正围坐着聊天，突然克莱夫说道，或不如说是大声喊道："你戴了一顶多么奇怪的帽子！"然后他问我在哪里买的。我假装神秘，试图岔开话题，但不成。他们就想把我逮住，就像逮兔子一样；我从来没感到过如此丢人……之后我被迫继续聊天，好像什么也没发生过一样；但这真的很勉强、很不舒服、很丢人。所以我使劲儿说使劲儿笑。邓肯，用惯常的一本正经的、刻薄的口吻告诉我说："戴着那样一顶帽子什么事也干不了。"

在这些场合中，伍尔夫表面上看起来满不在乎，实际上内心受到极大伤害。她一度对自己丧失信心，不敢、不愿尝试新衣服："与衣服有关的一切——试穿，穿着新衣服走进房间——仍然让我害怕；至少让我感到害羞、难为情、不舒服。"这也让她出门访友的时候顾虑重重："我有自己的服装情结。当别人约我出门的时候，我的第一反应就是：我没有衣服可穿。"

伍尔夫所生活的时期正是英国文化和社会发生转折的重大时期，人们的着装风格也发生着相应的变化。在她还是个孩子的时候，就知道穿着一层又一层笨重而不舒服的衣服是多么折磨人。青年时期她也无意成为当时流行的"吉布森女孩"（Gibson Girl）①，

---

① 漫画家查理·丹·吉布森（Charlie Dana Gibson）以妻子艾琳及其朋友们为原型，塑造了"进步时代"的新女性楷模——"吉布森女郎"：身材曲线玲珑，有着丰满的胸部、臀部和纤细的蜂腰，气质自信，姿态优雅。她们热衷于政治，富于商业头脑和魄力，充满活力。"吉布森女郎"成为美国20世纪初女郎们的象征。此风潮从美国延伸到欧洲，引起了广泛的追捧和模仿。

她喜欢无拘无束的着装，与画家姐姐文妮莎都喜欢波西米亚风格。文妮莎不修边幅，因为画画身上还不时会沾上颜料，但从未为此感到过难堪。相比较姐姐对服装的不在乎与自信，伍尔夫是害羞的、敏感的、自卑的。

不可否认，伍尔夫对服装的恐惧还源于对社交的恐惧。她不喜欢那些要求穿着正式服装参加的正式晚宴，宾客们在推杯换盏的表象下掩盖的虚假人生。她在 21 岁的时候写道：

> ……我知道当穿上它们（漂亮衣服）的时候，我要投身于某种社交礼仪——我要被迫谈论地板、天气和其他无聊的东西，那些我穿睡衣时认为的陈词滥调。一件漂亮的衣服会让你看起来假模假式……准备好接受那呈现在舞厅里的虚假的人生……

1902 年，弗吉尼亚·伍尔夫 20 岁时拍摄过一张照片，由摄影师乔治·贝雷斯福德塑造成一位正在沉思的爱德华时代女性的形象。白色连衣裙上精致的褶边和花边似乎与优雅、端庄的姿态和若有所思的侧身凝视一致，然而娴静的背后是她的叛逆。就在同一年，为了把她介绍给伦敦上流社会，同母异父的哥哥乔治·达克沃斯陪她参加了一个盛大的家庭聚会。在向女主人道晚安时，伍尔夫的小匣子掉在了地板上，里面一些非常私人的物品在众人面前一览无余。她逃到出租车上，沉默不语。到家后，她冲到客厅，把小匣子扔在乔治的脸上，发泄愤怒。伍尔夫将自己对衣服的种种感受写在短篇小说《新连衣裙》里，鲍德温说，《新连衣裙》可能是伍尔夫的晚会小说中最接近自传的了。

二、连衣裙的外在能指及符号意义

《新连衣裙》是伍尔夫在完成《达洛维夫人》后开始创作的 8 个短篇小说中的第一篇。小说描述了女主人公梅布尔接到邀请，穿着新连衣裙去参加上流社会达洛维夫人的晚宴的情形。自从收到达洛维夫人的邀请信，梅布尔最关心的就是穿什么去晚会。这跟伍尔夫本人很像，也是大多数女性的自然心理。从消费社会学的角度来看，为晚会购买、缝制新衣这样的一种消费"是一种社会地位的生产活动"。但由于经济拮据，梅布尔买不起贵妇人穿的衣裙，无法赶时髦，"时髦意味着款式，意味着格调，意味着至少三十基尼的价钱"。没有钱，但又不想显得太寒酸，只好退而求其次，自己设计，让裁缝来缝。与高档时尚的达洛维夫人的穿着相比，穿着小裁缝做的衣服在晚会上本身就是经济拮据的表现。此外，梅布尔没有意识到：服装的独特若无权利和经济加持，就会受到嘲弄。本来，处于社会较低阶层的梅布尔去参加这种奢华筵席原本就有些怯懦，希望能够通过一件新衣服来掩盖这种不自信。但事与愿违，从她一出现在晚会开始，自信就远离了她："她拥进屋子，仿佛四面八方，万箭齐发，向她的黄连衣裙射来。"西美尔指出："当一个个体受到某个社会圈子的注意，而此种注意的方式让这个个体觉得不怎么恰当时，羞耻感就随即产生。因此内向和弱小的人特别容易有羞耻感。"梅布尔看到镜中的自己，"顿时，那种她总是竭力掩饰的悲哀、那种深沉的不满——那种她从孩提时就有的低人一等的感觉——涌上心头，无情，无悔，带着一种她难以招架的激烈"，觉得自己"像个寒酸、衰弱而脏得一塌糊涂的老苍蝇"。在香衣云鬓的晚会上，梅布尔内心一直充满着自责、不安和自卑的情绪。梅布尔的这种感觉，同她在米兰小姐的裁缝店试衣服时的感觉形成鲜明对比：在裁缝的格子间，她刚穿上连衣裙时，光彩照人，觉得自己真是个大美人，因为在她所处的这个阶层或是更低于她的阶层，她是漂亮的、自信的，尽管"小工作间，闷得要死，脏得够呛，有股子衣服和炖白菜的味道"。相比达洛维夫人的豪华晚宴，裁缝的工作间更温馨，更充满人情味，她也更自在。两个空间的切换不仅是物理空间的对比，更是心理空间、政治空间的延展。在她现实中所属的社会阶层中她是心安的，甚至有点儿高高在上；但在她渴望进入的社会阶层中，她是自卑的，找不到自己的位置。现象学家保罗·谢尔德（Paul Schilder）说："身体形象主要是社会的，我们自己的身体形象从来不是孤立的，而总是同他人的形象相伴。"这话同样也适用于身体的延伸物——服装。晚会上，与梅布尔相对应的是罗斯·肖及达洛维夫人，她们明显不属于同一阶层，如果说她把自己比作是苍蝇，后二者则是蜻蜓、蝴蝶，生来就身披彩装，光彩夺目。盖里悌（Jane Garrity）在分析D. H. 劳伦斯的《恋爱中的女人》时指出："现代主义作家用物质物体……诸如衣服或时尚服饰来构成人物之间的主体间性。"伍尔夫对此也早有洞察,认为服装就像一个外壳:"人们躲在外壳后面,这种外壳把他们连在一起,又把他们同像我这样的人隔离了开来,真是一个陌生的群体。"在《新连衣裙》中,尽管都是来参加晚会的客人,但梅布尔与罗斯·肖之间的地位显然是不平等的,后者高高在上,虽然不置一词,但给梅布尔造成无形压力,甚至激起她内心深处暗暗的恨意。在伍尔夫的长篇小说《岁月》中,前来参加聚会的凯蒂就因自己的穿着而难以与表姐埃利诺发展和谐亲密的关系,因为埃利诺觉得跟她比起来自己"太寒酸和邋遢"。

服饰作为一种商品,在消费社会中,早已远离了它保暖御寒遮体的使用功能,而成为一种社会身份符号和区分标记。甚至早在 1336 年,英国就规定:年收入不少于 100 英镑的贵族、教士和骑士才可以穿裘皮大衣;而 1363 年的《限制奢侈消费法》(*The English Sumptuary Law*)规定,只有最高等级的贵族才可以穿细羊毛织物、细亚麻布和丝绸。因此,穿着不是率性而为,总是与人们的地位、身份相关,人们也乐意通过外表来彰显自己的权势或地位。在伍尔夫的代表作《到灯塔去》中,拉姆齐夫人在晚餐前仔细挑选与服装相配的珠宝,有评论家就指出,拉姆齐夫人对服装和珠宝的重视说明,她不只是想成为最美丽的女人,而且也想不动声色地告示众人:她是富有的。在晚会这样的奢侈性消费场合,其消费方式"主要有利于融合上流社会的人际关系……具有广告效用。周围人对这种奢侈消费看在眼里，记在心上。所谓的豪华宴会只不过是富人们相互表演的示范性剧场。"在伍尔夫的短篇小说《邦德大街上的达洛维夫人》中，"她（达洛维夫人）的老威廉叔叔过去常说，凭鞋和手套就可以判断一个女人是不是贵妇"。甚至包括穿戴方式和颜色都能判断出一个人的富裕程度："选择一副手套——应该是到肘部还是再上面一点，是柠檬色还是浅灰色？"不同阶层的人穿着不同，是人们约定俗成的观念。在《服装与身体：弗吉尼亚·伍尔夫和凯瑟琳·曼斯菲尔德的女性痛苦主题》一文中，雷切尔·霍姆斯将伍尔夫的《新连衣裙》（1924）与凯瑟琳·曼斯菲尔德的《新衣服》（1912）进行了比较，集中讨论了女主人公们将衣服作为"社会和家庭的替代"的象征。在伍尔夫的长篇小说《雅各之室》中，说到桑德拉"一位时髦的女士总是带着多套衣服旅行，如果白色适合早上，那么沙黄色带紫色圆点的衣服，一顶黑色的帽子，一本巴尔扎克的书就适合晚上"。与此相对照的是来去匆匆的画室模特范妮·埃尔默，"帽子上的红色羽毛已经耷拉下来，手袋上的搭扣也松了……"总是为谋生赶场的女性，不要说一天换几套衣服，纵使一套衣服最后都难保持齐整，累得无暇顾及形象。所以，时尚基本上只是属于有钱有闲阶层，他们制定了不同的场合不同的穿衣规则，晚会作为时尚的重要场所，自有其严格的着装规范（dress code）。"时尚是既定模式的模仿，它满足了社会调适的需要；……但同时，它又满足了对差异性、变化、个性化的要求。"上流社会通过高额消费提高阶层门槛，凸显自身优势，而中下阶层则试图通过对前者的模仿而创造出高于自身实际阶层的"地位假象"。然而，假象终究是假象，时尚的本性就决定了它不是大众能够承受，而是大众仰慕的产品。穿着不好就意味着经济条件不好，在社会上不成功，即使别人不说，自己也会自卑。不只女性如此，男性也同样。伍尔夫的另一部短篇小说《热爱同类的人》中那个气鼓鼓的、谁也不认识的普里克特·埃利斯便是典型。他出身贫穷，衣着寒酸，"穿着劣质礼服，使他显得邋里邋遢、无足轻重、生硬笨拙"。他在一群达官贵人中间与梅布尔一样自卑。尽管很多论者指出，男性时尚比女性时尚更强调实用主义，对此，伍尔夫似乎不能苟同。她在《三个基尼》中指出，男性贵族所穿的制服样式繁复，色彩辉煌，装饰绚丽。讽刺的是，披着红袍，搭着貂皮披肩的大法官却倡导热爱衣服的女性"必须注意勤俭节约"。所以，伍尔夫感叹道："多高的社会特权会导致对自己服饰的特异之处视而不见？"因此，服饰作为显示身份及社会地位的一种外在能指，普遍存在于社会各阶层及两性之间。

三、制服诱惑与时尚选择

梅布尔设计服装参照的是她去世母亲留下来的那本旧的《时尚》（Vogue）杂志，也就是说，新连衣裙其实是旧式样，这就更与时髦不沾边。时尚研究专家威尔森（Elizabeth Wilson）说："时尚就是服装，其主要特征就是样式要快速、不停地变化。时尚……从某种意义上来说，就是变化。"梅布尔照着旧时装书的式样缝制衣服，一方面说明她对时尚不了解，另一方面也潜意识地反映了她对过去旧时光的怀念。从时装书可以推测，梅布尔的母亲所属的社会阶层并不低，她能够有时间关注时尚；梅布尔能被达洛维夫人所邀请，也说明她跟这个阶层有联系；此外，从她阅读莎士比亚、司各特等人的文学作品来看，说明她还是受过良好的教育，其家族曾经辉煌过、富裕过，只是如今家道中落。这点倒与现实中的作家相似，弗吉尼亚·伍尔夫本人也喜欢穿上一代的衣服，有照片为证。在发表《新连衣裙》的前一年，1924 年 5 月，伍尔夫的照片出现在《时尚》杂志的"名誉殿堂"（The Hall of Fame）特刊上。照片中，她穿着母亲的维多利亚时代服装，华丽、典雅，然而，当时她的母亲已经去世将近 30 年了。中国女作家张爱玲也偏爱古旧款衣服，她自己设计了许多清朝样式的服装。这些都不经意间流露出了女作家们潜意识中对过去文明的怀恋与固守。伍尔夫同时代的另一位女作家伊丽莎白·鲍温曾在跟服饰设计历史学家坎宁顿（Willett Cunnington）就其《十九世纪的英国妇女服装》的采访中说："服装……从来不是一个简单的美学问题；里面包含着太多个人情感。"就梅布尔来说，她如此看重这个晚会，是想回归自己曾经所属的阶层，渴望被更高阶层所接纳。小说伊始，梅布尔刚到晚会上解开了披风，到最后离开晚会时再次披上，这件旧披风她已经披了二十年了，除了再次佐证了她经济上的拮据外，还说明一切都没有改变。梅布尔的衣着，从自己设计的老式的新连衣裙到旧披风，自始至终都离不开一个"旧"字。

服饰是社会地位的外显，也是外在的自我。"衣着无处不在的特性似乎指出了这一事实：衣着或饰物是将身体社会化并赋予其意义与身份的一种手段。"穿衣之道一定程度上透露了穿衣人的人生哲学，张爱玲说："衣服是一种语言，是表达人生的一种袖珍戏剧。"在她的《红玫瑰与白玫瑰》里，王娇蕊所穿的随意性感的着装与孟烟鹂整齐单调的素色装束就形成了鲜明对比。人穿衣服，衣服反映人。梅布尔自己设计的衣服最能反映她的心理：既不想让别人看出她经济窘迫，又能彰显自己的与众不同。"何不自成一家风骨"（英语原文是 Why not be original? Why not be herself, anyhow? 直译为："为何不原创？为何不做她自己呢？"）这句话是她的内心独白，有骄傲、自信、挑战在里面。她不想从众，不想为潮流所左右。但正如西美尔所言："如果摩登是对社会样板的模仿，那么，有意地不摩登实际上也表示着一种相似的模仿，只不过以相反的姿势出现，但依然证明了使我们以积极或消极的方式依赖于它的社会潮流的力量。"此外，实事求是地讲，引领时尚对于能力较差、信心不足的人来说，有时确实是一种精神上的补偿，可以消弭阶级差异。然而，梅布尔没有"成一家风骨"所需的强大的经济支撑，又远离时尚与上流社会久矣，她本希望通过衣服这一物品与其所代表的符号获得上流社会的认同，按照自己的想法打算出奇制胜却最终招致失败。表面上是她在晚会上的失败，实际上象征着她重返上流社会理想的幻灭。梅布尔想象中的自我形象与她的实际形象的巨大差别标志着她无法跨越的两个阶层的鸿沟。在小说的最后，梅布尔想象自己会穿上一套制服，再也不用费神考虑着装。制服首先意味着特权，如警服、军服等，暗示了梅布尔的潜藏欲望；其次，制服的一大特点是抹杀差异，可以让自己隐匿于众人之中，不为他人瞩目，消除自身特性，使人为的阶层划分消弭不见。在玛格丽特·阿特伍德《使女的故事》中，女主人公和其他侍女们穿着统一的、长及脚踝的裙子，她们是行动的子宫，存在的目的明确而单一：传宗接代。对《新连衣裙》中的梅布尔来说，穿上制服就意味着看不出她与达洛维夫人等的阶级差异和贫富不均，不会让她自惭形秽。其实，这也只是梅布尔的美好的愿望。她所向往的制服依然有等级区别：

> 每一颗纽扣、蝴蝶结和饰带似乎都有某种象征意义。有的人只有权镶扁平的纽扣，有的人可以配蝴蝶结，有的人可以戴一条饰带，有的人可以戴三条、四条、五条或六条。而且每一个圈或饰带之间缝制的距离都有严格的规定……

服装所显示的地位差异无所不在，无一不凸显着穿衣人的社会、经济地位和职业特权，遁无所遁。

与其笔下的主人公梅布尔相比，作家伍尔夫因经济独立而有底气，凭着个人能力不但可以养活自己，而且还养活他人。在1929年4月的一篇日记中，她写道："有7个人要靠我这只写字的手，这很值得骄傲……这不是乱写乱画，它给7个人提供吃和住。"此外,小说中提到的《时尚》杂志一定程度上也提升了她的衣品。《时尚》创刊于 1892 年,是美国出版发行的一本综合性时尚生活类杂志,被奉为世界的 Fashion Bible(时尚圣典)。1916 年该杂志在英国创刊,多萝西·托德曾任该期刊编辑,她既是时尚的仲裁者,又是现代主义的捍卫者。她在杂志上积极介绍现代主义作家和艺术家们,把它从一份普通的时尚杂志变成了时尚与现代艺术运动的指南。盖里悌(Garrity)浏览了从 1916 年到 1941 年(弗吉尼亚·伍尔夫去世的那一年)间《时尚》的所有的期刊后发现,在 20 世纪 20 年代,该杂志是一种迷人的文化混合体,将有关时尚、家政和化妆品的文章与现在人们称之为"高雅"的大量文化资料并列在一起,特别是该杂志很敬重布鲁姆斯伯里文艺圈,在《时尚》的推动下,布鲁姆斯伯里的生活也成为大众所艳羡和效仿的对象。

除了在 1924 年被《时尚》提名进入"荣誉殿堂"外,伍尔夫在 1924 年至 1926 年间,为《时尚》杂志写了五篇文章。与这些时尚专业人士的交往,确实提高了伍尔夫的服装品位,满足了她的着装需求。她虚心向托德和玛琪·加兰(Madge Garland)等时尚编辑请教穿衣问题,对加兰帮她买的衣服和外套非常满意。在和托德一起去买衣服的一个月后,伍尔夫把和维塔的一个晚上的见面描述为"非常光鲜和轻松"。而以前伍尔夫非常羡慕维塔的着装,欣赏她穿着衣服时的从容和自信。现在,她自己也拥有了这些,可见衣服品位的提升给她带来了自信与愉悦。伍尔夫说:"下次我有写作的冲动时,一定要记得写我的衣服。我对服装的热爱深深吸引着我，只是这不是爱，我必须要弄明白它到底是什么。"伍尔夫与托德和加兰的交往过程是一个动态的相互学习、互相提升的过程，其中当然有苦恼、有争执，但是，如同普洛克所指出的那样："这一时期的女作家将时尚首先看作是生产主体间性的重要中介——痛苦与欢乐并存的动态的社交过程。"

科朋（J. S. Koppen）评论说，伍尔夫的作品对于现代人对衣服的迷恋提供了特别复杂、特别全面的角度。她将对时尚的思考写进文学作品，发挥了更深层次的意义。得体的服装对作家弗吉尼亚·伍尔夫和她所塑造的人物梅布尔·韦林有着本质区别。对于伍尔夫来说，一个美貌的女作家，如果兼具时尚，会穿衣打扮，则锦上添花，会激起大众更多的仰慕。但对于梅布尔来说，时尚的服装宛若救命稻草，是进入上流社会的机会和阶梯。反过来说，无论伍尔夫穿着有多么不得体，那始终是中上阶层的不得体。即便在这次晚会上大放异彩，也不一定就能敲开上流社会的大门，因为，作为"地位性商品"的衣服，当被下层人僭越了的时候，为了重新建立起原来的社会距离，较上阶层的人又会开始寻找新的地位性商品代表自己的品位与财富，下层人又开始新的追逐，形成一种"犬兔"追逐式的游戏。下层人们会将时间、精力花费在无穷无尽的追逐中而迷失自己。当女性表现自我、追求个性的满足在别的领域无法实现时，时尚好像是阀门为之找到了实现这种满足的出口。但是，当各种具体化的冲动在别的领域获得了满足时，也就不需要通过时尚来发挥个性并获得与众不同的特征了。正如伍尔夫自己，其作品的创新促进了英国文学乃至世界文学的重要变革，她在意识流、女性主义等方面所取得的成就不但为当时人们所称赞，也为后世所敬仰，当她对服装不再那么敏感、介意后，其穿着打扮反倒成了后来年轻人喜爱和效仿的对象，她的照片被印在杯子、摆件、酒瓶、背包等物品上，成为一时之风尚。

参考文献

[1] Baldwin, D. R. Virginia Woolf: A Study of the Short Fiction[M]. Boston: Twayne, 1989.

[2] Bowen, Elizabeth. Collected Impressions[M]. London: Longmans, 1950.

[3] Cardon, Lauren S. Fashion and Fiction: Self-Transformation, Twentieth Century American Literature[M]. Charlottesville: University of Virginia Press, 2016.

[4] De La Haye, Amy and Shelley Tobin. Chanel: The Couturiere at Work [M]. London: Victoria and Albert Museum, 2001.

[5] Garrity, Jane. Selling Culture to the "Civilized": Bloomsbury, British Vogue, and the Marketing of National Identity[J]. Modernism/modernity. 1999 (4): 29 −48.

[6] Garrity, Jane. Sartorial Modernity: Fashion, Gender, and Sexuality in Modernism, A Companion to British Literature Volume IV: Victorian and Twentieth-Century Literature 1837 −2000[C]. Robert DeMaria, Jr, Hee-sok Chang and Samantha Zacher eds. Oxford: Blackwell, 2014: 260 −79.

[7] Holmes, Rachael. Clothing and the Body: Motifs of Female Distress Virginia Woolf and Katherine Mansfield[J]. Virginia Woolf Bulletin. 2000(3): 9 −14.

[8] Koppen, J. S. Virginia Woolf: Fashion and Literary Modernity[M]. Edinburgh: Edinburgh University Press Ltd. , 2009.

[9] Plock, Vike Martina. Modernism, Fashion and Interwar Women Writers [M]. Edinburgh: Edinburgh University Press, 2017.

[10] Ritchie, A. King of the Road[M]. London: Wildwood House Ltd. , 1975.

[11] Schrimper, Michael R. The Eye, the Mind & the Spirit: Why "the look of things" Held a "great power" Over Virginia Woolf[J]. Journal of Modern Literature, 2018(Vol. 42, No. 1 Fall): 32 −48.

[12] Simmel, Georg. On Individuality and Social Forms[M]. Donald N. Levine ed. Chicago: University of Chicago Press, 1971.

[13] Wilson, Elizabeth. Adorned in Dreams: Fashion and Modernity[M]. London: I. B. Tauris, 2005.

[14] Woolf, Cecil. Virginia and Leonard, as I Remember Them[A]. Virginia Woolf and the Natural World[C]. Kristin Czarnecki, Carrie Rohman eds. Liverpool University Press, 2011: 35 −41.

[15] Woolf, Virginia. The Diary of Virginia Woolf III[M]. Anne Oliver Bell and Andrew McNeillie eds. New York and London: Harcourt Brace Jovanovich, 1980.

[16] Woolf, Virginia. The Diary of Virginia Woolf IV[M]. Anne Oliver Bell and Andrew McNeillie eds. New York and London: Harcourt Brace Jovanovich, 1983.

[17] Woolf, Virginia. A Sketch of the Past[A]. Moments of Being: Unpublished Autobiographical Writings[M]. Jeanne Schulkind ed. New York: Harcourt Brace Jovanovich, 1976.

[18] Woolf, Virginia. The Complete Shorter Fiction of Virginia Woolf[M]. Susan Dick ed. New York: Harcourt Brace Jovanovich Publishers, 1985.

[19] Woolf, Virginia. The Years[M]. New York: Vintage, 1992.

[20]Woolf, Virginia. A Passionate Apprentice：The Early Journals, 1897 － 1909[M]. Mitchell A. Leaska ed. London：Pimlico, 2004.

[21]Woolf, Virginia. The Letters of Virginia Woolf VI[M]. Nigel Nicolson and Joanne Trautmann eds. London：Hogarth Press, 1994.

[22] 埃尔潘，尼古拉. 消费社会学 [M]. 孙沛东，译. 北京：社会科学文献出版社，2005.

[23] 恩特维斯特，乔安妮. 时髦的身体 ——时尚、衣着和现代社会理论 [M]. 郜元宝，译. 桂林：广西师范大学出版社，2005.

[24] 费瑟斯通，迈克. 消费文化与后现代主义 [M]. 刘精明，译. 南京：译林出版社，2000.

[25] 特纳，布莱恩. 身体问题：社会理论的新近发展 [A]. 后身体文化、权力和生命政治学 [C]. 汪民安，陈永国，编. 长春：吉林人民出版社，2003.

[26] 伍尔芙，弗吉尼亚. 伍尔芙随笔全集 III [M]. 王义国，译. 北京：中国社会科学出版社，2001.

[27] 吴尔夫，弗吉尼亚. 雅各的房间：闹鬼的屋子及其他 [M]. 蒲隆，译. 北京：人民文学出版社，2003.

[28] 西美尔，齐奥尔格. 时尚的哲学 [M]. 费勇，译. 广州：花城出版社，2017.

[29] 张爱玲. 流言 [M]. 北京：北京十月文艺出版社，2006.

第二节　"厌食症"患者的美食叙述

　　吃是动物为维持自身机体生存的一种本能行为，食物更是满足人类生理的第一需要，在日常生活中的重要性毋庸置疑。中国唐代道书《四气摄声图》中的序文说："饮食之愚过于声色。声色可以绝之逾年，饮食不可废之一日，为益不少，为患亦多。"西方希腊神话中关于男女恋爱有不少浪漫的传说，似乎爱情大过一切，然而，福柯在一次采访中却说："……食物对于古希腊人才是第一重要的，人们的兴趣从食物到性的转变，是一个非常缓慢的过程……在基督教早期，食物的重要性依然大于性。例如，在那些为僧侣制定的戒律中，问题一直就是：食物、食物、食物。"在基督教中，人类最初的犯罪甚至都是从食物开始的：夏娃与亚当吃了智慧树上的智慧果，由此形成了人类原罪说；而耶稣与门徒们的最后一次相聚也是在餐桌旁，达·芬奇举世瞩目的《最后的晚餐》生动地刻画了这一场景。因此，无论在现实生活中、人们的想象中、各民族的神话传说或宗教讲述、艺术作品中，食物的影子无处不在，承担着非常重要的叙述功能。

一、文学食物书写研究概述

在文学作品中，作家会通过描写食物以达到某些叙述目的。雷恩（Lane）研究简·奥斯丁作品中的用餐，发现作家经常通过描写吃来突出人物特点，并且，"所有贪吃的都是男人，所有（几乎）无食欲的都是女人"。从中可以一窥乔治时代英国的社会风情及对男女的不同要求。Gregory Castle 在其所写的《为何而吃：詹姆斯·乔伊斯小说中的食物与功能》（*What Is Eating For? Food and Function in James Joyce's Fiction*）中指出：

> 从萨克雷的《名利场》里中产阶级异国情调的咖喱晚餐到查尔斯·狄更斯的《雾都孤儿》中施舍给贫困儿童的粥中，19 世纪小说家们使用食物及其消费，就像运用其他大多数物品一样，是为了强化真实，从而证实社会秩序所建立的差异。

如果说现实主义作家是通过食物来强调社会的不平等，到了现代主义作家这里，则是把它与现代主义的诸多方面结合起来，将其作为叙事、情节、对话的不可或缺的一部分，开始进行大写特写。詹姆斯·乔伊斯在《尤利西斯》中详细地描写了主人公布鲁姆津津有味地享用动物内脏的情形；在普鲁斯特的笔下，食物成了衔接记忆的中介，一块玛德琳小蛋糕引起的回忆成就了《追忆似水流年》这部皇皇巨著；海明威的短篇小说

《一个干净明亮的地方》（*A Clean, Well-Lighted Place*）（1933）的对话从始至终是在一个小酒馆里。作家们甚至直接用与食物有关的词语做标题，如华莱士·史蒂文斯的《冰激凌皇帝》（*The Emperor of Ice Cream*）（1922）、卡夫卡的《饥饿的艺术家》（*A Hunger Artist*）（1924）、约瑟芬·劳伦斯的《如果我有四个苹果》（*If I Have Four Apples*）（1935）以及莫言的《红高粱》、苏童的《米》①等。布里奥尼·兰德尔（Bryony Randall）研究了现代主义文学中的"日常生活"之后，认为文学中对食物等日常事物的描写并不寻常，指出在小说中重视食物本身就是一个很大的进步。

　　但奇怪的是，西方从康德到阿多诺，都把食物排除在美学"纯粹的艺术"之外。康德的《判断力批判》（*Critique of Judgement*）中虽然反复提到食物，从加那利酒到美味的菜肴等，它们"令人愉悦"，但却不属于美学范畴；黑格尔认为艺术是欲望的对立面，不认为饮食与美学相关；叔本华认为人们对于饥饿的哭喊、食物的期盼、主动进食的习性等只是原始欲望，让人充满痛苦，解决痛苦的办法是投身艺术。这与马斯洛的需求层次论有些相似：人的需求越是低级，越与动物相似。哲学家们

---

① 杰出的跨文化研究者瑞姬娜·加尼尔（Regenia Gagnier）教授在评论苏童的《米》时指出，除了作品赤裸裸地描述主人公对食物的病态迷恋外，"米"被赋予了多层意义："在这部小说中，大米是食物，大米是酒，是可以喝的醋，还可以用来洗澡（从梅毒的折磨中缓解一下），大米是可以睡觉的床，可以在上面睡女人。大米可以用来填塞妻子们和妓女们的阴道，是反抗令人窒息的杀人武器，是绞杀孩子的工具，大米赋予人名字（米生），是财富的源泉。"

认为吃是动物最基本的欲望，而思想、审美是更高一层的人的活动，他们更注重灵性、精神方面的发展与培养，而吃显然与人的智性活动无关；贪吃，也与高尚的道德相违背。所以，学者们都不屑于关注吃。伍尔夫的《到灯塔去》中，老学究查尔斯·塔斯莱认为吃是女人的错，抱怨说："她们什么也不干，光是说、说、说，吃、吃、吃。这全是女人的错。女人利用她们所有的'魅力'和愚蠢，把文明给搞得不成样子。"英语里面有句俗语说：We eat to live, not live to eat.（吃是为了活着，而活着不是为了吃。）因此，作家们即便在描述食物的时候，也并非关注的是食物本身，而是与它相关的形而上的理念、观点等。例如，Robert Appelbaum 在提到查尔斯·狄更斯的《伟大前程》的时候就指出，皮普在郝微香小姐家看到的那块已经放置多年、结满了蛛网的结婚蛋糕的时候，是"一个形而上的表征（a metaphysical index），这个图景怪异地将生与死，营养与腐烂，时间与空间并置在一起"，其象征意义大于现实意义。难怪在《一间自己的房间》中，弗吉尼亚·伍尔夫指出："一个奇怪的事实是，小说家总有办法让我们相信，午餐聚会总是因为说了一句非常机智的话或做了一件非常明智的事而令人难忘。可是他们对所吃的东西却几乎只字不提。"人类学家西德尼·明茨说：

　　食物和饮食为我们提供了一个很好的舞台，在这个舞台上，我们可以观察人类如何给一项基本活动赋予社会意义——实际上，这个意义如此之大，以至于这种活动本身几乎可以被视而不见。

这也许可以解释为什么文学研究中的饮食文化一直被忽略。Darra Goldstein 回忆在 20 世纪 70 年代中期想要以研究俄罗斯文学中的食物为博士论文的时候，教授们"惊呆了"（They were aghast）：

> 我怎么能考虑写像食物这样琐碎的东西呢？我怎么能指望别人认真对待我，指望我得到一份学术工作呢？他们不愿意支持这样一个研究题目，并暗示我：提出这个话题并不严肃。但"不严肃"到底是什么意思？肤浅的、不重要的、女性的、家庭里的、可能会引起分歧、很可能得不到斯坦福大学的博士学位？

可喜的是，后来越来越多的评论家认识到了饮食在文学中的重要作用，其研究在 21 世纪蓬勃发展，涌现出一大批优秀的文学评论书籍，从不同的视角探讨文学中的饮食。如用人类学的方法分析文学作品中所反映的不同民族、种族饮食：安德鲁·瓦恩斯（Andrew Warnes）的《战胜饥饿了吗？20 世纪美国黑人文学中的食物与抵抗》（*Hunger Overcome? Food and Resistance in Twentieth Century African American Literature*），青山知子（Tomoko Aoyama）的《日本现代文学中的食物》（*Reading Food in Modern Japanese Literature*），Catherine Keyser 的《人工色彩：

现代食品与种族小说》（*Artificial Color*：*Modern Food and Racial Fictions*）等。从历史文化学的角度解读文学与饮食的关系，如 *Michel Delville* 的《食物、诗歌与消费美学：吃的前卫》（*Food, Poetry, and the Aesthetics of Consumption*：*Eating the Avant-Garde*），Marion Gymnich 和 Norbert Lennartz 编辑的《饮食的乐趣与恐怖：英语文学中的饮食文化史》（*The Pleasures and Horrors of Eating*：*The Cultural History of Eating in Anglophone Literature*）等。一些论文集也如雨后春笋，如 Ken Albala 编辑的《国际食物研究手册》（*Routledge International Handbook of Food Studies*），总结了对食物的研究方法，将对食物的研究分列四个部分：社会科学（Social Science）、人文（Humanities）、跨学科食物研究（Interdisciplinary food studies）、食物研究专题（Special topics in food studies）等；2014 年，J. Michelle Coghlan 编辑出版了《品味现代主义》（*Tasting Modernism*）巧妙地探索了"现代主义烹饪的壮观本质……从最广泛的意义上重新思考现代主义饮食写作"；2018 年，Gitanjali G. Shahani 编辑的《食物与文学》（*Food and Literature*）探讨了文学中研究食物的起源、发展，并为未来的研究工作提出切实可行的建议，是最早以食物和文学为主题和方法的研究论文集之一；2019 年，一本题为《现代主义和食品研究：政治、美学和先锋派》（*Modernism and Food Studies*：*Politics, Aesthetics, and the Avant-Garde*）的论文集由 Jessica Martell、Adam Fajardo 和 Philip Keel Geheber 编辑出版，在十七个章节中涵盖了众多现代主义作家，如奥斯卡·王尔德，凯瑟琳·曼斯菲尔德，

欧内斯特·海明威，詹姆斯·乔伊斯，兰斯顿·休斯，以及艺术家、画家和电影制片人等，从烹饪食谱、食物配给、美学及和民族性等各个不同角度研究艺术家们的作品中所涉猎的饮食文化；在《二十世纪文学中的饮食哲学》（*Eating Otherwise：The Philosophy of Food in Twentieth-Century Literature*）（2017）中，Maria Christou 引进了一个术语"饮食批评"（gastrocriticism），专门指文学批评中的食物研究（the study of food in literary criticism）①。Derek Gladwin 指出："食物批评将不再停留在边缘，被认为平淡无奇、缺乏美学或形式上的多样性；在文学和文化研究的诸多领域，食物作为一种重要的媒介继续得到扩展。"

二、"厌食症"患者的口欲之乐

除了 Harriet Blodgett 的《弗吉尼亚·伍尔夫小说中的美食思考》（*Food for Thought in Virginia Woolf's Novels*）和 Janine Utell 的《伍尔夫的〈海浪〉中的饭与哀》两篇文章外，关于伍尔夫作品中饮食的评论并不多。这一方面也许与人们对现代主义者的看法有关，认为作家们只重精神不重物质，不屑于描述具体的食物；另一方面也与伍尔夫的厌食症有关。一个厌食症患者当然对食物不感兴趣，关于这方面的介绍及评述已有很多，不

① Darra Goldstein 在 Gitanjali G. Shahani 编辑的《食物与文学》中的"Afterword"一文里，讲述了为这一研究领域命名的过程：考虑过使用"gastronomy"这一源于希腊语词根的词，但觉得太过精英化、形而上学；后来不得已选用了非常接地气的盎格鲁-撒克逊的词"food study"。但本文依然选用 gastrocriticism，以区别于一般的食物研究。

再赘述。露易丝·迪沙佛（Louise DeSalvo）将伍尔夫的饮食失调归因于童年时母亲对她的忽视和青少年时期同母异父哥哥杰拉尔德·达克沃斯对她的骚扰，因为当时她看到了放在窗台上的盘子里的食物。所以，后来，"一看到一盘食物必定让她恶心，激起她那种厌恶感和耻辱感"。而她生病期间被强制喂食也使她更加厌恶食物。伍尔夫的丈夫伦纳德·伍尔夫遵照医嘱，让妻子吃饱喝足，休息不动，以为这样能让妻子的病情缓解。但他可能没有意识到，他和医生劝她多吃可能正是造成问题的一部分原因，而不是解决问题的办法。伍尔夫拒绝进食和对看护者的暴力行为，是对其自由受到威胁的回应。这在加拿大女作家玛格丽特·阿特伍德的第一部长篇小说《可以吃的女人》中可以得到印证。在这篇小说里，现代知识女性玛丽安订婚后食欲渐减，直至最终无法进食，玛丽安精神上的无形压力通过其食欲表现出来："彼得和我的相处似乎让我恐惧，导致了高档的餐厅变成了血淋淋的屠宰场，我似乎也成了被屠宰的牛。"在他们的关系中，彼得始终处于优势与主导地位，种种的困难与不适使玛丽安的精神慢慢崩溃，无法进食。同样，伍尔夫对伦纳德的反抗就是拒绝进食，这是自己唯一可以选择和控制的行为。食物成为对强权反抗与不服从的工具，厌食，不吃，成为作家自我毁灭的手段，试图以摧毁物质上的自我来保全精神上的自我。

另外，让伍尔夫极其厌恶的是饕餮之徒。英国人注重餐桌礼仪，认为美食与好的风度紧密相连。伍尔夫深谙这一点，她说："你可以说人们是杀人犯，但你不能说他们吃得像猪一样。这就是智慧。"她记录了在第一次世界大战食物配给期间，在苏塞克斯的一家餐馆吃午饭的情景（一周前，她因为吃了不新鲜的肉而病倒）："我们在瓦尔提尔斯吃午饭，在那儿能看到人性的最深处；看到肉尚未被塑造成人类的形状——无论是吃、喝的行为，还是在餐馆吃午饭的人都让人丢脸，当然，一个人很难面对自己的人性。"伍尔夫还曾描述过一个在餐厅里"像秃鹫一样狼吞虎咽的老太太"。多少年后又描写过在布莱顿用餐的两名女性，语言刻薄：

> 一个又胖又时髦的女人……在吃一个油腻的蛋糕。她的同伴衣衫褴褛，也在大口填塞……那个胖女人有一张难看的又大又白的松饼脸，另一个脸色像是被烤过。她们吃了又吃……她们身上有某种可疑的、劣质的、寄生的东西。然后她们合力吃蛋糕……哪里来的钱来喂这些肥胖的白蛞蝓？

其中的厌恶之情一目了然。艾丽·格伦尼（Allie Glenny）对伍尔夫的厌食进行了研究，认为人们夸大了她的厌食症。其实，正常情况下，现实生活中的伍尔夫是非常热爱美食的，和她书中的许多角色一样，享受美食所带来的感官享受。在和密友维塔·韦斯特一起旅行时，在写给伦纳德的五封信中有四封都描述了当地美食。在她前去拜访南·哈德逊和埃塞尔·桑德斯（Nan Hudson and Ethel Sands）的时候，主人热情款待，她写信给维塔："哦，人间珍馐！我对自己说，我会发胖，维塔就不喜欢我了，但我还是吃了又吃。"她又告诉 T. S. 艾略特："单为了那顿饭，我愿意出卖我的灵魂两次。"T. S. 艾略特与她在此方面有共鸣，也承认会从饮食中获得极大的快乐。在 1943 年 1月给多萝西·理查森的信中，他说："那些认为口欲之乐只是暂时享受的人是无趣的，我对于许多年前吃过的饭的记忆仍感到实实在在的满意。"

在艰难岁月里，伍尔夫更体会到了食物的重要性。第一次世界大战期间，战时物资短缺和定量配给使得人们很难享受到美食。糖果，尤其是巧克力很难买到。玛丽·哈钦森因能带来"大量的巧克力、蛋糕和糖果"而在伍尔夫的日记和信件中屡被提及，并受到热烈赞扬。当时，无论在国外还是国内，她都买不到足够的鹅肝酱，后来维塔送了一些给她，她异常高兴，连用好几个比喻来表达她的快乐："我几乎把整个派都吃掉了！……它像牛蒡叶一样新鲜，像蘑菇一样粉红，像初恋一样纯洁。"之前维塔曾送给她一些蘑菇，她夸张地说，"我告诉过你我对天堂的看法吗？……到处都是蘑菇！"对伍尔夫来说，品尝美食不仅仅是感官享受，还有治愈功能。1941 年 1 月，在目睹了伦敦被轰炸的惨状后，她感到"耻辱又毁灭。所以我到布斯扎德，几乎是第一次，我决定大吃大喝一顿。火鸡和煎饼，多么丰富，多么坚实"。吃，是许多人解决心情烦躁、抵抗心情抑郁的一种手段，尤其当人们感到彷徨无助的时候，往往会通过往胃里填塞过度的食物来抵御这种无力感，通过"吃"这种行为获得存在感、实在感，以缓解压力。在《海浪》里伍尔夫借由奈维尔之口说：

> 当我吃东西的时候，我就逐渐忘记了我究竟有什么独特的地方。我渐渐地变得被食物所压倒，这些美味的、能大口吃的烤鸭，配着各式各样适宜的蔬菜，络绎不绝地散发着暖和、瓷实、甘甜、辛辣的美妙滋味，经过我的嘴巴，咽入我的喉咙，装进我的肚皮，使我浑身上下舒适安逸。我感到平静、庄重、克制。心中一切都显得牢靠实在。

现实生活中的伍尔夫不是一位十指不沾阳春水、高高在上、只是惦记写作的女性，也会洗手做羹汤，并且对做饭兴致盎然。在没有雇用厨师之前，在菲尔的小塔兰德屋，伍尔夫对自己能够合理安排做饭程序而得意。她向克莱夫·贝尔（Clive Bell）炫耀说："如果一个人足够聪明，能在早餐后开始准备土豆，那么准备一顿饭10分钟就可以了。"1914年，她去听了烹饪课，并向珍妮特·凯斯（Janet Case）描述了"具有伟大文化和有教养的女士们……来提高他们对宴会汤的认识。我因把结婚戒指丢进了板油布丁而出名，这真的很有趣"。她喜欢烘焙，面包烤得很好，甚至教厨师烤面包技巧。在《海浪》中，伍尔夫详细描写了苏珊制作面包的过程：

我走到食品柜跟前，拿出几袋滋润可口的无核葡萄干；我把沉甸甸的面粉袋提起来放在擦得干干净净的厨房桌子上。我又是揉，又是拽，又是拉，我把两只手插进暖乎乎的面团里面。我让冷水呈扇形从我的手指间流过……面包上蒙着干净的毛巾，像一座平坦的圆屋顶似的鼓起来。

　　这未必不是伍尔夫本人的亲身经历。传统上，女性一直承担着为家人准备食物的任务，女作家也不例外，很多女作家像伍尔夫一样热爱烹饪，如中国的虹影、加拿大的阿特伍德等，而法国的玛格丽特·杜拉斯则把烹饪比作写作。1980 年，在一次采访时，杜拉斯说："你想知道我为什么做饭吗？因为我喜欢……（厨房）是与写作之地最矛盾的地方，然而，人在做饭时也会发现同样的孤独、同样的创造力……"其实写书的过程与做饭的过程堪有一比，都是从生活中提取原料，经过一定的制作过程，呈现成品：做饭是以粮食或蔬菜为原料，在经过择、洗、切或添加水、奶、揉、醒发等之后，经过蒸、煮、煎、炸，成为美味的点心或菜肴；而写作，是从现实生活中汲取材料，添加想象、经过思考、通过删减，用文字加工表达出来。

　　科技与工具的发展将女作家从家务琐事、做饭中部分地解放了出来，使劳动量大大缩减。早在 19 世纪后期，泡打粉、快速酵母、速成蛋糕粉等产品的大量出现，简化了烹饪的时间和过程；到 20 世纪 30 年代，各种加工食品大量出现，更是极大地缩短了人们做饭的时间。伍尔夫家的厨房在 1929 年引进了现代化的燃油炉，在1931年买了冰箱。伍尔夫对此非常高兴，因为它们把她的私人生活从仆人的侵扰中解放了出来，也一度缓解了"用人难的问题"（在第一次世界大战开始的时候，许多劳动妇女离开私人家庭去寻求政府部门或工厂里的工作，因为这样的工作社会地位更高，活动也更自由，中产阶级开始出现"无佣家庭"）。正是厨房用具的技术化、现代化，使得战后的中产阶级家庭可以不需要雇用用人，自己动手。伍尔夫在给维塔·韦斯特的信中写道："我生活中只有一种热情——烹饪。我刚买了一个很好的燃油炉。我什么都能做。我可以永远摆脱厨娘了。我今天做了小牛排和蛋糕。我向你保证，这比写这些愚蠢的书要好得多。"她告诉埃塞尔·史密斯："家里没有女佣也很快乐，我不介意用一个小时来烹饪——实际上它是一种镇静剂。"她也骄傲自己的厨艺："我告诉过你我现在可以做美味、丰富、可口的蔬菜汤了吗？今晚我们吃奶油焗通心粉。"这真的是体现了列斐伏尔所说的"让日常生活变成一件艺术作品！让每一种技术方式都用来改变日常生活"。

由于与食物有着更直接的联系，女作家们出于切身经验，了解食物的重要性，赋予食物，以及与食物有关的东西以更多的内涵。伍尔夫说："一顿好的晚餐对于一场好的谈话至关重要。如果一个人晚饭吃不好，就不能很好地思考，不能好好地去爱，不能好好睡觉。"（这句话甚至后来被印在了一家咖啡馆的杯子上）在《达洛维夫人》中，即使是愤世嫉俗的家庭女教师吉尔曼，虽然过不上达洛维夫人那样奢华的生活，也买不起漂亮的衣服，但是唯一令她慰藉的是食物："食物是她活着的全部理由。她的安慰，她的晚餐，她的茶。"伍尔夫的短篇小说中也多次出现食物的场景。在《闹鬼的屋子》里，楼顶上的苹果成为一对鬼夫妻追寻往日幸福时光的见证；在《墙上的斑点》和《一个社团》中，叙述者的遐想、聊天是在喝完茶之后进行的；在《会猎》中，饭后小酌是安东尼娅与老拉什利姐妹俩压抑生活的唯一的调剂；在《星期一或星期二》中，雾蒙蒙的天气，丁格米小姐穿着裘皮大衣在桌边一边品茶一边看书，就是这平凡的一幕，可以看到其生活的富足与惬意，这是普通的一天，而美好的生活就是由这一个一个普普通通的日子所构成。斯蒂芬·特朗布利（Stephen Trombley）在他的伍尔夫传记中说，食物和吃在伍尔夫的小说中"扮演着重要的结构和主题角色"。

三、豪华晚宴与小餐厅

伍尔夫凭借敏锐的观察力，用食物这门语言生动有趣地描述了周围的世界。她在日记里常用食物喻人，例如，某某像"弗林特商店里的一只火腿""一个塞得非常完美的冷禽"。她将 E. M. 福斯特比作"一只苍白冰冷的鸡"，将戴斯蒙德·麦卡锡比作"我们所有人中烤得最熟、火候最好……在慢火中卤汁最浓郁"，她自己就像"老鼠中间的一块饼干"。此外，她还用食物来比作书籍或文章：书籍变得陈旧，"就像一块被切开留下的奶酪，第一片总是最好的"，或比作"一块发霉的李子蛋糕，上面覆有粉红色的蝇卵一样的糖"。她写信给休·沃波尔，说他的书"比弗吉尼亚火腿还要好"。她将思想比作煎蛋，而"词语就像煮熟的鸡蛋"。经常出现在伍尔夫作品中的食物包罗万象，有肉类：牛羊肉，培根；蔬菜类：青菜，卷心菜、洋葱等常见品种；鱼类和鸡蛋；主食：面包、蛋糕、馅饼、烧饼等；各种水果；饮料：牛奶、果汁，茶、咖啡；干果：杏脯、葡萄干等；其他：果冻、果酱等。洋洋大观，几乎涵盖食物的所有类别。

无论是在现实生活中还是文学作品中，人们经济财富的差异导致食物选择有所不同。B. S. 朗特里（B. S. Rowntree）经过对英国约克市工人家庭的调查，根据营养学所需要的热量，为低收入家庭开出的每日菜单里肉类和蔬菜含量少："早餐饮用麦片粥和炼乳。午餐吃面包和乳酪。晚餐喝蔬菜汤，吃面包、乳酪和丸子。夜宵可以吃面包和麦片粥。"相比较穷人以果腹为主的餐食，中、上流社会的菜品更丰富，注重营养搭配，大多喜欢讲究、精致的法国菜。在《到灯塔去》中，厨娘玛尔达花3天时间准备的小牛肉用的就是法国菜谱。20世纪30年代，维生素和微量元素的发现让人们再次关注新鲜蔬菜和水果。《雅各之室》中雅各导师家的午餐主菜就是薄荷酱烹制羊肉，配以卷心菜和水果馅饼。烤肉在伍尔夫的作品中出现的频率较高（她的父亲就非常喜欢烤小羊排），本来对于穷人来说烤肉是奢侈品，但是，19世纪之后，英国越来越多地进口牛肉和羊肉，肉作为日常饮食的重要组成部分的观念越来越受到工薪阶层和中产阶级肉食者的欢迎。

不只是食物的选择，用餐地点也与人们的经济状况和所属阶层息息相关。法国美食家萨瓦兰（Brillat-Savarin）经常被引用的那句话："告诉我你吃什么：我就知道你是什么样的人。"（Tell me what you eat：I will tell you what you are.）说明了食物与人的性格特点及社会阶层之间的关系。这句话也可以换一个词：Tell me where you eat：I will tell you what you are.（告诉我你在哪里吃饭，我就能看出你是什么样的人。）就餐场所一样能反映出人们的经济地位和社会身份。当人们坐在一起，彼此分享食物的时候，就结成了暂时的小团体，是一种身份确认，一种关系建构。许多评论家认为，在《到灯塔去》中的晚宴上，人们在诗情画意中暂时放下了分歧，有了一种归属感和亲密感，在流动不居的现代生活中获得了暂时的稳定感。但在《弗吉尼亚·伍尔夫与家庭晚宴》（A Woolf at the Table：Virginia Woolf and the Domestic Dinner Party）一文中，劳伦·里奇持相反的观点，她认为，伍尔夫长篇小说中的晚餐往往是令人惊讶的疏离、分裂和不团结的场所，在那里，人物更倾向于相互攻击而不是相互交流。其实这在伍尔夫的短篇小说中体现得更为明显：《新连衣裙》中梅布尔在晚会上更多的是尴尬与不安；在《拉平与拉平诺娃》中，新婚夫妇下楼吃饭，新娘拉平诺娃与大家庭格格不入，她坚持的自我不停地消解，最终化为乌有；《聚与散》中，规避于室内一角的安宁小姐和塞尔先生虽然有过短暂的精神上的交流与契合，最后还是以分手而告终；《总结》中萨莎·莱瑟姆虽然高大漂亮，仪态万方，但只有她自己知道"……她在晚会上不得不说点儿什么时会有极不适当、笨嘴拙舌的感觉"，觉得只有来到花园里，远离屋内餐桌才更自在；在《热爱同类的人》中，奥基夫小姐命令陌生的普里克特·艾利斯给她拿冰激凌，于是，冰激凌作为一个中介和衔接物将两个人衔接在一起。但这一命令在后者的心中激起的更多的是不满与怒火，他们彼此说话刻薄，充满挑衅。他们对阶级差异、等级悬殊的社会现状都很愤怒但无能为力。一个因同情弱者而内心痛苦，另一个因得到穷人回赠的礼物而扬扬自得。两个都自称是"热爱同类的人"，然而，无论在言语上还是内心深处都毫无交集，他们"彼此憎恨，又都憎恨那满屋子的人"。黛安·麦克吉在评论凯瑟琳·曼斯菲尔德的短篇小说时，说："用餐和对食物的态度总体上与现代困境和现代主义主题——无家可归、无所寄托、疏离和孤立——联系在一起。"此评语也同样适用于伍尔夫的短篇小说。邀请客人一起进餐，其出发点是为了沟通、联络感情，创造彼此交流、增进理解的场合与机会，然而结果反倒让大家更加感到疏离与孤独，有悖邀请者与被邀请者的初衷。

　　除了中产阶级和上流社会的豪华晚宴之外，伍尔夫作品中经常提及的还有一些小餐馆。随着工业的发展，工薪阶层的大量出现，城市中的小餐馆数量增多。与豪华晚宴注重用餐环境，餐桌布置讲究，餐具精致高档、菜品丰富重营养、人们着装正式等相比，小餐馆更注重的是便捷，一般规模不大，装潢不甚讲究，餐具简单，菜品一般，人们着装随意，主要为普通上班的人提供简便的午餐或晚餐，同时也提供放松休憩的交流场所。在《雅各之室》中，忙碌了一天的人们可以"在城里一家市区酒店烟雾腾腾的角落里，吃吃牛排和腰子布丁，喝喝酒，或者玩一局多米诺骨牌，哄骗自己，从而忘掉眼前的麻烦"。小职员在餐馆里吃快餐，"肉味儿就像一张湿腻腻的网笼罩在四周"。《海浪》中一直有着自卑感的路易斯曾去的小餐馆，"摆放着一盘盘小面包和一盘盘火腿三明治……散发着一股牛肉和羊肉、香肠和马铃薯泥散发出来的油腻腻、潮乎乎的气味……"他在这里怡然自得，似乎比在豪华晚宴上更能找到归属感。伍尔夫后期的短篇小说《在水边》（*The Watering Place*）中，码头边上的小餐馆里弥漫着一股鱼腥味，鱼的消费量大说明餐馆生意兴隆。三个女顾客上完厕所后在卫生间一边补妆一边愉快地聊天。她们都是中下阶层的妇女，不算特别贫穷，手头的钱可以允许她们在外面小小奢侈一把，但也仅仅限于码头餐厅这样的小餐馆。女人们在这里家长里短，聊到刚回来的英俊的伯特，大胆谈论他的蓝眼睛、白牙齿和他的坏笑等，无所顾忌，餐馆是她们逃离日复一日单调、乏味日常生活的一个休憩场所，它不是生活的必需，但却是这些妇女们解闷、与朋友沟通，甚至是内心深处浪漫情怀的释放之所，是这些中下层妇女安于生活，快乐知足不可或缺的重要之地，它与奢华无关，自带温暖。小餐馆与晚宴承担的功能不同：前者主要为果腹，或是人们劳累一天之后的放松，后者主要是交际，携有不同的目的和欲望；前者随意自在，而后者正式、有规矩；前者丰简由人，就餐随意，顾客平等，后者饭菜奢华，主宾分明，讲究礼仪客套，常常按照职位高低或尊卑排位。这些不同体现着社会阶层的自动划分，上流社会人士很少到小餐馆用餐，而工人阶级也鲜有机会参加上流社会的晚宴。

斯堡丁（Frances Spalding）在为伍尔夫的姐姐文妮莎·贝尔所写的传记中提到，当文妮莎和邓肯·格兰特在德国作画的时候，不喜欢德国，不喜欢的原因都是些在人们眼里的琐事，以饮食为主。"没过几天，她对德国的厌恶情绪又一次压倒了她。她不喜欢的并不是那些人，因为在她的印象里，这些人都很善良，很会自娱自乐，但食物却索然无味……"邓肯也有同感。对他来说，饮食不好是对文明的严重威胁。饮食能影响到人们对一个国家、民族的感官印象，甚至能上升到判断其文明发展的程度，其作用不可小觑。"食物问题"（food problem）对于人类来说一直存在，大到全球范围内的食物供给及多次发生的食物危机，小至日常生活中的一菜一蔬。它不但与人的生存、情感状态息息相关，还是标识个体所属阶层、性别及身份认同的符码，在一定程度上也是自我建构或自我毁灭的工具，是探索文化差异、时代变迁及人性变化等方面的大题目。文学作品中的饮食既是物质的，也是象征的。罗兰·巴特从符号学的角度谈起食物，也认为"它不仅仅是一些产品……同时也是一套交流系统，一组形象，一种关于惯例、情景和行为的礼仪"。弗吉尼亚·伍尔夫作为一位有才华的作家，在进行文学创作的时候没有止于日常经验的客观描述，而是从审美的角度去赋予食物以更多的内涵，反映现代社会中人们不同的生活形态及精神样貌，其饮食研究在文学批评中值得重视。

参考文献

[1] Appelbaum, Robert. Existential Disgust and the Food of the Philosopher [A]. Food and Literature[C]. Gitanjali G. Shahani ed. Cambridge: Cambridge University Press, 2018:130 −143.

[2] Barthes, Roland. Toward a Psychosociology of Contemporary Food Consumption[A]. Food and Culture: A Reader[C]. Carole Counihan and Penny Van Esterik ed. New York: Routledge, 2008.

[3] Brillat-Savarin, Anthelme. The Physiology of Taste; or, Meditations on Transcendental Gastronomy[M]. M. F. K. Fisher trans. New York: Heritage Press,1949.

[4] Castle, Gregory. What Is Eating For? Food and Function in James Joyce's Fiction[A]. Gastro-modernism: Food, Literature, Culture [C]. Derek Gladwin ed. Liverpool: Liverpool University Press, 2019: 35 −52.

[5] Christou, Maria. Eating Otherwise: The Philosophy of Food in Twentieth-Century Literature[M]. Cambridge: Cambridge University Press, 2017.

[6] Coghlan, J. Michelle. Tasting Modernism: An Introduction[J]. Resilience: A Journal of the Environmental Humanities, 2014 (2.1): 1−9.

[7] DeSalvo, Louise. Virginia Woolf: Th Impact of Childhood Sexual Abuse on Her Life and Work[M]. Boston: Beacon Press, 1989.

[8] Duras, Marguerite. La Cuisine de Marguerite[M]. Jean Mascolo ed. Paris: Benoît Jacob, 2016.

[9] Eliot, T. S. The Poems of T. S. Eliot, vol. 1[M]. Baltimore: Johns Hopkins University Press, 2015.

[10] Gladwin, Derek. Introducing Le Menu Consuming Modernist Food Studies [A]. Gastro-modernism: Food, Literature, Culture [C]. Derek Gladwin ed. Liverpool: Liverpool University Press, 2019: 1 −18.

[11] Glenny, Allie. Ravenous Identity: Eating and Eating distress in the Life and Work of Virginia Woolf[M]. New York: St. Martin's Press, 1999.

[12] Goldstein, Darra. Afterword [A]. Food and Literature [C]. Gitanjali G. Shahani ed. Cambridge: Cambridge University Press, 2018: 353 −363.

[13] Lane, Maggie. Jane Austen and Food[M]. London: Hambledon, 1995.

[14] Lefebvre,Henri. Everyday Life in the Modern World[M]. translated by Sacha Rabinovitch, New Brunswick and London: Transaction Publishers, 1994.

[15] McGee, Diane E. Writing the Meal: Dinner in the Fiction of Early Twentieth Century Women Writers[M]. Toronto: University of Toronto Press, 2002.

[16] Mintz, Sidney. Tasting Food, Tasting Freedom: Excursions into Eating, Power, and the Past[M]. Boston: Beacon Press, 1997.

[17] Rich, Lauren. A Woolf at the Table: Virginia Woolf and the Domestic Dinner Party[A]. Gastro-modernism: Food, Literature, Culture[C]. Derek Gladwin ed. Liverpool: Liverpool University Press, 2019: 53 −65.

[18] Spalding, Frances. Vanessa Bell [M]. London:Papermac, 1984.

[19] Trombley, Stephen. All that Summer She Was Mad: Virginia Woolf, Female Victim of Male Medicine[M]. New York: Continuum, 1981.

[20] Woolf, Virginia. A Room of One's Own [M]. London: Hogarth Press, 1929.

[21] Woolf, Virginia. Mrs. Dalloway[M]. London: Grafton, 1976.

[22] Woolf, Virginia. The Diary of Virginia Woolf Vols. 1 − 5 [M]. Anne Olivier Bell and Andrew McNeillie eds. New York and London: Harcourt Brace Jovanovich, 1977 −1984.

[23] Woolf, Virginia. The Letters of Virginia Woolf Vols. 1 −6[M]. Nigel Ni-

colson and Joanne Trautmann eds. New York：Harcourt，1975 −82.

［24］Woolf, Virginia. To The Lighthouse［M］. Oxford：Oxford University Press，1992.

［25］阿特伍德，玛格丽特. 可以吃的女人［M］. 刘凯芳，译. 南京：南京大学出版社，2008.

［26］埃尔潘，尼古拉. 消费社会学［M］. 孙沛东，译. 北京：社会科学文献出版社，2005.

［27］福柯，米歇尔. 自我技术//福柯文选 III［M］. 汪安民，编. 北京：北京大学出版社，2016.

［28］伍尔夫，弗吉尼亚. 海浪［M］. 曹元勇，译. 上海：上海译文出版社，2000.

［29］吴尔夫，弗吉尼亚. 雅各的房间：闹鬼的屋子及其他［M］. 蒲隆，译. 北京：人民文学出版社，2003.

第三节 找寻心中的亮光

房子是弗吉尼亚·伍尔夫作品中反复出现的意象，在她的作品中具有重要意义。她的一些作品就直接以房子做标题，如被认为是女性主义宣言的《一间自己的屋子》、长篇小说《雅各之室》等。此外，一些小说中出现的房子以现实为蓝本，如《到灯塔去》的房子实际上描写的就是作家小时候父母租住的圣·艾夫斯岛的别墅小屋；而《岁月》最开头的住处也与伍尔夫父母所居住的海德公园门那个典型的维多利亚住宅相似。在伍尔夫不到 60 年的岁月里，曾数次搬家。她在伦敦搬过几次，也在不同的乡间村舍住过，这些都曾不同程度地出现在她的作品中。与父亲死后搬到的布鲁姆斯伯里，以及后来长时间地住在乡下的僧侣舍相比，伍尔夫住在艾什姆的时间并不长，只有六七年的时间（她于 1912 年租下艾什姆房，到 1919 年 9 月搬离），但这个奇特的房子给伍尔夫留下了深刻印象。当地人说，这个房子闹鬼，地窖里埋有宝藏。《闹鬼的屋子》（1921）就是以此屋为背景，讲述了一对鬼夫妻旧地重游的故事。

一、鬼故事：现成的叙述装备

文学中鬼故事的讲述由来已久，早在乔叟的《坎特伯雷故事集》中的《女修道士的故事》中就有鬼魂出现在生者的梦中，让后者为她报仇。文艺复兴时期，莎士比亚的《哈姆雷特》中父亲的鬼魂在夜间出现，让王子惊异、痛苦，并知晓真相。18—19世纪，以安·拉德克里夫作品为代表的哥特小说的流行，使关于鬼故事的创作达到了高潮。在作家笔下，"鬼"大多出没于残破的古堡或破旧的房屋中，情景描述常常令人毛骨悚然，而情节又曲折惊悚，作家的目的是以此映照人物复杂幽暗的内心世界。在维多利亚时期，查尔斯·狄更斯创作的《圣诞颂歌》（1843）、《着魔的人》［The Haunted Man，与伍尔夫《闹鬼的屋子》（The Haunted House）仅一字之差］等里面就有鬼魂出没；艾米莉·勃朗特的《呼啸山庄》中，小说刚开始，凯瑟琳的鬼魂就在窗外呼喊着、尖叫着要进入房间。19世纪六七十年代出现了一批比较有名的写鬼故事的女作家，如艾米利亚·爱德华、罗斯·马尔赫德兰、布莱登夫人、瑞尔德夫人等，其中最有影响力的是玛格丽特·奥利芬特，其《敞开的门》《围城》和《鬼魂世界的小朝圣者》等深受读者的喜爱，而唯美主义的代表作家奥斯卡·王尔德的《坎特维尔城堡的幽灵》（1887）已然成为经典。到了现代，亨利·詹姆斯的《螺丝在拧紧》中的鬼魂身影总是在吸引读者一探究竟；当代J. K. 罗琳风靡全球的《哈利·波特》更是创造了一个与鬼魂搏斗的魔法世界。鬼魂的传说与讲述表明了人们对超自然的兴趣，对未知世界的好奇及恐惧。杰克·沙利文指出，传统的鬼故事可能是现代主义文学强调非理性和莫名体验的一个范例：

鬼故事……在劳伦斯、乔伊斯、康拉德、哈代和伍尔夫的主要小说中有明确的趋势，表现为对黑暗和非理性的迷恋，对意识和知觉的非正统状态的关注，对启示录和混乱的投射，更重要的是对永恒的"时刻"和"幻象"（vision）的关注……英国鬼故事为这些主题提供了一个打理好的、现成的装备。

弗吉尼亚·伍尔夫一直对鬼故事感兴趣。在 1897 年 1 月的一篇日记中，她记载了晚上在火炉边听鬼故事的情形："那里很冷，不舒服……喝茶后，我们讲鬼故事。"1910 年，她邀请好友维奥莱特·迪金森来周五俱乐部"听海伦·沃罗尔（Helen Verrall）读一篇关于鬼魂的文章。他们发现了一些有关灵魂的东西，我们应该了解一下"。1928 年伍尔夫同雷蒙德·毛狄莫（Raymond Mortimer）聊天，聊"鬼魂，意识，小说，没怎么谈人"。伍尔夫也熟读鬼故事。有证据表明她在 1903 年读了爱伦·坡的短篇小说《厄舍屋的倒塌》；她也读过像伊丽莎白·罗宾森（Elizabeth Robins）和凯瑟琳·威尔斯（Catherine Wells）的关于鬼魂的作品，尤其在 1917 年至 1921 年之间她阅读了大量的鬼故事。1917 年 3 月她读了埃莉诺·莫道特（Elinor Mordaunt）的《午夜之前》（*Before Midnight*），赞扬莫道特对"梦境和幻象"的探索，但对结尾有所批评。她也曾在 1918 年 1 月和 1921 年 12 月先后两次阅读 L. P. 杰克斯（L. P. Jacks）的《所有人都是鬼魂》（*All Men Are Ghosts*）（1913）。此外，伍尔夫也阅读关于鬼故事的评论，如多萝西·斯卡伯勒（Dorothy Scarborough）的《英国现代小说中的超自然现象》（*The Supernatural in Modern English Fiction*），这本书以哥特式小说为开端，追溯了自 1887 年以来的超自然小说，重点关注鬼魂、魔鬼、女巫、变形、催眠术、唯灵论、超自然和精神范畴。伍尔夫自己也写关于鬼故事作品的评论。在 1918 年、1921 年，伍尔夫先后在《泰晤士报》文学副刊上发表了 3 篇谈论鬼故事或文学中的超自然现象的文章。她一针见血地指出，我们阅读这些鬼故事时之所以感到害怕，是因为"我们自己心里面有鬼，并不是贵族腐烂的尸体或者食尸鬼的暗中活动"。

传统鬼故事中，鬼魂总是冤屈而死，心存不甘，前来复仇。他们常常是阴谋的重要证人，与财产继承、地位争夺相连。通过它们，揭示家庭内部掩盖的丑闻和阴谋，揭露不为外人所知的人性的阴暗面，常常场景血腥，令人恐惧。然而，《闹鬼的屋子》讲述的却是一个温馨的故事。来到房间里的鬼夫妻脾气温和，不是传统意义上的恶鬼、厉鬼。房屋内居住的活着的人也不害怕他们，生者与死者一起在房屋内创造了一个和谐、充满温情的空间。伍尔夫在评价亨利·詹姆斯的鬼故事的时候说：鬼故事是一面镜子，照出我们的生活版本。这生活的版本，有黑暗的，也有光明的；有阴郁的，也有欢快的；有冷血的，也有温馨的。她说：

　　如果认为超自然小说总是试图营造恐惧，那就错了；

或者认为最好的鬼故事是那些最准确地描述医学上异常的精神状态，也是不对的。相反，现在大量的散文或用韵文写的小说都使我们确信，我们眼睛所看不到的世界比我们坚持认为的真实世界更友好、更有吸引力……

二、家宅：人类最早的世界

艾什姆（Asheham，有时也直接拼作 Asham）的房子是弗吉尼亚·伍尔夫和伦纳德·伍尔夫在结婚前几个月在苏塞克斯与姐姐文妮莎合租的。那是一座孤零零的 19 世纪早期的房屋，坐落在伊特福德（Itford）山脚下，隔着乌斯河谷与罗德梅尔（Rodmell）遥相对望。房子看起来并不结实，给人一种不真实的感觉。紧凑的中间区域与两翼平房被居中的细高的法式窗户与透进来的拱形光线一分为二，不像农舍，倒更像一个狩猎时搭建的帐篷。大卫·加涅特（David Garnett）说它"有点儿与众不同，不像是在现实世界中，而像是瓦尔特·德拉·梅尔小说中的房子"。伦纳德·伍尔夫在《重新开始》中回忆说：

艾什姆是个奇怪的房子。农场里的乡下人相信它闹鬼，地窖里埋有宝藏，没人愿意在那里过夜。的确，在夜间，常常能听到地下室和阁楼内有奇怪的响动。听起来好像有两个人从一个房间走到另一个房间，门被打开又关上，叹息声，窃窃私语。那无疑是风在烟囱里发出的声音。没风的时候，可能是地下室或阁楼里的老鼠（发出的声音）。我从来没见过这么奇特的房子，它有自己的个性——浪漫、温柔、忧郁、可爱。是艾什姆和它幽灵般的声音给了弗吉尼亚创作《闹鬼的屋子》的灵感，我一读到开头几句话，立刻就能看到、听到、闻到这座房子。

即使在搬离这个地方后，伍尔夫还对它念念不忘。1919 年 9 月 13 日，她在日记中写道："去看艾什姆，窗户是开着的，就像有人住在里面一样"，体验到一种"奇怪的、灵性的"状态。两周后，她和伦纳德从客厅的窗户偷偷溜了进去，房子看起来"昏暗而神秘……诡秘，阴郁"。也许，《闹鬼的屋子》就是源于这两次旧地重游的经历。

房屋作为家的一部分，不只是一个遮风挡雨的物理空间，还是精神和灵魂的保护所。它是一个容器，隔绝与外面公共空间的联系。房屋如果运用得不好，它会变成囚禁之地，囚禁身体与灵魂。查尔斯·狄更斯的《远大前程》中哈维沙姆小姐的大房间、威廉姆·福克纳的《送给艾米丽的一支玫瑰》《押沙龙，押沙龙》中艾米莉小姐、罗莎·克德菲尔德小姐的房间等，都是房门紧闭，屋内阴郁昏暗，房屋的主人守古不变，处于与世隔绝的幽深孤独之中；房屋如果运用得好，这个容器盛放着爱情、亲情，承载着责任和义务，是人们的幸福之源。在《到灯塔去》中，拉姆齐夫妇的圣·艾夫斯度假屋成为孩子们心中永远的欢乐圣地。与伍尔夫几乎同时代的、布鲁姆斯伯里文艺圈的弗朗西斯·帕特里奇（Frances Partridge）在她于 1976 年出版的日记《一位和平主义者的战争》（A Pacifist's War）中回忆说，战争开始时，他们一家赶紧离开伦敦，来到了乡下海姆斯普雷的别墅，那是与伍尔夫的艾什姆、僧侣舍一样的乡村住宅，可以远离战火："今天喝完茶，我开始擦洗树叶……我内心非常愉悦，强烈地意识到在这有限的私人空间里的丰富多彩，而与之形成鲜明对比的是公共世界的萧瑟与恐怖。"此时城市里对战争的恐惧在蔓延："保罗·克罗斯给我们带来了关于战争的流言……德国人发明了一种比橘子还小的新型炸弹，轰炸机里可以装进几百万枚炸弹。在对伦敦的第一次空袭中，爱尔兰共和军（A. R. P.）预计会有 7 万人死亡……"（1940 年 1 月 4 日）乡村住宅成为中产阶级躲避战火的最佳去处，它可以发挥着双重作用：既能逃避外界的干扰与战争的残酷，又可以保持精神世界的独立。同样住在海姆斯普雷的传记作家利顿·斯特拉奇和画家卡林顿也非常享受乡村生活。卡林顿说她很喜欢待在"我的老鼠洞里"（my mole hole）。她在写给朋友的信中说："除了望着那片丘陵，在花园里徘徊，我几乎对什么都不感兴趣。有那么多事情要做，最后我什么也不做，只是像一只猫一样躺在沙发上，翻看球茎目录，想想园艺，想想绘画，想着写信，和利顿交谈，读读报纸，永远凝视着外面的丘陵。"英国人自 18 世纪以来怀念不已的"快乐英格兰"——田园牧歌的乡村，不再只是思恋怀念的远乡和乡愁，逐渐成为作家和艺术家们享受惬意生活的地方。据统计，1914 年至 1951 年，有 100 万人离开伦敦，搬到了城郊。

家宅有它的私密性，它了解主人的生活起居，喜怒哀乐，了解主人的情感变化和所有秘密。在它的怀抱中，人们卸下伪装，露出真实的自己。"它既是身体又是灵魂。它是人类最早的世界。"人们住过的房子会留下主人生活过的痕迹，赋予房子以特殊的价值和意义。在《奥兰多》中，虽然主人早已不在了，曾经的大使卧房的心脏还依旧在跳动。建筑学家安德鲁·巴兰坦说：

> 家负载有意义，因为家是我们认识世界的基础，与我们生活中最为私密的部分密切相关。家目睹了我们所受的羞辱和面临的困境，也看到了我们想展现给外人的形象。在我们最落魄的时候，家依然是我们的庇护所，因此我们在家里感到很安全，我们对家的感情最强烈，虽然大多数时间这种感情并没有为我们所察觉。

千百年来，由于对家园的渴望与思念，远行的人们跨越千山万水也要回来一睹曾经生活的地方，缅怀逝去的美好。正如在《闹鬼的屋子》这篇小说中所描写的，两百年前，先是男人离家，然后女人离开，夫妇二人去世后，携手来到生前共同生活的房屋，回忆往昔的温馨与幸福。中国《韩诗外传》中说："死者为鬼，鬼者，归也，精气归于天，肉归于地土。"而《论衡·论死》中说："人死精神升天，骸骨归土，故谓之鬼，鬼者，归也。"鬼夫妻回归的是生前曾经幸福的家园，也是一种精神意义上的回归。

三、日常物品：回忆与找寻之凭依

小说一开始就运用了叙述者和鬼夫妻的双重视角，不断交替，互相审视。叙述者看到一对鬼夫妻进来，是清醒状态还是半梦半醒之间，或是完全的梦境？读者并不知道。小说最后结尾的时候，叙述者说："一醒来，我就大喊……"可见是在睡觉。鬼夫妻找到了想找的东西，叙述者也从梦中醒来。从某种意义上来说，鬼夫妻的寻宝之旅也可被看作是叙述者的自我发现之旅。梦境营造了一个奇特而神秘的氛围，这也是许多鬼故事的惯用叙述手法。于朦朦胧胧、半真半假、似是而非的超现实主义氛围中展开故事，可以生发出一种不确定性。鬼夫妻的对话都用直接引语；而叙述者"我"则都用的是自由间接引语。亨利·詹姆斯说：

一般地说，幽灵故事都采用第一人称叙述。这有利于读者与人物统一（人物扮演读者角色）；同时，叙述者——人物的言语具有某些双重特征：作为叙事人的言语，它超越真实性检验，但作为人物言语，它必须接受这一检验。如果作者说他看到了幽灵，那就不允许再迟疑不决；倘若此话出于人物之口，人们便可将这些话归因于精神失常、毒品、幻觉，而不确定性则再次成为不可能。与上述两种情况相比，叙事者——人物处境优越，更容易使读者犹豫不决：我们愿意相信他说的话，但我们不一定非相信不可。

鬼魂来无影去无踪，但一般出现总事出有因：或为报仇，或为揭秘。而《闹鬼的屋子》中的鬼夫妻携手旧地重游，是为了寻找。寻找是文学上常见的主题，或是寻找具体的物或人，或是寻找精神、灵魂上的救赎，凡此等等，不一而论。伍尔夫的许多短篇小说中含有寻找主题，如《存在时刻》中，女主人公一直在寻找掉落在地上的别针；《墙上的斑点》里，叙述者一直想弄明白那斑点到底是什么；《镜中女士》中，叙述者在追寻、辨别真正的女主人公；《遗产》中，丈夫根据妻子留下的日记寻找她自杀的真相。早在 1966 年，De Araujo 就指出，伍尔夫在寻找与发现的框架内串联起生与死、过去与现在、感觉与想象、智力与直觉、双手与心灵的话题。在这个短篇小说中，作家更侧重的是寻找的过程。四次分布在不同段落里反复出现的"安全了，安全了，安全了"构成寻找的全过程。而在"房子的脉搏跳动"（the pulse of the house beat）的句子中，四次出现的句式一样，只是副词发生变化：第一次用"softly"（轻轻地），第二次用"gladly"（喜悦地），第三次用"proudly"（自豪地），第四次用"wildly"（狂野地）。由弱到强，依次推进。这种越来越近的冲击感是动态的，像奏响的音乐一样，使作品有了结构和节奏之美。房子脉搏的跳动实际上是鬼夫妻的脉搏在跳动，也是叙述者、读者的脉搏在跳动，使读者与鬼夫妻一样几乎要屏住呼吸，压住行将跳出胸口的心脏，产生强烈的紧张感。在阅读这篇故事的时候，读者在与鬼夫妻一道找寻答案。鬼夫妻找到了，读者也就找到了，这是作者设计的一个由读者共同参与的游戏。"它"反复出现，到底指什么？从"心中的亮光"到"埋藏的宝藏"，最终读者知道，那就是往昔幸福的岁月——心中的爱。

如何找到过去的美好时光？是靠着内心深处的记忆。由于时间所特有的不可逆的特点，人不可能回到过去，只能借助回忆来重温。而回忆不是凭空的，必须有所依附，所依附的一切都在房间这个实体中。一般说来，人们居住的房间里家具的摆放、装饰画的有无、餐厅洁净与否、床上用品的选择、书架上陈列的书籍等，都能反映出主人的性格特点、艺术品位、教育涵养与生活状态等。孟悦在评价张爱玲的《连环套》中对霓喜房间的描写时认为，这样一幅杂乱的生活场景，其实代替叙述者讲述了主人公霓喜的人生境遇和命运："这种手法使空间和日常物品以一种相当特殊的身份参与了叙事：它们从'中性'的外在物质世界变成了叙事意义的生产者。"在《闹鬼的屋子》中，伍尔夫不但勾勒了房屋的轮廓，如室内的门、窗、玻璃、地板和画室，还有室外的花园、草地、树、雨、太阳、月光、阴影等细节，这些描述让读者的脑海中产生丰富的联想与暗示，这样一幅世外桃源的田园风景契合夫妻俩的幸福生活，而这种幸福依附在以往的平凡的现实生活之中。实际上，这种幸福也源于作家自己的亲身感受。伍尔夫在1925年6月14日的日记中写道：

我们生活的巨大成功，我想，就是我们的珍宝被掩藏起来了，或是更精确地说，是蕴藏在那些不可碰触的普通事物中。比如说：坐巴士去里士满，坐在绿草坪上抽烟，从报箱里取封信，给土拨鼠通通风，给 Grizzle（夫妇俩养的狗）梳梳毛，制作冰块，打开信，晚饭后并排坐下来，问一句："老兄，这是你占的位子吗?"——呵，什么能干扰这种幸福呢？每天都幸福满满。

幸福正是蕴含在这日常的、平凡的普通日子里。在《闹鬼的屋子》里，"在楼上——""在花园——""当夏天来的时候——""冬天下雪的时候——"所有过去的美好时光——沉睡、在花园里读书、在楼顶大笑等虽说只言片语，断断续续，却勾勒出鬼夫妇生前甜蜜的婚姻生活。春夏秋冬，四季更替，不变的是他们忠贞不渝的爱情。也许外面风雨交加，但在他们的家园里，永远温馨浪漫。房屋中摆放的日常物品，如苹果、书籍等是点燃记忆的宝库，正是这些不起眼的日常物品，将美好的情愫唤起，使他们心底泛起波澜。这些物品的价值，并不在于它们贵重或稀有，而在于它们承载的别样意义。他们的情感不是虚无缥缈的空灵之物，而是踏踏实实地附于日常生活中的一草一木、一碗一筷之中。而幸福只有附着在日常生活中才真实、牢固，才能成为人们幸福的支点。Victoria Rosner 曾说，现代主义作家"试图……模糊构成维多利亚时代家庭领域的物质和社会的划分，并寻找新的艺术形式来表现亲密关系和日常生活"，也就是赋予普通物体以新的生命力。评论家杰西卡·费尔德曼（Jessica Feldman）指出，这种对物质的迷恋（material fascination）不是孤立的："现代主义作家让死去的东西复活：铁路时刻表、破碎的茶杯、金色的碗、石南混合的长袜、康内马拉布、凡士林和橙花。"给这些再普通不过的日常物品以新的意义，突出它们本身所蕴含的价值，不管是实用的还是审美的。伍尔夫所在的布鲁姆斯伯里文艺圈强调日常生活的审美，这些现代艺术家和作家们关注普通的日常生活并将其转化为艺术。伍尔夫的姐姐文妮莎·贝尔常常以厨房为背景作画，在静物画《花瓶和蔬菜静物写生》的画面上就是一个泛白的高脚圆形花瓶，旁边咖色的碗里盛着一枚鸡蛋，一个红皮洋葱旁边是一把绿叶蔬菜——菠菜或芹菜，用红色带子系着。白底红格的桌布被掀起一角，可以看到桌子已经陈旧，油漆剥落，露出了木头本来的颜色。这是日常生活极其普通的一个场景，充满着烟火气息。然而，在画家的眼里它们不仅仅是日常物品，也是艺术品。艾米丽·狄金森说："自然是一件闹鬼的屋子——然而艺术——是一间寻求被鬼闹的屋子。"她认为"最具活力的戏剧表演是普通的生活"。在伍尔夫看来，日常的惯例和活动富有神性，平凡和日常生活"是神圣、幸福和价值之所"。她将这些日常场景和物体用文字描绘出来，赋予普通的物品以审美意义。M·奥尔森说："伍尔夫最优秀的作品唤起人们对于一个充满了普通物品的世界里平凡经历的关注。"

在《闹鬼的屋子》中，伍尔夫抓住了幽灵的特点：只闻其声不见其形。鬼夫妻摆脱了物质羁绊，像思绪一样凌空飘逸，游走于客厅、画室、花园之间，不经意地掠过房内物品，一些重要的幸福瞬间被点燃，使普通的物体变得不平凡，使日常生活琐事变成难以忘怀的大事。海默说："每天都是'小事情'的积累，这些'小事情'构成了一个更广阔但却难以登记的'大事情'。"同时，它"以记忆和想象为纽带，把生和死看作是时间和空间的流动连续体"，将过去和现在直接呈现、并置、重叠。小说中人称代词的转换自由、频繁：主语 we-you（我们－你们）、宾语 them-us（他们－我们）所在的阴阳两个世界交叉共存，唯一的衔接物就是这个房屋：因为都在这个房间里曾经居住或正在居住。叙述中，"我们"跟"你们"的对话是单方面的：只有"我们"对"你们"说，没有"你们"对"我们"说，因为传承是单向的，与回忆构成相反的方向。如果说回忆的箭头是向上的，是对过去的追踪，那么传承的箭头是向下的，是对未来的展望。也可以说，此刻房屋内的住客是未来的鬼夫妻，而鬼夫妻的过去就是现在屋内的男人与女人。屋内熟睡的两人继承了鬼夫妻的衣钵，如他们当年一样相亲相爱，"睡熟了。爱浮现在唇上"。意味着在这个房间里，相爱得以延续，鬼夫妻旧地重游不但找到了自己的幸福密码，而且还可以传承下去。对于鬼夫妻来说，不管走多远，离开多久，这间屋子就是世界的中心，对于屋内熟睡的年轻一代来说也同样如此。

屋子作为家的一个特殊的空间，不只是身体放松的地方，更是心灵栖息之所。同《雅各之室》《到灯塔去》中主人公去世之后留下的空荡荡的、充满着哀伤的屋子相比，《闹鬼的屋子》更加温馨，因为房子被爱和幸福填满。借助鬼故事的叙述方法，伍尔夫在寻找—发现的框架内，通过一对鬼夫妻旧地重游的叙事，描绘了他们生前幸福美好的生活，而所有幸福的回忆都深藏在日常生活之中，依附于日常的具体物体。Gina Wisker说："她的鬼屋既是普通公民留下印记的地方，也是对人类存在的一个基本问题的答案——当我们不再是物质存在时，什么会持续存在？"伍尔夫在这个短篇小说中给出了答案，那就是：爱——"心中的亮光"，可以封存在记忆中，永不磨灭，世代相传。

参考文献

[1]De Araujo, Victor. A Haunted House——The Shattered Glass[J]. Studies in Short fiction. 1966 (3): 157 -64.

[2]Dickinson, Emily. The Letters of Emily Dickinson 2 [M]. Thomas Johnson ed. Oxford: Oxford University Press, 1924.

[3]Feldman, Jessica. Modernism's Victorian Bric-a-brac[J]. Modernism/modernity. 2001(9): 453 -70.

[4]Garnett, David. The Flowers of the Forest[M]. London: Chatto and Windus, 1954.

[5]Highmore, Ben. Ordinary Lives: Studies in the Everyday[M]. London: Routledge, 2011.

[6]Holroyd, Michael. Lytton Strachey: A Critical Biography Vol. II[M]. New

York, Chicago, San Francisco: Holt, Rinehart, Winston, 1968.

[7] Olson, Liesl M. Virginia Woolf's "cotton wool of daily life" [J]. Journal of Modern Literature. 2003 (26): 42 -65.

[8] Partridge, Frances. A Pacifist's War. Diaries 1939 -1945 [M]. London: Phoenix, 1978.

[9] Rosner, Victoria. Modernism and the Architecture of Private Life[M]. New York: Columbia University Press, 2005.

[10] Sim, Lorraine. "The thing is in itself enough": Virginia Woolf's Sacred Everyday[A]. Religion, Secularism, and the Spiritual Paths of Virginia Woolf[C]. Kristina K. Groover ed. Gewerbestrasse: Palgrave Macmillan, 2019: 51 -68.

[11] Sullivan, Jack. Elegant Nightmares: The English Ghost Story From Le Fanu to Blackwood[M]. Ohio: Ohio University Press, 1978.

[12] Wisker, Gina. Places, People and Time Passing: Virginia Woolf's "Haunted Houses" [J]. Hecate: 2011: 4 -26.

[13] Woolf, Leonard. Beginning Again[M]. London: Hogarth Press, 1964.

[14] Woolf, Virginia. Collected Essays II[M]. Leonard Woolf ed. London: Hogarth Press, 1966.

[15] Woolf, Virginia. Diary of Virginia Woolf I[M]. Anne Oliver Bell and Andrew McNeillie eds. New York and London: Harcourt Brace Jovanovich, 1977.

[16] Woolf, Virginia. Diary of Virginia Woolf III [M]. Anne Oliver Bell and Andrew McNeillie. eds. New York and London: Harcourt Brace Jovanovich, 1980.

[17] Woolf, Virginia. Gothic Romance[A]. Essays of Virginia Woolf III [M]. Andrew McNellie and Stuart N. Clarke eds. London: Hogarth Press, 1988: 304 -07.

[18] Woolf, Virginia. Passionate Apprentice: the Early Journals from 1897 -1909

[M]. Mitchell A. Leaska ed. Orlando：Harcourt Brace Jovanovich, 1992.

[19] 巴兰坦，安德鲁. 建筑与文化 [M]. 王贵祥，译. 北京：外语教学与研究出版社，2007.

[20] 巴什拉，加斯东. 空间诗学 [M]. 张逸婧，译. 上海：上海译文出版社，2009.

[21] 孟悦. 中国文学"现代性"与张爱玲 [A] //回望张爱玲·镜像缤纷 [C]. 金宏达，主编. 北京：文化艺术出版社，2003.

[22] 托多罗夫. 巴赫金. 对话理论及其他 [M]. 蒋子华、张萍，译. 天津：百花文艺出版社，2001.

[23] 吴尔夫，弗吉尼亚. 雅各的房间：闹鬼的屋子及其他 [M]. 蒲隆，译. 北京：人民文学出版社，2003.

第四节　火车的现代书写与艺术想象

火车的出现是工业革命的直接产物。1825 年，英国人乔治·史蒂芬孙（George Stephenson）亲自驾驶着一列拖有小车厢的火车试车成功，标志着英国火车时代的到来。其后，汽油内燃和柴油内燃机车的相继出现，大大地减轻了火车的运行成本。由于费用低、速度快、受天气影响小，火车这种新式交通工具很快得到了大众的认可，成为人们陆地远距离出行的首选。1835 年，全英已有 471 英里铁路，英国铁路公司在利物浦到曼彻斯特的火车上每天的客运量高达 1500 人次。到 1844 年，英国批准修建的铁路线长达 3500 多英里；1885 年达到了 30000 多英里。铁路沿途建立了大大小小的火车站，以伦敦为基点向全国辐射。火车的出现给人类带来的影响是巨大的。它改变了人们的出行方式，极大地延长了人们的出行距离，拓宽了人们的行动范围，使人们物理空间的移动非常便捷。火车蜿蜒穿行于森林、田野和山丘，人们在车上就可以惬意地观赏外面的自然风光。乘火车出门，进行商业往来、探亲访友也成为人们日常行为方式之一。对于作家弗吉尼亚·伍尔夫来说，无论是小时候跟随父母从伦敦去圣·艾夫斯岛度假，还是成年后与兄弟姐妹出国旅游，或是住在郊外僧侣舍往返伦敦，火车是经常乘坐的交通工具。这种活动方式也激发了作家的创作灵感。在从甲地到乙地的过程中，飞驰的火车上会发生什么故事？会有什么样的旅客出现，更重要的是，如何描述这些旅客、揭示其真正生活？

在著名的《贝纳特先生和布朗太太》中，伍尔夫想象了如果威尔斯、贝纳特和高尔斯华绥等现实主义作家们在火车上遇到一位名叫布朗太太的普通妇女会如何描述，认为他们注意到的只是一切外在的东西，而恰恰忽略了人物精神。在两个短篇小说《一部未写的小说》和《会猎》中，伍尔夫描述了两位像布朗太太一样上了点儿岁数的普通女人。以火车为叙述背景，以主人公上、下车为叙述时间，截取日常生活中的一小片段，通过想象、回忆，以不确定的叙述者身份邀请读者一道共同塑造了两个艺术形象。

一、过渡性场景中的社会缩图

《一部未写的小说》和《会猎》开篇故事空间与话语空间叠合，都是讲述火车上的一个普通场景：叙述者在车上遇到了一位普通女人，像布朗太太一样，其貌不扬，穿着过时，在别人眼里是"上了年纪的苦命女人"。如何描述这个女人，将她的形象真实地传达给读者？伍尔夫说：爱德华时代的作家，例如威尔斯，会描述她的餐厅、客厅、婚姻；高尔斯华绥会注意到厂房的墙壁、抽雪茄的老板；贝纳特则会"先说明她父亲在哈罗盖特开铺子。确定一下房租的价钱。确定一下他的店员在1878 年间的工资。弄清楚她母亲是怎么死的。描写癌的症状、描写印花棉布……"① 问题是,这些现实主义作家们"看工厂、看乌托邦,甚至看车厢里的装饰和陈设,但偏不看她,不看生活、不看人性"。

在《贝纳特先生和布朗太太》中,伍尔夫一再强调,文学作品塑造人物不能只是关注外部事实,仅仅浮于表面。因为,在同一单位时间内,人物的意识中会浮现许多事情:印象、想象、回忆等,在意识尚未能够将它们按照前后顺序排列之前,是处于一种共存的状态,如何真实地揭示人物此时此地的意识是刻画人物的关键。如果不深入到人物内心,不去追踪其流动的意识、瞬息变化的情绪,就抓不住人物的精神实质,结果只能是得其形而失其神,人物会黯然失色甚至消失。在伍尔夫的这两部小说中,作家对于两个女主人公没有过多的外貌描写,着眼点仅在关键几处,如米尼的抽搐、米莉脸上的伤疤等。读者不知道她们的家庭背景、人际关系、工作和婚姻状况等一切外在的、传统上界定人物的那些信息。作家一开始便把读者带入叙述者的内心世界,展现叙述者看到一个女人上车之后一系列天马行空的想象。《一部未写的小说》中叙述者给女人起了一

---

① 约翰·凯里(John Carey)在《知识分子与大众》一书中认为伍尔夫对贝纳特的指责有失偏颇:"人物突如其来的思想和感情变化曾使贝纳特笔下的人物变得有深度,但伍尔夫偏偏将它说成是只有她自己和她的同辈现代派作家才关注的。其实,贝纳特始终像伍尔夫宣称的现代派作家们所做的那样,看到了普通的、特殊的和不可预测的东西……"

个名字"米尼"，从一句"我的嫂子"开始，先是想象了女主人公的嫂子在车站接到米尼的情景，从对方的视角来看米尼，知道米尼过得并不好，"比以往更像个蚂蚱"说明女主人公身形消瘦，不挺拔。她一直承受着生活的重压，多年来一直在照顾生病的母亲，生活拮据。而《会猎》中第一人称框架叙述者从主人公的穿着、举止判断出她是位管家，以回忆的方式想象了主人公与乡下两位女主人的生活。詹姆斯·乔伊斯曾说：所谓想象力就是记忆、回忆。日本作家村上春树完全认同这个说法：想象力千真万确就是缺乏脉络的记忆片段的结合体。

作为当时陆地上最快的交通工具，火车一开动便朝着目的地呼啸而行，但车内人物的意识或内在精神却在想象的带领下向前、向上、向后飘浮。叙述者的想象力更是如同奔驰的火车一样，心游万仞，思接千载。火车上的雾气隔绝了外部环境，将现实生活置换为一个新奇的陌生化世界。在火车车厢这样一个狭小逼仄的空间内，作家扩展虚构了两个普通女乘客们的平凡生活。与浪漫主义者常常虚构的浪漫曲折的爱情故事不同，这里叙述者所虚构的仍是她们极其普通的日常生活。而她们的生活，如同这沿着轨道运行的火车一样，都是规划好了的：机械、平庸、惯例化、周而复始、单调乏味。两篇小说中都提到过女主人公织补手套的日常行为，而编织本身就是一项典型的女性工作，如同奥德修斯的妻子佩内洛普不间断的编织，循环往复，原地不动，象征着女性刻板的日常生活。当然，在这枯燥的生活中偶尔也会有涟漪，有短暂的幸福时刻。《一部未写的小说》中，布店橱窗里在灯光下闪亮的紫色彩环总是吸引着女主人公，成为其平凡乏味生活的调剂品。但是她偶尔一次在商店的逗留酿成了大错：弟弟被烫死，留下一生无法弥补的悔恨。她也曾有过年轻浪漫的时候，也曾有人献给她玫瑰花，而象征着爱情的玫瑰也曾让她豪情满怀，想抛下一切逃离，为爱情疯狂一把，"我领着他越过瀑布，寻求疯狂"，然而激情终让位于平淡，浪漫也没有了下文，成为她一辈子的遗憾；《会猎》在回忆中屋内屋外相辉映，屋内女人们的活动与屋外男人们的活动用蒙太奇的手法并置。男人们在林中打猎，女人们在屋内做针线，准备食物。外面是广阔的天空，屋内只是狭小逼仄。安东尼娅小姐与老拉什利小姐姐妹俩在日复一日的重复中陷入麻木，生命缺乏活力。只有当"她们抿酒时，两眼生辉，活像对着光的半拉子宝石"。然而，这短暂美好的时光随着兄弟的到来戛然而止。叙述者通过其在场显现出无限的不在场，反映姐妹俩低下的家庭地位和压抑的情感状态。

克莱尔·德雷维利（Claire Drewery）指出：现代主义短篇小说经常以花园、海滩等这样的中间区域（in-between spaces）或酒店、候车室和火车车厢等过渡性区域（transitional areas）为故事背景，这些被暂时占据的空间本身就表达了不确定性、不连贯性、不稳定性。火车为现代人提供了新的相遇地点，不同性别、阶级和种族的人们在车厢内相遇，结成了暂时的新型人际关系。车厢里，旅客之间物理空间距离小，但心理距离大，彼此陌生，这也折射出现代人际关系状况。《一部未写的小说》

中，嫂子对米尼的关心也是虚情假意，哥哥把照料母亲的任务一股脑儿甩给她，从未关心过她的幸福。《会猎》更甚，安东尼娅小姐与老拉什利小姐姐妹俩一听到兄弟回来，两个人"眼睛里的亮光也暗淡了，她们的眼球变得像从水里捞出来的鹅卵石一般；灰突突的石子儿又暗又干……她们变蔫了，仿佛衣服下面的身体萎缩了似的"。她们的兄弟一出场便是疾风暴雨式的大声咒骂，显示着不可一世的霸道。姐妹俩如同她们的小哈巴狗被兄弟的三只大狗围攻一样，无力挣扎。安东尼娅小姐"活像一只母鸡"一样紧张，"她们的手紧紧攥着，活像没有抓住任何东西的死鸟的爪子"。叙述者一再用被打下来扔到大车上的野鸡来喻指姐妹俩被动、任人宰割的处境。而女主人公，被叙述者起名为米莉·马斯特斯（Milly Masters）的女管家〔具有讽刺意味的是，她的姓氏马斯特斯（Masters）在英文中是"主人"的意思〕，其地位自然还不如她的两个女主人，女性联盟由于阶层差异无法形成，米莉处于社会最底层。

移动的火车就像一个舞台，窗外的风景疾驰掠过，人物的悲欢离合在想象中一一呈现。正是这些想象片段揭示了生活真相。丰子恺说："凡人间社会里所有的现状，在车厢社会中都有其缩图。故我们乘火车不必看书，但把车厢看作人世间的模型，足够消遣了。"

二、叙述的自我消解与人物想象

伍尔夫说："当我写作时，我便仅仅是一个躯壳。"也就是把真实作者与叙述者截然分开。在《一部未写的小说》和《会猎》中，两个叙述者都是第一次见到被叙述者，萍水相逢，叙述者对故事主人公知之不多，这就给想象留有空间：如果没有交集，便无从想象；但如果太过熟悉，没有了距离感，也就没有了想象空间。在这两个短篇小说中，表面上，叙述者是车上的一个旅客，但实际上，他/她不只承担叙述功能，同时也是文本中的一个人物，是故事的参与者与见证者。作为框架叙述者，他/她的存在使作品更具层次感，丰富了作品的意义。那么，叙述者是男是女？多大岁数？作品没有交代。但读者可以根据叙述者的言谈举止有个大致判断。当然，人们在判断一个人的时候肯定会融入自己的主观性，不同人的成长环境、社会阅历、所受教育等都会参与到对这个对象的建构中。迪恩·鲍德温就说在《一部未写的小说》中，叙述者是个读了太多流行小说的女士，因为她仅从女主人公的穿着就理所当然地想象出女主人公孤独贫穷的一生。Irina-Ana Drobo 也认为：作品结尾显示，叙述者的想象与真实相差甚远或许验证了一个事实：文学定式和习惯决定了叙述者的想象。这是对浪漫主义文学的一种嘲讽。但这个叙述者的身份是不确定的，她有时似乎无所不知，有时却一无所知。在《会猎》中，叙事者猜测主人公的身份："一定是那儿的一位客人。"可是也不完全像客人，也不像女仆。那么她到底是什么人？叙述者跟读者一样好奇。这样可以"突出叙述主体在叙述活动中所扮演的角色作用；他能够让自己变成被描绘的对象，也能够在文学虚构中将自己设想成为另外一种人物。这种手法能够推动读者形成创造性想象力"（热奈特语）。

在《一部未写的小说》中，火车上的交谈是客观真实的还是叙述者脑海里虚构的？常常，叙述者像个幽灵一样穿越时空，时而进入人物意识，时而外在客观观察，出入随意，自由地进行视角转换。当叙述者对米尼说"是不是你干的，或者你到底干了什么，我都不在乎；这不是我想要的东西"到"你好恨她（希尔达）"，从一个外在的旁观者不知不觉深入米尼·马什的内心世界，这样便进入了一种叙述的自由王国。这种叙述手法打破了长久以来客观世界与内心意识截然分明的方法，转换流畅，没有障碍。伍尔夫也为自己的这一发现而欢欣。她在1935年11月27日的日记中写道：

> 似乎有一种感觉，即自己已进入了孜孜以求的自由王国，可以从外部世界进入内心世界，在永恒的领域中遨游，这是一种非常奇怪的、令人感到兴奋与自由的感受！

热奈特认为：叙事文本中所讲述的任何事件都处于一个故事层，叙述层的功用在于建立一种虚构的真实感或虚构的权威。《会猎》草稿创作于1932年1月，但文本在刚开始的时候没有开端和结尾那两段，也就是说没有火车上这部分，只有关于乡村生活的描述，后来作家在改写的时候才给这篇故事另外搭了火车这个框架。在1937年10月19日当这个小说要发表的时候，伍尔夫在日记中写道：

昨晚我在读《会猎》的时候突然想到，我看到了一种新小说的样式，首先阐明主题，然后重申，等等；重复同样的故事，挑出这个，然后那个——直到阐述出中心思想。

最终，这部小说于1938年3月发表在《哈珀芭莎》上，这就是现在人们读到的《会猎》。女乘客在火车上回忆她所服务的女主人们之间发生的故事，故事套故事，是典型的嵌套结构。通过她的回忆与想象，打开了另一叙事空间，不知不觉地进行了跨层叙述。读者看到了女主人的日常生活，看到了一场家庭战争。故事不是聚焦于火车上，而是乡村木屋；不是聚焦于女乘客，而是乡间的两个女主人。叙述者通过运用时空交叉和时空并置的叙述方法，打破了传统的单一时间顺序，这种跨层叙述扩展了叙述维度，在话语所创造的现实世界和文本所创造的虚构世界，即真实与虚构的空间任意转换，此刻、彼时交织。而《一部未写的小说》则运用了"预设—否定"的叙述模式，将情节进展一点儿一点儿地展现给读者，在每一个片段中，作者都先进行预设，结尾却来个180度大转弯，对刚建构起来的行为进行瓦解和否定，进一步显示了不确定性。"那不是米尼，也从来没有莫格里奇。"这样的语句在文中比比皆是，后一句话推翻前一句，后一个行动否定前一个行动，形成一种不可名状的自我消解形态，而意义便在自身拆解中逐渐隐现，叙述的焦点便放在了故事的讲述，探讨小说的创作过程，可以说是带有后现代主义元小说色彩。

对主人公形象的建构除了叙述者之外，还有读者。伍尔夫反对作家在叙述作品时如上帝般高高在上，洞察一切。她认为作家应该走下来，相信读者，与读者一道共同塑造人物形象。读者和作家一样，每天都会有成千上万的思绪从脑海中闪过，每天都会经历变化多端的情绪和感受，无论是撰写故事的作者，还是默默阅读的读者，都可以从纷繁复杂的生活中觉察到"布朗太太"的存在，因为布朗太太是"我们借以生活的精神，就是生命本身"。在艺术创作重现生活这一活动中，作家和读者是一个创作共同体，读者是作者潜在的回应者和对话者，两者之间存在一种亲密而平等的无形联盟。伍尔夫在《贝纳特先生和布朗太太》一文中指出，旧的写作方式无法实现作者与读者之间的交流，因为读者们有很大的惰性，作者告诉他什么他就相信什么，这样就弄糟了艺术创作。正是读者和作者之间的这种隔阂使得本该由于作者读者的亲密、平等的结合而产生的健康的作品受到了破坏的阉割。在这两部短篇小说中，留有太多的空白需要读者去填补。两部小说都描述了饭后拉家常的日常生活场面，虽漫不经心，但通过波澜不惊的细节描述给读者展现了平静生活下的波涛暗涌。在《会猎》中，从姐妹俩吞吞吐吐的谈话中可知女管家与她们的弟弟有私情。老拉什利小姐说"她是我们兄弟的……"是什么？从两次出现的"教堂里的男孩子"可以推测也许她是她们兄弟的情人，她有一个儿子，儿子在教堂里打扫卫生，这个儿子是她们兄弟的吗？如果是，为什么让他去教堂里打杂？女管家现在是去看儿子吗？正是从这些琐屑、断断续续的聊天中，叙述者和读者知道了中产阶级家庭里放不上台面的丑闻，也激起了读者的好奇心。

弟弟脾气暴躁，既然能毫不留情地打骂姐姐，可以猜想对女管家也好不到哪里去。她脸上的伤疤是如何留下的？会是男人的"杰作"吗？在所有出现的人物中，她的地位是最低下的，除了受到男主人的欺凌外，还受到女主人们的鄙视与耻笑，赖以慰藉的孩子又不在身边，承受着精神和肉体的双重打击。姐妹俩的聊天中："我们家的男人……"是要表达什么？在断断续续、游移不定的叙述中，读者似乎知道又不甚明了。但安东尼娅小姐知道，所以接了话茬："总是女人们……"又是什么？话不明说，吞吞吐吐，躲躲闪闪，留下巨大空白。这有点儿像海明威的风格，浮在表面的是冰山的八分之一，剩下的八分之七需要读者用脑力去填补。

好的文学作品，正如郭熙在《林泉高致》中所说："山欲高，尽出之则不高，烟霞锁其腰则高矣。水欲远，尽出之则不远，掩映断其脉则远矣。"（《山水训》）伍尔夫对自己的这两部短篇小说，尤其是《一部未写的小说》非常满意，她在1920年4月15日的日记中写道："《一部未写的小说》肯定会招来非议……从某种程度上说，正因为写得好才捅翻了马蜂窝……"

三、艺术洞见与现实建构

火车沿着既定的轨道运行，总会到达终点，旅客总要下车，想象再华丽也要回到现实。只有落回到现实，叙述者才发现事实与想象的巨大差距:《一部未写的小说》里,想象中米尼是个生活贫困的单身女性,但现实中人家有稳定平实的生活;也并非孑然一身,竟然有儿子,也就是说她有丈夫、有家庭。而在《会猎》的结尾,叙述者最终发现:"她是一位普普通通、上了年纪的女人,去伦敦办一件平常小事……"只是办一件平常小事的女人没有那么多的秘密,也没有那么多的爱恨情仇。在这两篇小说中,从上车看到人物引发的种种想象到下车发现的事实,随着列车运行和时间推移,在想象的天空画了大大的一个弧,这个弧有什么作用?伊·鲍温认为:小说家的想象力具有一种独特的力量。这种想象力不只能创造,而且能洞见。它是一种强化剂,因之,哪怕是平凡普通的日常事务,一经想象渲染,便具有了力量和特殊的重要性,变得更加真实,更富于内在的现实性……而伍尔夫也相信艺术的想象有揭示生活真相的能力,即便只是暂时的。

除火车外,伍尔夫还分别写过其他两种交通工具所激发的文学创作。在《夜幕下的苏塞克斯》里,作者描述了夜幕下乘坐汽车时的感受。如果说火车必须沿着既定的铁轨运行,严格遵循时间表的话,个人驾驶的小汽车就自由得多,更具灵活性和个性化,可以自定时间和目的地。在随笔《飞跃伦敦》中,伍尔夫对于乘坐飞机有栩栩如生的描述,正当读者在作者的生花妙笔的描述中跟随叙述者一同起飞,飞行,降低,滑落,并为这一过程惊叹不已时,叙述者告诉读者:"事实上,飞行还没有开始。""我们根本就未曾离开过地面。"Beer 在《岛与飞机》

（*The Island and the Aeroplane*：*The Case of Viginina Woolf*）这篇文章中，比较了伍尔夫笔下飞机和汽车的异同，认为飞机是鸟的意象，它是自由的，"顽皮的，开放的"（playful，open）；汽车则具有"模糊的附加意义"（the muffled superplus of attributed meaning）及"等级秩序"（hierarchy）。而火车，就本身的特性而言，既不像飞机那样可以自由翱翔，又不像汽车那样等级分明，所以，居于其中的想象不像在汽车上那样局限于现实，也不像在飞机上那般无拘无束，它既要不被某种固定的、刻板的知性概念所约束，又要与知性规律相符合，协调一致。它的想象力不只是起联想的作用，更具建构能力。

现实是想象的触点，是想象的刺激源，无之，则无想象。不上火车，没有火车上对面的女乘客，也就不会激起叙述者脑海中上下翻飞的图像，也就没有这两个故事的形成。在《一部未写的小说》中，正是看到女主人公的穿着，才会想象她困顿的生活；在《会猎》中，正是因为看到女主人公衣箱上的字母MM，叙述者才在想象中给她起了一个名字米莉·马斯特斯；正是因为她提了一只野鸡，才想象了乡村的狩猎情形。但同时，外部客观世界也限制了想象，将想象拽回现实。《一部未写的小说》中，叙述者望着渐渐远去的女主人公的背影，惊呼："我的世界全完了！我往什么上面站？"没有了基石，想象世界戛然而止，无所凭依。现实生活本身有强大的力量："生活能强加法律，生活能横行霸道，生活就在蕨草的背后，生活就是暴君……"没有了现实，就没有了想象，而回到现实，想象就远离"你抓住花枝时，蝴蝶就飞了"这确实是现实与想象的一个悖论。

在《一部未写的小说》里面有一句话："在每一部写出的小说里有多少人在死去——都是些最好的，最可爱的人，而莫格里奇却还活着。"以往文学作品中的主人公通常有着异于普通人的生活和命运，起伏跌宕，大起大落，不是悲剧就是喜剧。作家尽可能营造出夸张的戏剧效果，引得读者欢笑或落泪。然而现代主义作家笔下的主人公们一般只是普通大众中的一员，生活平淡无奇，没有大喜大悲，人物只是平静地、如常地活着。"可怜的米尼·马什没有犯罪，没有悲哀，没有狂想，没有疯癫；午饭时从来不会迟到；从来不会碰上暴雨不穿雨衣；从来不会对便宜的鸡蛋浑然无知。"对现实主义作家来说，他们身上基本没有吸引人的故事，但对于现代主义作家来说，截取生活的一个片段就足以让人们窥视生活的全貌。就像亨利·詹姆斯所说，对于有感知力的作家，哪怕短暂的一瞥就能形成一幅图画；这个画面虽然只延续一瞬间，然而这个瞬间却变成了经验，而"经验是永无局限，永远不会完结的；它是一种无限广阔的感知力，一张由最纤细的丝线结成的巨大的蛛网，高悬在意识之屋的中央，捕捉空中飞过的每一个微粒"。现代主义作家关注日常生活，虽然"生活光得像骨头"但是，作家可以于平淡中见新奇。许多现代作家在谈及自己作品的时候，常常会说，灵感源自生活中无意中看到或听到的一些生活片段、某句话或某个生命瞬间等，从而在心底埋下创作的种子。艺术创作离不开想象，而通过艺术手法将想象变为艺术作品是艺术家的独特能力。这种能力就是要能看到并挖掘出藏在生活表象背后的事实真相，探得生命真谛，即伍尔夫在《存在的瞬间》中所提到的，作家要看到和理解她称之为"羊毛"的日常存在背后的图案。英国著名文论家布拉德伯里评论亨利·詹姆斯的艺术观时说的话同样也可以运用到伍尔夫的创作上：他的艺术"不是记录生活，而是创造生活；现实不是实录，而是一种建构"。

伍尔夫的这两部小说，虽然分别想象了两个女人的生活，结果也发现与事实不符，但是就普通女人的生活而言，又何尝不是如此呢？火车到站，作为故事是结束了，但主人公们的命运如何就不得而知了。《会猎》的结尾是开放性的，仍留有许多未知：这位女乘客到底是什么身份，她是不是管家？如果是，她作为管家又怎么会走出家门？是辞职不干了还是另谋高就？《一部未写的小说》就其标题而言也许在暗示：叙述者并不知道火车上那个女人的整个故事，而人类性格中一些看不见的和不可知的东西是无法书写的。所以在结尾，叙述者不再纠缠想象与现实，而是拥抱现实，并超越现实："我爱慕你们，如果我张开双臂，我要拥抱的是你们，我靠近的是你们——可爱的世界！"

在 20 世纪二三十年代，英国文学乃至世界文学都正处在一个发展的边缘时期，现实主义的摹绘写实、线性陈述只是情节上的重复，欠缺新意。伍尔夫毫不客气地批评说：

经过了一两个世纪，我们在制造机器方面学到了很多东西，至于在制造文学方面有没有学到什么，还是疑问。我们的写作并不比前人高明，我们所做的只能说是不停地走动，时而朝这个方向动一下，时而朝那个方向动一下，可是，倘从一个足以高瞻全局的山顶来看，却有点儿来回绕圈子的趋势。

伍尔夫用短篇小说为实践，尝试突破传统创作的窠臼。她通过以火车为背景的巧妙结构架设，运用想象、不确定叙述、空间挪移等方法使想象世界与现实世界互相转化，彼此破坏与重建。作家深入人物内心，描写人物的意识状态，揭示主人公的精神实质，尽可能寻找到"一种表达事实真相的方式"，于若虚若实、抑扬相发中，邀请读者一道塑造了丰满立体的人物，让人物永存。"不管冒多么大的生命财产的危险，必须在火车到站而布朗太太永远消失之前，把布朗太太拯救出来，表现出来，放在她和世界的超越关系之中。"这列火车，如同《班纳特先生和布朗太太》中布朗太太的火车一样，是个象征："这节车不是从里士满开往滑铁卢，而是从英国文学的一个时代开往另一个时代……"弗吉尼亚·伍尔夫在这个时代的文学的火车上，开出新的征程，引领了新的方向。

参考文献

[1]Beer, Gillian. The Island and the Aeroplane: The Case of Viginina Woolf [A]. Virginia Woolf: The Common Ground[C]. Gillian Beer ed. Ann Ar-

bor: University of Michigan Press, 1996.

[2] Bradbury, Malcolm. The Modern American Novel [M]. Oxford: Oxford U-
niversity Press, 1983.

[3] Baldwin, Dean. Virginia Woolf, A Study of the Short Fiction [M]. Boston:
Twayne, 1989.

[4] Drewery, Claire. Modernist Short Fiction by Women: The Liminal in Kath-
erine Mansfield, Dorothy Richardson, May Sinclair and Virginia Woolf
[M]. Farnham and Burlington, VT: Ashgate, 2011.

[5] Drobot, Irina-Ana. Imagining Stories about Other Characters in Virginia
Woolf and Graham Swift: The Role of Imagination in Creating Fiction [J].
Philobiblon. 2013(2): 466 −488.

[6] Hoker, Elke D'. The role of the imagination in Virginia Woolf's short fic-
tion [J]. Journal of the Short Story in English. 2008 (Spring).

[7] James, Henry. The Art of Fiction [A]. Hazard Adams ed. Critical Theory
since Plato [C]. New York: Harcourt Brace Jovanovich, Inc, 1971.

[8] Walvin, James. Leisure and Society 1830 −1950 [M]. London and New
York: Longman, 1978.

[9] Woolf, Virginia. The Diary of Virginia Woolf V [M]. Anne Olivier Bell ed.
New York and London: Harcourt Brace Jovanovich, 1984.

[10] 鲍温，伊. 小说家的技巧 [A]. //傅惟慈，译. 二十世纪世界小说
理论经典（上卷）[C]. 吕同六，主编. 北京：华夏出版社，1995.

[11] 村上春树. 我的职业是小说家 [M]. 施小炜，译. 海口：南海出
版公司，2017.

[12] 丰子恺. 丰子恺作品精华本 [M]. 武汉：长江文艺出版社，2014.

[13] 热奈特，热拉尔. 叙事话语·新叙事话语 [M]. 王文融，译. 北
京：中国社会科学出版社，1980.

[14] 伍尔芙，弗吉尼亚. 伍尔芙随笔集 [M]. 孔小炯 黄梅，译. 深

圳：海天出版社，1996.

[15] 伍尔芙，弗吉尼亚. 伍尔芙随笔全集 I [M]. 石云龙，译. 北京：中国社会科学出版社，2001.

[16] 伍尔芙，弗吉尼亚. 伍尔芙随笔全集 II [M]. 王义国，译. 北京：中国社会科学出版社，2001.

[17] 吴尔夫，弗吉尼亚. 雅各的房间：闹鬼的屋子及其他 [M]. 蒲隆，译. 北京：人民文学出版社，2003.

[18] 伍尔芙，弗吉尼亚. 伍尔芙日记选 [M]. 戴红珍 宋炳辉，译. 天津：百花文艺出版，2012.

第二章

绿玉窗前好写书：人与自然

第一节　在人与自然的共同视域下

《在果园里》发表于 1923 年，是应 T. S. 艾略特的约稿，此时弗吉尼亚·伍尔夫正在写《邦德大街上的达洛维夫人》。这部短篇小说于同年发表了两次：4 月，先是在艾略特的《标准》杂志上发表；9 月，哈罗德·勒布（Harold Loeb）在美国达达主义杂志《扫帚》（*Broom*）上也予以登载。它没有传统意义上的故事性，有人把它当作小说，有的认为是随笔。在苏珊·迪克编辑的《弗吉尼亚·伍尔夫短篇小说全集》中收录了它，而在中文版的《伍尔芙随笔全集》中也收录了它。《在果园里》发表后，不是所有的人都喜欢它，即使艾略特也抱怨它过于简短。但即使不喜欢这部作品的人也不得不承认，作品本身像一个精美的艺术品，结构严谨，层次分明，同《星期一或星期二》和《蓝与绿》一样堪称简洁典范。在这个篇幅短小的作品里，伍尔夫充分表达了自己的生态观，而她的观点与后来兴起的生态整体论非常契合。

一、绿玉窗前好写书

弗吉尼亚·伍尔夫自小就愿意亲近自然，还是孩童的时候，父亲莱斯利·斯蒂芬就经常带着孩子们在家附近的肯辛顿公园散步。伍尔夫周围有很多喜欢花园的女人，如亲戚卡罗琳·埃米利亚·斯蒂芬在剑桥就建有"微型邱园"之誉的花园；她的朋友维奥莱特·狄金森也喜爱花园；她的姐姐文妮莎·贝尔，尤其是她的丈夫伦纳德等都是果园爱好者。伍尔夫对母亲茱莉亚·斯蒂芬的怀念也常常与圣·艾夫斯的花园联系在一起："圣·艾夫斯给了我们所有……那种'纯粹的快乐'，此刻这一幕就在我眼前。榆树上柠檬色的叶子，果园里的苹果，树叶的呢喃与沙沙声……我写这些的时候，光在闪耀；苹果已是鲜绿……"《在果园里》这部短篇小说的创作得益于弗吉尼亚·伍尔夫对罗德梅尔乡村生活的切身体验和审美洞察。罗德梅尔（Rodmell）的僧侣舍（Monk's House）坐落在一个安静的村庄，位于南部丘陵地带，距刘易斯镇 3 英里，伍尔夫夫妇在 1919 年以 800（也有说 700）英镑从拍卖会得来。伍尔夫与丈夫搬到僧侣舍居住主要是看中了那里幽静的环境及果园。屋子并不大，正如其名字一样，非常简朴，冬天非常冷。（伍尔夫在日记中曾说冷得拿不住笔。在伍尔夫夫妇去世后，这座房子和花园转给了苏塞克斯大学（University of Sussex），后者将其租给了访问学者。其中一位房客是小说家索尔·贝娄（Saul Bellow），他在冬天来到这里，发现房子又冷又透风，实在忍受不了，仅仅坚持了一周后就搬走了。）他们改造了厨房，安装了热水管，在卫生间安装了冲水马桶。1928 年，他们购买了附近的一片土地，将其修整为保龄球草坪，同时扩展了房舍的二楼。最终这里成为一座斜顶的两层房舍、一个花园、果园和小池塘的乡间住宅。花园和果园的面积加起来有 3/4 英亩，当伍尔夫和伦纳德在僧侣舍安顿下来后，就开始辛勤打理这个果园。伍尔夫夫妇热爱园艺，经常在院子里劳作、除草、整理花床。这里有成排的果树、豌豆、洋蓟、土豆和树莓；微微隆起的草地，一块块缓缓铺展开来，形成了天然的避风港。伦纳德的侄子塞西尔·伍尔夫（Cecil Woolf）曾这样描述僧侣舍：

> 五颜六色的瓜叶菊、巨大的白色的和燃烧的橙色的百合花、大丽花、康乃馨、红通通的火炬花，与蔬菜、醋栗灌木、梨树、苹果树和无花果树融为一体。草坪上散落着几处金鱼塘。除了花园和果园，还有蜂箱和温室，伦纳德在那里收集了大量的仙人掌和多肉植物。

Orchard（果园）一词源于古英语中的盎格鲁－撒克逊语 orceard，意思是菜园或种植作物的园子，一般会种有很多果树：苹果树、梨树等，以及蔬菜：洋葱、胡萝卜、芹菜、卷心菜等。相比较以培育鲜花等观赏性的植物为主的花园，果园更侧重实用性，提供蔬菜、水果等。伍尔夫夫妇的果园为餐桌上的食物增色不少，作家会摘草莓和拔芦笋，收获苹果、土豆和核桃。在这里，作家夫妇远离市廛，远离伦敦的各种社交活动，静享无人打扰的乡村生活。伍尔夫在 1919 年的日记中写道：

在罗德梅尔度过了一个惬意的周末——不用谈话应酬,可以心无旁骛地读书,完全沉浸其中,然后睡下。一切清澈透明,窗外的山楂树好似浪花在舞动,还有花园里所有绿色的小径,绿色的土堆。然后醒来,进入炎热的静谧之日,不用见任何人,没有任何纷扰。这是我们自己的空间,悠长的时光。

在这枝繁叶茂的伊甸园里,绿色是主色调。它是大自然的颜色,充满生机与活力。绿色也是伍尔夫最喜欢的颜色,在以《蓝和绿》做标题的短篇小说中,"绿"出现了8次;在另一篇短篇小说《坚实的物体》中,主人公查尔斯痴迷的物体也是绿色的。在僧侣舍屋内,伍尔夫有一个绿色的小衣橱,她将客厅的墙壁漆成绿色,甚至想把壁炉也涂上绿色。这些绿色从屋内自然延伸到屋外,与外面的果园仿佛连为一个整体。穿过果园,伍尔夫有一个属于自己的写作小屋(writing lodge),里面有伍尔夫用来写作的桌椅。它由工具棚改造而成,也顺便用来存放苹果。小屋静静地在果园一隅,距离罗德梅尔教堂(Rodmell Church)咫尺之遥。从果园里可以看到教堂的塔尖,伍尔夫形容为:"一个银色的灭火器从树木中升起。"每天早晨,伍尔夫都走过果园来这里开始写作,从上午十点左右一直写到中午一点。书桌对面的窗外,草木葱茏的田野和绵延起伏的丘陵一望无际,真正是"绿玉窗前好写书"。伍尔夫深深陶醉于这里的生活:"与L(指伦纳德)在一起的生活是多么甜蜜,在这里,有规律和秩序，在花园里，在夜晚的房间，在音乐中，在散步中，在轻松的写作中。"果园里的劳作有效地缓解了伍尔夫因创作所带来的紧张和压力，同时又为她提供新的创作素材。

二、果园与村庄：相对相融

《在果园里》取自乡间日常生活中的一景。从小说第一部分中就可以看到，果园作为自然界的代表与村庄所代表的人类社会相对而存在。果园里树木葱茏，诗意盎然，既轻灵又厚重，既让人沉醉又发人深省。赫敏·李曾评价说这里"被描写得像一幅后印象派画作"。离它不远处是人类集聚生活的地方。如果说作家描述果园侧重的是色彩的话，那么描述象征人类社会的村庄则侧重听觉，充斥着"刺耳的喧闹声"：醉鬼的嘟哝声、教师的训斥声、孩子们的读书声、风琴的演奏声、沉闷的钟声等，展现的是乡间热闹的世俗生活。如果说果园是快乐休息之所（米兰达来到这里小憩），村庄则是人们要承担的义务与责任：为了生存，人们不得不在田间辛勤劳动，不得不忍受日常生活的琐屑。如果说果园里体现的是自由，无论是在精神上还是肉体上（逃学的小男孩把这里当成了避风港），那么村庄则是束缚之地：教堂是社区的中心，对人进行的是道德和精神上的约束；学校是教育和规训孩子们的地方，为他们步入成人社会做准备，不遵守规矩就要受到惩罚（孩子的手被打出了血）。如果说村庄注重的是人与人之间的关系，而果园则囊括更多，体现的是各个物种：人、动物、植物甚至土地、大气等之间的关系。

但是果园与村庄之间并非主体与客体、自我与他者的对峙关系。果园所代表的大自然不但为人类提供物质上的保障，而且还是滋养心灵的源泉。果园里树木繁多，这些树木除了实用和经济价值外，还有精神价值，而后者是作家特别看重的。伍尔夫一直很喜欢树木，她常常以树喻人，如在《到灯塔去》中的拉姆齐夫人就像是一棵树，只要丈夫需要，她会迸发出甘美肥沃的生命的泉水和雾珠；《达洛维夫人》中，在摄政公园陪伴着塞普蒂默斯·史密斯的妻子瑞齐亚就像一棵正在开花的树；《奥兰多》中主人公创作的诗歌则是以"橡树"命名，等等。而在短篇小说《墙上的斑点》中，伍尔夫对树木的描写就简直是一曲对树的生命礼赞：

> 我喜欢想那棵树木本身：首先想它身为木头的严密、干燥的感觉；然后想狂风暴雨的吹打；再想到树液徐缓、甘美的渗漏；我还想到它在冬天的寒夜里伫立在狂野上，叶子全都卷得紧紧的，面对月亮的眼箭没有暴露出任何弱点，俨然是竖立在一个彻夜翻腾的地球上的一根光秃秃的桅杆……在大地逼人的寒威下，须根一根接一根绷断，接着，最后一场暴风雨袭来，最高的条枝掉下来，又深深地扎进地里。

保罗·泰勒（Paul Taylor）在《尊重大自然》（*Respect for Nature*）中指出：所有的生命体，都是"生命的目的中心"

（teleological center of life），均指向一个目标：实现有机体的生长、发育、延续和繁殖。因此，所有生命体具有天赋价值，值得尊重。在现实中，伍尔夫夫妇曾在僧侣舍的池塘边栽种了两棵榆树，象征夫妇相依而立，希望死后把骨灰也埋在树下（后来，一棵在1943年被暴风刮断，另一棵在1985年死于荷兰榆树病，之后此处立起了两人的半身塑像），可见对树木的喜爱。对于作家来说，树木不是无生命的物体，而是像人一样，有情感、有性格，有自身的魅力。伍尔夫说："当一个女人远离尘嚣，孑然一身，她是多么倾向无生命的事物———树木、溪流、花朵，感觉它们表达了这个人的心意，感觉到它们变成了这个人。"对于作家来说，大自然有灵性，可以与人相通。学者斯塔霍克（Starhawk）指出："女性和自然有一种天然的共鸣，长期亲近自然的生活方式让她们拥有一种以大地为核心的精神信仰，学会平等、包容、关怀地看待所有生命。"如果人能感知他物的存在状态，就会有同情、同理之心，有共情能力，可以跳出以自我为中心的陷阱。

树下的女孩米兰达，既是自然人又是社会人，作为一个中介，沟通了果园所代表的自然和村庄所代表的人类社会两个空间。小说的三个部分均以一句"米兰达在果园里睡着了"为每一部分的开端，以"呀，我要赶不上茶点了"结尾，这样的重复形成首尾重叠衔接的环形结构，营造出一种回环往复的韵味。而各种重复又是通向作品内核的秘密通道，循着重复的踪迹，文本中场景的重复成为阐释意义的有机线条，将读者带到不同的意义场域。从以果园为代表的自然，到以茶点为代表的人的文化，这两个世界本来就交融在一起，是你中有我，我中有你的整体。文本中反复提及米兰达的紫色裙子——"果园一角，一片蓝绿色之间露出一抹紫色。"说明米兰达既融于自然又独立于自然，象征人与自然的关系；而书掉落在草丛中，也说明书本所代表的文明孕育于自然之中。人类随草而牧，逐水而居，社会就是从自然中孕育而出。人首先是作为自然存在物而存在的，这是人存在的最基本特征。"人是一个自然的存在，他事实上永远不可能与大自然分割开……"

三、人与自然：价值平等与责任担当

然而，人毕竟有其社会属性。有意识地利用工具对周围自然环境进行改造，为自己种群的繁衍、生存及发展建造适宜的环境，构木为巢，取才成衣，是人类与其他生物的区别之一，也是人的价值的体现。但是，大自然的存在，绝不是如康德所说，仅仅是为了人类，"人就是这个地球上创造的最后目的"。没有人的存在，也绝不是"白费的和没有终极目的的"。在伍尔夫的另一部短篇小说《护士拉格顿的窗帘》中，动物的出场和归位看起来与人息息相关，是人在主宰：虽然动物们在拉格顿小姐睡着的时候出来，乐园里没有人的踪影，但是如同一个不在场的存在，人时时刻刻影响着这些动物：小姐的鼾声犹如雷声，让动物们时刻保持警惕，一看到小姐醒来，便马上回归原位。更进一步说，这片热闹的景象也许说不定正是拉格顿小姐

的梦境呢。在《小池塘的魅力》（*The Fascination of the Pool*）中，水所承载的实际上还是人的想象，是人赋予它生命与意义。《在果园里》，也正是由于人的能动作用，才能在与果园相距不远的地方建立了人的生活社区——村庄。米兰达虽然身处果园，但一直心系村庄，所以小说第二部分的叙述悄然转换，不知不觉间转入米兰达的心理，描述其心理的精微变化，回应村庄里的人或事在她心里的投射。米兰达脑海中所有的一切都跟听到的声音相关，而所有的声音都来自村庄：当她飞升大地、想象自己是一片树叶或女王的时候，听到了孩子们念乘法表；当她想象自己在悬崖顶上时，听到老师在训斥学生们；她生命的狂喜与醉汉的叫喊声相伴；风琴演奏的《古今赞美诗》让她想到的是自己将来结婚的场面；而体会到的生命的悸动与村庄里六个女人做的产后感恩礼拜交织……这一切似乎都突出了人的重要性与能动性，人是一切的旨归与目的。但是，如果人类把自己当作目的，把自然存在物当作实现人之目的的工具，其结果是人自己也沦落为工具，因为："（这）就等于将自己的本质和目的变成了维持自己生存的手段，从某种意义上来说，无不是人把自己当作自然界的工具而被自然界所利用，这样一来，就使自己陷入一种二律背反的尴尬境地：本来是想确定人是整个自然界的最终目的，结果却使人变成了自然界的工具。"（曹孟勤语）

过度地张扬人类的主体性，强调人对自然的主导、支配作用，欲望无限制地膨胀时，就会对自然的认识产生错觉，在错误的认知和行动下，必然会产生或者导致恶果。伦纳德在《一路向下》（*Downhill All the Way*）中回忆道：

> 那是我一生中最可怕的几个月，因为人们眼睁睁地看着战争不可避免地逼近，感到无助和绝望。当时最可怕的事情之一，就是从无线电里听到希特勒的演讲，那是一个心怀复仇的失败者的野蛮而疯狂的胡言乱语，他突然觉得自己是全能的。1939年夏末，我们住在罗德梅尔，我常常听那些激昂极端的演讲。一天下午，我正在果园里的一棵苹果树下种植鸢尾花，那些可爱的花……突然，我听到弗吉尼亚从客厅的窗户那儿叫我："希特勒正在演说。"我大声回答："我不去听。我正在种鸢尾，这些花即使在他死后也会长久盛开。"去年3月，在距希特勒在地堡自杀21年后，这些紫色的花还在绽放。

自然界独立于人存在，甚至在人消亡后，大自然依然存在。这个观点在伍尔夫的作品中反复出现：在《奥兰多》中，当主人公重返老宅花园时发现，经历时代的变迁，花园里人工的痕迹已逐渐褪去，取而代之的是大自然的杰作："几只麻雀、八哥，还有不少鸽子，一两只乌鸦，都在按照他们自己的生活方式忙碌着，有的寻找蚯蚓，有的寻找蜗牛，有的扑棱着翅膀飞上枝头，有的在草地上奔走……"在《小池塘的魅力》中，小池塘边上人来人往，人们在这里钓鱼、嬉戏、吐露心声，它见证了人们的喜怒哀乐，狂喜与绝望，许多年后，当时的人已消失，池塘依旧存在；在《护士拉格顿的窗帘》中，围裙上的动物们趁着女主人打瞌睡的瞬间出来活动，在没有人的场所尽情嬉闹，其乐融融。同样，《在果园里》的第一部分，米兰达似乎睡着了，但她周围的大自然却在正常运转，悄然发生变化。此时，人呈静态，自然环境呈动态。Swanson 指出："从一开始，没有人类存在的大自然——以大地、天空、水、昆虫、鸟类和动物的形式——就在伍尔夫的小说中占据了重要的地位……"

人需要坦然面对自己在大自然面前的渺小，勇于承认自己的局限性。人类也许可以征服大自然中某些具体的事物，但是，大自然永远隐匿着无限的未为人知的奥秘。恩格斯在《自然辩证法》中指出："我们不要过分陶醉于我们对自然界的胜利。对于每一次这样的胜利，自然界都报复了我们。每一次胜利，在第一步都确实取得了我们预期的结果，但在第二步和第三步却有了完全不同的、出乎意料的影响，常常把第一个结果又取消了。"大自然有自己的运行模式与节奏，冬去春来，花开叶落，循环往复，是一个生生不息的整体系统。人类的生活也有它自己的模式：日升而作，日落而息，春耕秋收，夏耘冬藏，该劈柴时劈柴，该放牛时放牛，"不违农时，谷不可胜食也"。人的能动作用，一定要建立在遵循自然规律的基础上。要因循利导，对不可逆转的规律要适应而不是扭转。敬重自然，遵循规律，并不是降低人的存在价值，恰恰相反，正是由于对其他生物的敬重，才突显了人的责任和义务，可以由己及物，更彰显人性和人的存在价值。人与其他生物，无论是有生命的还是无生命的，在价值上的平等并不是将人等同于动物式的存在。人与其他物种的区别就在于人的道德行为，人对自然要有道德关怀，确保生命形式的丰富性和多样性，有责任和义务保持生态系统的稳定与和谐，保护生态系统的完整性。人类作为自然界中的一员，其生存和发展离不开自然，自然的任何改变也直接影响到人类的生存与发展。反之，人类的任何行为都会对自然产生影响。人类与自然之间的辩证统一关系决定了人类的发展必须与自然共谋和谐，不能背道而驰。

四、自然共同体：万物和同

伍尔夫在《往事杂记》里曾记载了这样一件事，这件事铸就了她对世界构成和生命存在方式的独特理解：

> 我正观看着前门边花圃，"这是一个整体。"我说。我正注视着一株枝叶繁茂的植物；我突然之间仿佛明白了花本身就是大地的一部分，有一道圆环包围着这株花，那就是真正的花，既是泥土，也是花。

这种将自然界中的个体生命与其他生命，甚至与世界的种种事物联系为整体的思想，是伍尔夫生命哲学的一个重要理念。所有物种，包括人类在内，都是一个相互依存的系统中的一部分。在《达洛维夫人》中，塞普蒂默斯认为树木是有生命的："树在向他招手，树叶有生命，树木也有生命。通过千千万万极细小的纤维，树叶与他那坐在椅上的身体息息相通，把他的身躯上下煽动；当树枝伸展时，他说自己也随之伸展。"人和植物是相通的。虽然物各有性，但都有其内在价值。这一理念并非伍尔夫所独有，早在 19 世纪，英国诗人华兹华斯就认为：宇宙本是一个整体，人和各种生物都是造化之子，可以和睦共居。美国著名生态学者奥尔多·利奥波德在其著名的《沙乡年鉴》中提出了"大地共同体"这一具有整体主义思想的生态概念，把大地共同体的"和谐、稳定、美丽"作为人们的最高追求。利奥波德所说的土地并非单指人们脚下所踩的泥土，而是广义概念上土地所蕴含的气候、水、动物、植物等一系列存在物。另一种深层生态学则认为，大自然就是一个庞大的生态系统，生态链上的每一个物种都不可或缺，它们相关相克、互有关联，土壤、树木、花草、动物等一切都是不可分割的，每一个物种都对维持生态系统的和谐、完整发挥着重要作用。正如深层生态学中所提出的基本原则中所说：

地球上人类和非人类生命的健康和繁荣有其自身的价值（内在价值，固有价值），就人类目的而言，这些价值与非人类世界对人类的有用性无关；生命形式的丰富性和多样性有助于这些价值的实现，并且它们自身也是有价值的。

夏洛特·佐伊·沃克（Charlotte Zoe Walker）在研究了伍尔

夫的短篇小说之后，将其称之为"自然的存在与对话"，在《放飞天空》一文中，她认为伍尔夫的短篇小说主要通过四种方式来探讨自然与人类的关系：通过探索所有生命形式的相关性、通过"阅读"自然"文本"寻找问题的答案、通过分析"自然与文明之间的界限、通过设置自然与等级制度之间的对话，对父权制进行全盘批判。世界处于普遍的联系之中，相互作用，所有的生物一起构成一个相互依赖的共同体，这在《在果园里》的第三部分得到了充分体现：大地蔚然一体，果园里的一切，土地、空气、果树、草丛、鲜花、飞鸟等都是一体的，不可分割。地表之上的树木花草随波动的气流起伏，除植物外，在这里栖息的还有各种动物，有鹡鸰、歌鸫、麻雀等至少三种鸟类，还有奶牛等人类饲养的动物。果园不只是人类的乐园，还是整个生物圈的乐园，所有的生物在这里都找到了自己的栖息之地。大自然的一切安排都合理有序，24 棵苹果树疏密有致，"每棵苹果树都有充分的空间。天空恰好能容下所有的树叶"。天地各安其位，万物生生不息。各种生命形式具有独立于人的天赋价值，生态系统呈现最大的复杂性和最大化共生。作为自然之子，人类与周围环境和谐相生。米兰达嘴角一直在微笑，心跳声呼应着钟声，呼吸和风速一起律动。自然的肥沃孕育着精神的丰腴，教堂的风琴在演奏《古今赞美诗》；新生命出生，人们在教区长的带领下做感恩礼拜。整个宇宙——自然界与人类社会——本为一体，你中有我，我中有你。万物和同，共生共荣，呈现出阿恩·奈斯（Arne Naess）在《浅层与深层——长期生态运动综

　　伍尔夫短篇小说概观

述》中所说的人、生物和非生物三者之间呈现出的循环运转、流动往复的动态场景，达到了中国《礼记·中庸》中所说的"致中和，天地位焉，万物育焉"的完美状态。

米兰达到底睡着了没有？叙述者也不知道，也许是在半梦半醒之中，人、景、梦融合在一起，物我不分，外在客观世界和内在主观世界之间的壁垒被打破。人与自然的和谐激发了人的生命活力，米兰达摆脱了具象世界，催发出一种广博的宇宙感，超验的意念在飞升。飞翔意味着自由，无拘无束，摆脱一切羁绊，达到逍遥自由的快乐的生命状态。超越肉体的、具体的、狭小的"小我"状态，逐渐扩展成为一个精神上的"大写的我"的状态，既在所有存在物中看到了自我，又在自我中看到了所有存在物，从有我之境到无我之境，超越具体的、有限的物象、事件、场景，进入无限的时间与空间，胸罗宇宙，思接千古，最终达到一种"天地与我并生，万物与我为一"的理想状态。华兹华斯说："万象的和谐与怡悦/以其深厚的力量，赋予我们/安详静穆的眼光，凭此，才得以/洞察物象的生命。"小说的叙述者如同一个神秘观察者，自由自在地移动着。以米兰达为焦点，先是平视，然后逐步升高，随之半径慢慢扩大，在浩渺的宇宙中，果园只不过是"针眼般大的空间"。这里发生的一切不过是沧海一粟，是整个世界的缩影。

在人类存在的漫长历史中，自然既是人类生存的主要物资来源，又是人类心灵栖息的主要场所。在工业文明出现以前，人依附于自然，随着现代文明的兴起，工业化进程的加快，人口的迅猛增加，人类俨然成为地球的"主宰"，通过各种技术手段涸泽而渔以满足自身欲望，这种人类中心主义思想导致了资源被过度消耗，自然环境不断恶化。弗吉尼亚·伍尔夫的作品经常通过人与动、植物的互通与感知，探索各种生命的相互关联性，认为自然万物因品种的不同而摇曳千姿、各有百态，但都具有平等的内在价值，生存权利。人与自然不是主、客体的两极，不能将万物视为与己无关的外在之物去控制、破坏。人类的实践活动应遵循宇宙节律和顺应天道，使生物群落趋向美丽、和谐和稳定，这样才能超越以人为中心的视角，在人类社会与自然构建的共同体中，使万物和合相融，推动人与自然的良性循环，朝着更好的、可持续性方向发展。

参考文献

[1] Lee, Hermione. Virginia Woolf[M]. London: Vintage, 1996.

[2] Swanson, Diana L. Woolf's Copernican Shift: Nonhuman Nature in Virginia Woolf's Short Fiction[J]. Woolf Studies Annual. 2012 (18): 53 −74.

[3] Walker, Charlotte Zoë. Letting in the Sky: An Ecofeminist Reading of Virginia Woolf's Short Fiction[A]. The Environmental Tradition in English Literature[C]. John Parham ed. Aldershot: Ashgate, 2002: 172 −85.

[4] Woolf, Leonard. Downhill All the Way: An Autobiography of the Years 1919 to 1939[M]. New York: Harcourt Brace Jovanovich, 1967.

[5] Woolf, Virginia. A Sketch of the Past[A]. Moments of Being: Unpublished Autobiographical Writings[M]. Jeanne Schulkind ed. New York: Harcourt

Brace Jovanovich, 1976: 61 -137.

[6] Woolf, Virginia. The Diary of Virginia Woolf I [M]. 5 vols, Anne Oliver Bell and Andrew McNeillie eds. New York and London: Harcourt Brace Jovanovich, 1977.

[7] Woolf, Virginia. The Complete Shorter Fiction of Virginia Woolf [M]. Susan Dick ed. London: Harcourt Brace Jovanovich Publishers, 1985.

[8] Woolf, Cecil. Virginia and Leonard, as I Remember Them [A]. Virginia Woolf and the Natural World [C]. Kristin Czarnecki, Carrie Rohman eds. Liverpool: Liverpool University Press, 2011: 35 -41.

[9] 恩格斯. 马克思恩格斯全集 第九卷 [M]. 北京: 人民出版社, 2009.

[10] 曹孟勤. 人性与自然: 生态伦理哲学基础反思 [M]. 南京: 南京师范大学出版社, 2006.

[11] 狄金森, 艾米莉. 艾米莉·狄金森诗选 [M]. 周建新, 译. 广州: 华南理工大学出版社, 2011.

[12] 弗莱, 罗杰. 弗莱艺术批评文选 [M]. 沈语冰, 译. 南京: 江苏美术出版社, 2013.

[13] 华兹华斯. 华兹华斯诗选 [M]. 杨德豫, 译. 桂林: 广西师范大学出版社, 2009.

[14] 卡尔维诺, 伊塔洛. 卡尔维诺文集 [M]. 萧天佑, 译. 南京: 译林出版社, 2005.

[15] 康德. 创作力批判 [M]. 邓晓芒, 译. 北京: 人民出版社, 2002.

[16] 雷毅. 深层生态学思想研究 [M]. 北京: 清华大学出版社, 2001.

[17] 利奥波德. 沙乡年鉴 [M]. 北京: 商务印书馆, 2017.

[18] 李约瑟. 李约瑟文集 [C]. 潘吉星, 主编. 沈阳: 辽宁科学技术出版社, 1986.

[19] 列斐伏尔, 亨利. 日常生活批判 (第一卷) [M]. 叶齐茂、倪晓

晖，译. 北京：社会科学文献出版社，1997.

［20］吴尔夫，弗吉尼亚. 雅各的房间：闹鬼的屋子及其他［M］. 蒲隆，译. 北京：人民文学出版社，2003.

［21］伍尔夫，弗吉尼亚. 达洛卫夫人［M］. 孙梁、苏美，译. 上海：上海译文出版社，2007.

［22］郑湘萍. 生态女性主义视野中的女性与自然［J］. 华南师范大学学报（社会科学版），2005（6）：39 －45.

［23］朱熹. 中庸章句集注［M］. 北京：中国书店，2001.

第二节　从玫瑰花到康乃馨

1926 年 9 月，弗吉尼亚·伍尔夫即将完成《到灯塔去》的时候，在日记中写道："像往常一样，当我结束这本书的时候，各种各样的小故事开始涌现：一本关于人物的书；从一些简单的句子中抽出整根线，比如克拉拉·佩特说：'你没发现巴克商店的别针没有尖吗？'在最终完成的短篇小说《存在时刻——斯莱特商店的别针没有尖》的开头段落中，作家只是改了商店和主人公的名字：'斯莱特的别针没有尖——难道你一直没发现？'克雷小姐说。"

1927 年 7 月，弗吉尼亚·伍尔夫把小说寄给美国《论坛》(Forum) 杂志，她在给密友维塔·萨克维尔 - 韦斯特（Vita Sackville-West）的信中说："我刚刚为美国人写或者说重写了一个关于萨福主义（Sapphism）的很好的小故事。"稍后，在 1927年 10 月 13 日给维塔的信中再次写道："我刚因我的萨福小故事收到从美国寄来的 60 英镑稿费，编辑虽然极力寻找意义，但仍不得要领。"因此这篇故事开宗明义是关于萨福主义（Sapphism）即女性的同性恋情，但因写得非常隐晦，所以当时编辑没能切中要点。

一、隐晦：无奈之举

微婉其辞，隐晦其说，可以说是《存在的时刻——斯莱特商店的别针没有尖》这部短篇小说的主要特点。伍尔夫之所以写得如此含混，与当时的创作年代及社会背景有很大关系。因为几乎同一时期，1928 年，女作家拉德克里夫·霍尔（Radcly-ffe Hall）出版了描写女同性恋的小说《寂寞之井》（*The Well of Loneliness*），因"内容淫秽"遭到英国内政部的审查，最终政府下令查禁此书，已出版的 800 多本书被没收，出版商因道德罪名被传唤出庭。政府的禁止与干预激起了许多作家的反感，E. M. 福斯特起草了一篇辩护文章，联合作家们签名反对，发表在同年 9 月 8 日的《民族》（*Nation*）杂志上。尽管弗吉尼亚·伍尔夫并不喜欢《寂寞之井》，但她还是在请愿书上勉强签了名。她在写给维塔的信中沮丧地说：现在，自己好像成了萨福主义的代言人。伍尔夫并不赞赏霍尔在书中对性的大胆、直接、自然的描述，认为它立意不高，非常乏味，以至于"任何下流的东西都可能潜伏在那里——人们根本无法把眼睛盯在书页上"。虽然伍尔夫所在的布鲁姆斯伯里文艺圈打破了维多利亚时代以来的各种禁忌，生活大胆开放，朋友之间可以公开地、坦然地谈论婚姻和性。但伍尔夫依然认为，那是在私密的小圈子里谈论的私密之事，在文学作品的描写中则应含蓄委婉。伍尔夫的作品中从来不直接描写性，恋人间的亲密行为至多为亲吻，当进一步的关系发生时，也是用一些非常具有象征性的事物来隐含替代，这点即使是在她的关于性别变换的《奥兰多》中也同样如此。

　　历史上，早在柏拉图时期，男性间的同性情谊就存在。多佛（K. J. Dover）所写的《希腊同性恋》（*Greek Homosexuality*）就提供了大量证据表明男性同性恋在当时盛行。希腊人认为，真正的爱情存在于男性之间，尤其存在于导师与年轻学徒之间。导师充当指导者，引导年轻人成长，同时又被年轻人所吸引。如果说布鲁姆斯伯里圈对男同性恋默许甚至鼓励的话，对女同性恋则充满着厌恶与敌意，从伍尔夫与维塔·韦斯特的交往中可看出一二。好几年的时间里，布鲁姆斯伯里的朋友们对二人的关系绝口不提，讳莫如深。简·马库斯（Jane Marcus）说："对于像弗吉妮亚·伍尔夫这样的女人们来说，剑桥和布鲁姆斯伯里的同性恋男子似乎不是异性恋社会偏见的受害者，而是'知识贵族'本身，一个拥有凌驾于英国文化之上的虚拟霸权的精英。"在伍尔夫创作这部小说的 20 世纪 20 年代，正是她与维塔·韦斯特来往密切的时期，伍尔夫欲将太多自身的感受付诸文字，但是举笔踌躇，顾虑颇多。克莱门茨认为，伍尔夫的故事叙事突出了在异性恋叙事传统中，女同性恋叙事建构所面临的重重困难，她不能清晰地表明自己的态度，明确表白自己的意愿。伍尔夫解决这个难题的方法之一就是使用大量的充满歧义的、隐晦的意象，例如喷薄的泉水、错置的花卉等。Kathryn Simpson 指出：她的实验风格是模棱两可的、撩人的、开放的，充满了各种可能性，拒绝明确表态和确定意义，以防招致责难和审查。

利用物体的象征意义来传情达意是作家经常采用的文学创作手法。在《存在时刻——斯莱特商店的别针没有尖》这篇小说中，钢琴女教师克雷小姐与主人公范妮是师生关系，一个相对年长，另一个年轻；情感的产生是在钢琴教室，这些都与希腊盛行的男同性恋一一对应。花朵承担了作者希望传递的主题功能，虽然标题中出现了日常用品别针，也有论者根据弗洛伊德的心理学理论，认为别针象征着男性的生殖器，而没有尖的别针象征了男性性功能的丧失。此外，从 17 世纪开始，英文"pin"就是 penis（阴茎）的俚俗叫法。但如同 Erin Douglas 指出的那样："故事的焦点不是没有尖的别针，而是那枝奇异的花。"

二、置换：从玫瑰到康乃馨

许多女作家在现实生活中非常喜爱花。凯瑟琳·曼斯菲尔德说："即使是花的图片也会对我产生很大的影响，我会立刻感到极大的兴奋和喜悦。我的意思是说，就像一个伟大的乐队突然演奏一样。"反映在她们的作品中，或用来表现心情，或用来指代环境，功能纷繁，不一而论。加拿大女作家玛格丽特·阿特伍德在《使女的故事》中，利用花朵来表征叙述时间：水仙凋零之后，取而代之的是郁金香；随着小说的推进，鸢尾花取代了郁金香。等到雏菊盛开，也就到了秋季。弗吉尼亚·伍尔夫同样喜爱花，她对于母亲的最早回忆就与花有关："第一个回忆：红色和紫色的花点缀在黑色的背景下——我母亲的衣服；她坐在火车或是公共汽车上，我坐在她的腿上，所以我能很近地看到她衣服上的花朵。"真实的花朵在她诸多其他作品中都被反复提及。毋庸说《邱园》中五彩缤纷的鲜花、《达洛维夫人》开篇便是女主人公出门买花、《海浪》中的六瓣花象征着六个人物，合在一起便象征着人类整体，等等。如果把伍尔夫在作品中描写的花儿集中起来，将会组合成一个硕大的美丽花园。

在《存在时刻》中，分别出现了玫瑰、康乃馨、仙人掌、雏菊、番红花等不同的鲜花，重点是玫瑰和康乃馨。传统上，玫瑰代表男女之间的爱情，在这个短篇小说中，当玫瑰从女学生范妮·威尔莫特的裙子上掉下来时，就隐含着对异性恋的放弃；及至后来钢琴女教师说"男人的用处肯定就是保护我们"时，范妮大笑着说："哦，可我才不要什么保护呢。"其潜台词是：我可不需要什么男人。佐证了范妮本身的独立性及同性恋倾向。钢琴教师克雷小姐有点儿像《到灯塔去》中的画家丽莉·布里斯科：生活全靠自己打拼。她们有谋生的手艺，绘画或弹钢琴；坚持独身，不进入婚姻；思想独立；在外界看来都有点儿怪癖。在范妮的想象中，钢琴教师年轻时也曾有玫瑰花，被异性追求，"她的玫瑰在布裙的胸襟上绽放着纯洁的热情"，可以迷倒一众男子，但她拒绝了婚姻，也拒绝了男性的保护，因为实际上，"他们是吃人的妖魔"。他们只要女性为他们服务，损伤女性的独立性。联系到伍尔夫的经历，也许某种程度上反映了作家本人的心声。在其父亲去世后，她的同母异父的哥哥非但没能保护她，还侵犯她；而年长的女性朋友维奥莱特·迪金森抚慰了伍尔夫，并鼓励她写作。正是在她的引荐与鼓励下，伍尔夫走上了写作之路。维奥莱特·迪金森将伍尔夫介绍给《卫报》的"女性副刊"编辑玛格丽特·利特顿（Margaret Lyttleton），伍尔夫发表了第一篇文章，之后伍尔夫的很多随笔都发表在这家报纸上。在她1905发表的35篇随笔中，有23篇发表在《卫报》上。所以从这个意义上来说，无论是与迪金森发展的浪漫关系还是后来与维塔的同性之恋，都显示了伍尔夫本身的同性恋倾向。

　　小说中，作家采用人物有限视角，几乎通篇都是范妮·威尔莫特对钢琴教师克雷小姐的想象。关于后者，她只有一些零碎的信息和从音乐学院院长金斯顿小姐那儿听来的八卦，试图拼出对克雷小姐一个完整而清晰的印象。可见女教师占据了她的脑海，也就是说，在女教师有所动作之前，范妮就已经爱上了女教师。她先是觉得女教师克雷小姐来自贵族家庭，总是高高在上，与她有距离："我够不着你——我抓不住你。"脑海里的这句话说得热切而沮丧，反映了范妮的心声。当她听到克雷小姐说"斯莱特商店的别针没有尖"时，非常惊喜，因为这就表明，克雷小姐与其他人一样，也会关注日常琐事，会去商店买日常用品，这样就拉近了二者的关系。当范妮想象克雷小姐想要打破那块把他们兄妹和其他人隔开的玻璃时，实际上反映了她自己想要把克雷小姐从兄妹独处、自成一体的状态中分离出来，想要跨过钢琴去看穿钢琴后面之人的愿望。其实范妮知道自己是克雷小姐最喜欢的学生，只是对这份恋情还不能确定。当克雷小姐用她那奇怪的眼神盯着她时，范妮在其目光的注视下"羞得满脸通红"。这是一个典型的恋爱场景：小心试探，言语暗示。"男人的用处"重复了三次，一问一答中，从看似无意其实有心的随意提及，到最后终于肯定彼此对异性的排斥，双方才能互通心曲。这样，从情愫暗生到最后大胆的亲吻，才不会显得突兀。

掉在地上的玫瑰花什么时候变成了康乃馨不得而知，读者只知道的是，克雷小姐捡起了花，而这花变成了康乃馨。丢掉的是象征着异性恋的玫瑰，捡起的是象征同性之爱的康乃馨。康乃馨象征同性之恋由来已久。19世纪末20世纪初，在法国和英国，绿色康乃馨象征着男性同性之间的欲望。1894年，罗伯特·希钦斯（Robert Hichens）曾以作家奥斯卡·王尔德和其同性爱人波西为蓝本创作《绿色康乃馨》（*The Green Carnation*），其中写到男子对绿色康乃馨的狂热崇拜。作为王尔德的拥趸的凯瑟琳·曼斯菲尔德在1918年也写过一个短篇小说《康乃馨》，描述女性之间的爱恋，因此，康乃馨成为女性之间的同性欲望的一种象征。在伍尔夫的《存在时刻——斯莱特的别针没有尖》中，捡起康乃馨的钢琴教师克雷小姐的手指抚弄花的动作写得诗意盎然，富有性的含义："她揉搓着花，范妮觉得，春心缭乱地揉在她那光滑的、青筋暴起的、戴满了珍珠的水彩戒指的手里。她的手指的挤压似乎增加了花儿最亮丽的色彩，使它更显眼，使它的褶层更多、更鲜艳、更纯洁。"范妮潜意识里希望自己是这朵花，被老师抚摩，渴望肉体接触。但是作者对激情的描写也是点到为止，不做过多渲染。所以，范妮"站在那儿系披风，就像这朵花儿一样；指尖感受到了青春和灿烂；但是，也像这朵花一样，范妮怀疑，受到了抑制"。

三、顿悟：存在时刻

1928 年 1 月《存在时刻——斯莱特的别针没有尖》发表在《论坛》上时，标题是《斯莱特的别针没有尖》，后来伦纳德·伍尔夫在 1944 年出版《闹鬼的房间及其他故事》的时候，在标题上添加了"存在时刻"（Moments of Being），此后，这个短篇小说的标题就一直遵循后者的样子存在于世。后来，珍妮·舒尔金德（Jeanne Schulkind）将这个专有名称作为伍尔夫《往事随笔》的标题《存在时刻：自传性书写集》（*Moments of Being: A Collection of Autobiographical Writing*），但也正如 Alex Zwerdling 指出的那样："伍尔夫自己并没有给予这个短语如此重要的地位。"伍尔夫也从来没有给"存在时刻"一个明确的定义，只是给出了一些例子。她在《往事随笔》中回忆童年在圣·艾夫斯的时候，发现日常生活中的某些时刻非常重要，感觉非常强烈、真实。而这个时刻在外表上看与普通时刻没有区别，但是心理感受却不同，意识突然被点燃，仿佛透过层层迷雾看到了真相。它们可能是"小小的日常奇迹、启示，在黑暗中不经意被点燃"。

在《存在时刻——斯莱特的别针没有尖》这篇小说中，作者叙述的只是日常生活中的一个普通得不能再普通的动作：捡起掉落在地上的别针。然而，这个普通的过程却如亮光一闪，将原本压抑在心底的欲望引爆，让主人公正视自己的感情，突显了真实存在。在别针落地、寻找、发现、捡起等一系列动作中，作家描写了范妮对钢琴教师的想象与推测，物理时间很短，心理时间很长。两个重要时刻形成鲜明对比。一个是克雷小姐与一位青年男子在划船，当男子就要表明心迹的时刻，克雷小姐的大声叫喊吓到了他，"对他们俩来说，那是个恐怖的时刻，幻灭的时刻"，也是"揭秘的时刻"。作家更多的是从男子的视角来叙述，描述了男子的心理活动：愤恨，失望，自尊心受挫。"他怎么也想不明白她干吗要来这儿……纯粹为了呵斥他？"所以他果断与她分手，而克雷小姐也明白自己对异性的排斥。但是当范妮看到克雷小姐手里的康乃馨，也就是教师含蓄地表明心迹时，激起了她丰富的想象，作者一连用了不下十个"看见"（saw）来强调这种激情四射。①

> 她看见了她的存在的源泉不断喷发出银色纯净水滴，
> 她看见了克雷小姐那遥远的过去，她看见了盒子里绿色的
> 罗马花瓶……她看见茉莉亚张开双臂，看见她容光
> 焕发……

---

① 在英文原文中，作者是有意多次重复，而译者或许是嫌过于啰唆，删去了许多"看见"似有不妥，这样就无法领略作者的匠心独运。

此时，女学生的大脑中光影交错，对于音乐老师的过去、未来生活展开了丰富的想象，这些想象既是意象的又是具象的。含有具体的日常生活：下楼，倒茶，照顾父亲，坚持走自己的路，旅行，等等。英文中的动词用的是现在分词形式，传达了持续不断的变化，这种变化渗透了范妮的生活经验的感知。所有的狂喜源自日常所得，慢慢堆积，瞬间爆发，并且产生了顿悟，这也就是伍尔夫所说的"存在时刻"。它突破了两个女人隐蔽而缄默的情感生活，使原本杂乱无章的意识流动产生相对稳定的情感依附和发展方向。此刻，生命是丰富的、灿烂的。有了这样的时刻，主人公对老师、自己有了新的认识。

《存在时刻——斯莱特的别针没有尖》以热情的拥抱和亲吻结尾。这个吻或多或少带有明显的色情色彩，不同版本有些许差别。在伦纳德·伍尔夫编辑的《一间闹鬼的屋子及其他》里，作者的描写为："她（范妮）看到茱莉亚——茱莉亚在燃烧，茱莉亚被点燃了……茱莉亚吻了她的嘴唇。茱莉亚拥有了它。"但在苏珊·迪克（Susan Dick）编辑的《弗吉尼亚·伍尔夫短篇小说全集》中却认为，伦纳德误用了他妻子的打印稿，这不是伍尔夫发表在《论坛》上的版本。所以，在《弗吉尼亚·伍尔夫短篇小说全集》中是这样描写的："她看到茱莉亚——她看见茱莉亚张开双臂，看到她在燃烧，看见她被点燃……茱莉亚吻了她。茱莉亚拥有了她。"两个版本的描写均是从范妮的视角看去，强调了"看"的动作；只是后面的代词各有不同：前者强调的是"嘴唇"，强调的是身体部位，而后者指完整的人，各有侧重。从整篇文章的寓意来看，后者更符合作者的初衷。不管是否吻在唇上，是"它"还是"她"，最终恋情得以确定，整篇小说的故事达到高潮。宛如在水晶棺中沉睡的白雪公主，女主人公被一个吻唤醒了，只是施吻者不是异性的王子，而是同性教师。相似的情节同样发生在伍尔夫的另一个短篇小说《从外面观看一所女子学院》中。初到纽纳姆女子学院上学的19岁的安杰拉，被女同学爱丽丝·埃弗里亲吻后，肯定了恋情，感觉到"在黑暗中翻腾了无数个世纪之后，隧道尽头有了光明，有了生命，有了世界"。

用花来代表同性情谊，在伍尔夫的作品中并不鲜见，在长篇小说《奥兰多》《达洛维夫人》中，作家都用花来代表萨福主义或女性的同性欲望。而在《存在时刻——斯莱特的别针没有尖》中，作家用康乃馨来表达微妙而炙热、不能直接言说的情感。或许直到小说最后结尾，读者才能恍然大悟为什么掉落的是玫瑰花，而女教师捡起的却是康乃馨。作家的有意为之，让读者也明白了其中的苦心孤诣。因为含混，小说在细节处仍有很多争议。最后这朵花别到了谁的胸前？原文只是用了 her（她），并没有明确指代。Kathryn Simpson 认为是别到了范妮的胸前，而 Erin Douglas 则认为范妮最后将康乃馨别在了女教师胸前。两相比较，别在范妮自己胸前更具可能性。虽然小说通篇是范妮对克雷小姐的揣测与想象，但最终还是克雷小姐送给女学生一朵花、一个吻，确定了对她的爱恋。借由花的置换，师生双方都肯定了彼此的情谊。日常生活中的小小的一朵花被赋予丰富的意义，而这部短篇小说也成为弗吉尼亚·伍尔夫文学花园里的一朵奇异小花。

参考文献

[1] Beale, Paul (ed). Dictionary of Slang and Unconventional English [M]. London: Routledge and Kegan Paul, 1984.

[2] Clements, Susan. The Point of slater's Pins: Misrecognition and the Narrative Closet [J]. Tulsa Studies in Women's Literature, 1994 (13): 15 −26.

[3] Douglas, Erin. Queering Flowers, Queering Pleasures in "Slater's Pins Have No Points" [J]. 2014: 13 −15.

[4] Hichens, Robert. Green Carnation [M]. London: Robin Clark Ltd., 1992.

[5] Mansfield, Katherine. The Collected Letters of Katherine Mansfield 3 [M]. Vincent O'Sullivan ed. Oxford: Clarendon Press, 1993.

[6] Marcus, Jane. "Sapphistry" Virginia Woolf and the Languages of Patriarchy [M]. Bloomington: Indiana University Press, 1987.

[7] Simpson, Kathryn. Economies and Desire: Gifts and the Market in "Moments of Being: Slater's Pins Have No Points" [J]. Journal of Modern Literature, 2005 (2): 18 −37.

[8] Woolf, Virginia. The Letters of Virginia Woolf I [M]. Nigel Nicolson and Joanne Trautmann eds. New York and London: Harcourt Brace Jovanovich, 1975.

[9] Woolf, Virginia. The Letters of Virginia Woolf III [M]. Nigel Nicolson and Joanne Trautmann eds. New York and London: Harcourt Brace Jovanovich, 1977.

[10] Woolf, Virginia. The Diary of Virginia Woolf III[M]. 5 vols, Anne Oliver
Bell and Andrew McNeillie ed. New York and London: Harcourt Brace Jo-
vanovich, 1980.

[11] Woolf, Virginia. The Complete Shorter Fiction of Virginia Woolf[M]. Su-
san Dick ed. London: Harcourt Brace Jovanovich Publishers, 1985.

[12] Woolf, Virginia. A Sketch of the Past[A]. Moments of Being: A Collec-
tion of Autobiographical Writing[M]. Jeanne Schulkind, 2nd ed. , New
York: Harcourt, 1985: 61 −159.

[13] Zwerdling, Alex. Mastering the Memoir: Woolf and the Family Legacy
[J]. Modernism/Modernity, 2003 (1): 165 −88.

第三节　另一双眼睛看世界

在文学作品中，作家常常会以动物喻人，或借用动物营造情境、推动情节、呈现主题等。文学作品中的动物研究很早就引起了批评家的注意。克瑞斯汀·肯扬－琼斯（Christine Kenyon-Jones）在《同宗动物：浪漫主义时期作品中的动物》中，从生态批评的视角重点探讨了威廉·华兹华斯、塞缪尔·柯勒律治、乔治·拜伦等浪漫主义诗人诗作中的动物意象。现代主义文学作品之中的动物研究近年来也蓬勃兴起，其中翘楚有梅洛－庞蒂（Merleau-Ponty）的《人的动物性纠结与动物问题》（*Human Animality Intertwining and the Animal Question*）、加里·沃尔夫（Cary Wolfe）的《动物学：动物问题》（*Zoontologies：The Question of the Animal*）以及卡丽·罗曼（Carrie Rohman）的《追踪主题：现代主义与动物》（*Stalking the Subject：Modernism and the Animal*）等。作为现代主义文学大师的弗吉尼亚·伍尔夫，其作品中所出现的动物自然引起了批评家们的注意，动物研究也如雨后春笋。Vara Neverow 在分析了《雅各之室》和《奥兰多》之后，认为："马似乎代表着传统和家庭生活，尽管偶有反抗时刻，以及与马相关的强烈的欲望或幻想；而狐狸的

隐秘和狡猾指向了难以表述的可能性。"Elizabeth Hanna Hanson
分析了在《幕间》中，驴的形象及其象征内涵，认为人们把尊
严和优雅投射到马身上，而驴在文学中扮演传统的喜剧角色，
是劳作的象征，幽默、平凡、痛苦。这些动物研究大多集中在
伍尔夫的长篇小说。事实上，在短篇小说中，伍尔夫也创造了
意蕴丰富的动物世界。它们或承担重要的叙事线索，如蜗牛在
《邱园》中串联起四组路过的人物、在《墙上的斑点》中串联
起不同的遐思和想象等；或进行预叙：《三幅画》中，在水手归
家的欢乐景象中，一只"沙灰色的猫绕着农舍的门鬼鬼祟祟地
溜过去"，成为不祥之兆，为后面的悲剧埋下伏笔等。

在伍尔夫的众多动物研究中，提到最多的还是狗。在现实
生活中，伍尔夫喜欢养狗，狗的形象多次出现在她的文学作品
中，她甚至直接用狗的名字做书名，如长篇小说《弗勒希——
一条狗的传记》、短篇小说《杂种狗"吉卜赛"》等。对于前者
的评论文章有很多，例如大卫·埃伯利（David Eberly）《家庭
教养：〈弗勒希〉中的家庭关系》（Housebroken：The Domestica-
ted Relations in Flush）和露丝·瓦尼塔（Ruth Vanita）的《"无
法言喻的爱"：〈弗勒希〉中的典故运用》（"Love Unspeakable"：
The Uses of Allusion in *Flush*）等；当然，评论家们也注意到了狗
在其他作品中的象征含义，如琼·伊丽莎白·邓恩（June Eliza-
beth Dunn）研究了狗在《达洛维夫人》中的符码作用（《〈达洛
维夫人〉中的早恋、同性欲望和同性恋编码》 （*Puppy Love,
Same-Sex Desire and Homosexual Coding in Mrs. Dalloway*）。相对

而言，对于短篇小说《杂种狗"吉卜赛"》的评论较少。其实，在这部短篇小说里，作家运用人狗互喻的方法，突出反映了在人类等级社会里动物及女性命运被摆布的深层文化含义。

一、被凝视的失语客体

1792 年，女性主义先驱玛丽·沃尔斯通（Mary Wollstone-craft）发表《为女性权利辩护》一文，她的观点遭到无情奚落。剑桥哲学家托马斯·泰勒以匿名身份发表了《为动物辩护》来驳斥沃尔斯通：如果性别平等观念合情合理，那么，这一平等原则也适用于猫、狗、马等动物。既然动物权利荒谬可笑，那么，女性权利同样荒诞可笑。因为，这两种情况所采用的证据是一样的。托马斯·泰勒认为男人与女人的不平等就如同人与动物的不平等一样，是自然而然的，天定如此。在《圣经》里，虽然动物被创造早于人类，但是无论是地上的走兽、空中的飞鸟，还是海里的游鱼，都被交付在人的手里。动物只是按照人的意愿被使用、被驯化，人类之外的所有生灵可作为人类的食物来源。所以在人与其他动物的等级关系中，人的地位远远高于其他动物。《创世纪》里，上帝造完动物之后，并没有对其命名，而是把它们带到人类始祖亚当面前，让亚当命名，让他成为动物的监管者。这一过程再次显示了人与动物的不平等关系：一方是掌握话语权和注视权的主动者，另一方是沉默的、被观看的被动者，在命名者与被命名者之间建立起词与物的关系。这种命名方式同时也表明，人与动物的建构性差异与其说是解剖学与生理学上的，不如说是文化、权力上的。历史上，笛卡儿就曾将动物视作机器，认为动物无法用语言表达思想，它们没有灵魂。在伍尔夫的第一部长篇小说《远航》中，女主人公雷切尔的父亲就教育女儿不要去可怜山羊，因为她所享受的一切都是父亲所从事的山羊买卖而获得的；野餐时，游客看到蚂蚁爬到食物上，就"用现代战争的办法对抗入侵的大军"，从对弱小动物的征服中获得莫大的满足感。作为男人身上一根肋骨的女人，同动物一样，也是被带到亚当面前被命名，因此，她也没有话语权，同动物的地位相似。《奥兰多》中，在男主人公的眼里，母亲和侍女是"美丽温顺的金丝雀"，除了在花园中溜达散步之外，什么事情也不会做；未婚妻尤芙罗辛是一只"西班牙小猎犬……时不时向主人摇尾乞怜，以博得他的欢心"。这些女性，没有独立的人格，没有主体性，跟小动物一样，只是男人的宠物。

就家养宠物来说，猫在伍尔夫的笔下不那么受欢迎。《杂种狗"吉卜赛"》中的白猫，一副惨兮兮的样子，尾巴都没了。《存在时刻》中，克雷兄妹养的猫，骄傲自大，让人生厌："那些猫给人感觉是，对罗马古瓮之类东西的了解不在任何人之下。"相比较猫来说，狗则受欢迎得多。《杂种狗"吉卜赛"》中，开端就是两个女人在赞美小狗，"她的微笑多迷人啊"。小狗"吉卜赛"与年轻姑娘海伦的叙事几乎同时进行，语意代指有意模糊。在等级社会里，她们地位相同：都是被凝视的客体。"吉卜赛"的地位，纵使在狗的世界里也是身处底层：它血统不纯，来历不明。吉卜赛人在欧洲往往被看成落后民族，他们居无定所，常被视为小偷或骗子。用"吉卜赛"给小狗命名，更是说明小狗的地位之低。此外，它的生存完全掌握在"更高级的动物——人"的手里，屡次险些命丧人手。小说中，关于海伦的背景信息很少，她到底是干什么的？是仆人、家庭教师，抑或附近农夫的女儿？读者能推测出来的是，她出身底层，靠工作养活自己。小狗"吉卜赛"和姑娘海伦共同的性格特征是：微笑。他们如一缕春风，给死气沉沉的贵族生活带来活力。由姑娘转换到小狗，偷换概念的是巴戈特夫妇。在主人汤姆·巴戈特的讲述中，明着是讲小狗，暗着在讲姑娘，也暗示他与姑娘的私情：

　　"她的微笑多迷人啊"，讲到这里，停住了，故事讲到了一个似乎难以启齿的地方……他所讲的，正是一段爱情故事，这一点玛丽·布里杰可以肯定，她从他的声调里听得出来，她情不自禁生出一个怪想法，他准是爱上了海伦·弗里厄特，就是那个笑得很迷人的姑娘，他不知怎的把小狗和姑娘混同起来了。所有的故事不都是互相牵扯着的吗？

　　海伦天性活泼，富有青春活力，这无疑吸引着汤姆，而姑娘似乎也无法抵抗汤姆的诱惑。文中借口说小狗，其实指的是姑娘。"假如她是个女人，你会说她总是受到某种诱惑，情不自禁。有种东西，它血液里的某种东西，太强大了，她竭力要抵抗，可又无能为力，这就是我们的感觉。"海伦的活泼与汤姆的妻子露西的刻板形成鲜明对比。露西的"声调平直呆板，像在读一篇报刊文章"。夫妻俩喜欢不同的狗也反映了他们不同的性情：妻子喜欢出身高贵、不苟言笑的赫克特；而汤姆却被出身低下但却有性格特点、活泼的"吉卜赛"所吸引。对于汤姆而言，海伦的出现只是他无聊的贵族生活中的一个插曲，平淡生活中的一段激情。当这段婚外恋不为世俗所容的时候，牺牲的是比他处境低微的年轻姑娘，"她遭遇了不幸，她们每个人都认为，这是早在意料之中的事"。后一句直接点明了在等级社会中，与上流社会有染的底层女性司空见惯的厄运，是对海伦企图逾矩的联手扼杀。两位上流社会的女性以一种漠然的、理所当然的口吻说出来，更让人感到悲哀。父权制思想长久地、无所不在地钳制着人们的思维，甚至女性也成为其中帮凶，不同阶层的女性之间没有丝毫的理解与同情。然而，作为事件始作俑者的汤姆却毫发未伤，波澜不惊地继续着他的贵族生活。海伦到底是离家出走了还是死了？如果死了，是他杀还是自杀？一切都讳莫如深，细思极恐。

在伍尔夫的短篇小说中，蝴蝶、蜜蜂、苍蝇、蜘蛛等这些不够强壮的小动物，总是与女性的被动、无奈、挣扎相关。在《新连衣裙》中，梅布尔一进入达洛维夫人家的晚会就觉得自己"像个寒酸、衰弱而脏得一塌糊涂的老苍蝇"。在《小说家回忆录》中，威拉特小姐就像"在网中央拼命结网的蜘蛛"。《介绍》中，女主人公感觉自己是只蝴蝶，"有上千张脸对着它的眼睛，有精致的羽毛，有无数的困难、敏感和悲伤"。男人们尽管彬彬有礼，有传统的骑士精神，但她还是明显地感觉到，他们需要的是她的女性身份，而不是她的学识，无论她如何努力，她永远在蛹中挣扎，永远是沉默、失语的客体。鸟是自由、欢快的小精灵，在浪漫主义诗歌中，它们象征着诗人们渴望拥有却遥不可及的极乐世界，然而，笼中之鸟一旦被折了翅膀，就无法飞翔。女性长久地被幽禁在家里，如同笼中之鸟一样。在伍尔夫早期的短篇小说《菲利斯和罗莎蒙德》中，菲利斯在崔斯特拉姆的派对上感觉自己"像一只被绑住翅膀的小鸟"，她注意到年轻的崔斯特拉姆比自己和姐姐享有更广泛的教育和更大的自由，暗示传统女性在教育上受到的社会压抑，在后来的晚会上，有机会与西尔维亚小姐进行私人聊天的时候，菲利斯"像狗啃骨头一样抓住它"。伍尔夫曾一直为别人对自己作品的批评而紧张、愤怒，将自己比作兔子："人们一个接一个地指责我，一只小兔穿过了射击场，朋友们举起了枪……"她把这种感觉写进了《拉平与拉平诺瓦》："活像一只洞里的兔子……拐过来，绕过去，一圈又一圈，追猎，被追，听见猎犬狂吠，号角齐鸣。"肖瓦尔特曾直截了当地指出：与动物认同可以让女性深刻体会在男性权威下受压迫的程度，这种"与动物他者融合的方式是女性作家表达最强烈的抗议行为"。

二、被压迫者结盟

无论是小狗"吉卜赛"，还是年轻姑娘海伦，都在汤姆的势力范围内，所有的故事都是汤姆在讲述，在主体与客体、控制与被控制的二元对立关系中，动物与女人永远是客体，永远被凝视与控制。人们饲养动物的目的很明确，那就是谋取利益或消遣娱乐。作为宠物被饲养的动物本身与主人就是不平等的关系，是施舍与被施舍，独立与依赖的关系。而女性长久以来也一直被认为是"第二性"的，服务于男性。1986 年，卡布拉（Susanne Kappeler）在《色情再现》（*The Pornography of Representation*）一书中就着重指出了物种主义与性别主义的同谋性，揭示女人与动物在色情想象中都沦为男性主体凝视的客体这一真相。1990 年，卡洛斯·亚当斯在《肉的性别政治：女性主义和素食主义批评理论》中，提出"女性主义素食理论"（feminist vegetarian theory），认为在父权社会中，女性和动物具有相似的地位，都是作为客体而非主体存在，将女性和动物"物化"（objectification），也就是压迫者将另外一个生命体视作物体，然后以对待物体的方式粗暴对待这个生命体，将动物宰杀和女性所遭受的性暴力联系起来。简·高德曼（Jane Goldman）从多个角度对伍尔夫笔下的狗进行了严谨的分析，阐述了"奴隶—女人—狗"三合一的概念。

同为受害者，女性会更加敏锐地感受动物的痛苦并更容易对动物滋生同情，动物往往成为她们最忠实的伙伴，成为 companion animal（陪伴型动物）而非 working animal（劳作型动物）。在伍尔夫的另一部短篇小说《寡妇与鹦鹉：一个真实的故事》中，寡妇盖奇太太不但贫困潦倒，而且还瘸着一条腿，视力也不好，行动不便。但她生性善良，对动物很好，宁可自己饿肚子，也要省出粮食来喂狗。去兄弟那里，对鹦鹉也大发善心，房子着火时，若不是邻居拦着，她甚至要冲进火里去抢救鹦鹉。在这个故事中，动物始终是凯奇太太最贴心的陪伴。她先是与狗相依为命，后来又与鹦鹉相伴，甚至在她死后，忠心的鹦鹉也跟随主人而去。正是鹦鹉知恩图报，才引导盖奇太太找到了埋藏的金币。相比较之下，盖奇太太与哥哥的关系则淡漠得多，日常鲜有联系，显示出人际关系的异化。华兹华斯说："在囚徒看来，小小爬虫的出现也足以证明：巴士底监狱再深，也阻拦不了爱的光辉——尽管人对自己的同类已毫无情分。"在《杂种狗"吉卜赛"》中，"吉卜赛"在主人妻子精心布置的晚会上生了小狗，坏事变好事，使客人放下了矜持与傲慢，而汤姆夫妇也因找到了共同的话题而与上司的关系密切了起来，取得了意想不到的结果。在这些短篇小说中，可以明显看到人与动物的互惠伙伴关系。

长久以来，女性是为动物权利摇旗呐喊的主力军。20世纪70年代，女性主义者开始着手相关理论建构。萨拉门（Constantia Salamone）、亚当斯（Carol Adams）分别在当时的《大众报道》（*Majority Report*）、《女同性恋读本》（*Lesbian Reader*）、《第二潮》（*Second Wave*）等女性主义杂志刊文，阐述女性主义动物观并达成以下共识：父权制文化理念是压迫动物的罪魁祸首，物种主义与性别主义形成交叉式压迫，女性主义与动物伦理研究应该结盟。例如，马是人类社会最重要的动物之一，也是人类最忠实的朋友。马与女人的关系一度成为英国女性作家钟爱的主题，甚至出现了专门的马驹小说（pony novel）。Beth Rigel Daugherty 曾列举伍尔夫作品及日记、信件中出现的各种各样的马。骑马打猎本是建构男性主体性的方式，如同在伍尔夫的短篇小说《会猎》中所描述的一样。然而借助马，女性也能拥有与男性并驾齐驱的能力。从心理学上来讲，骑马能够满足女人的多种需要与欲望，帮助打破性别规约，获得自我感与主体性。"骑在马上，胆小的女人变得勇敢，自卑的女人变得自信，焦虑的女人获得宁静。"骑在马上的女性能够与男性跳得一样高，跑得一样快，坚持得一样久，因为"一头魁梧、健壮的动物是自我的延伸"。当人和动物联结在一起，就会产生对抗外界的力量，更有勇气。玛琪安特（Marchant）在分析马驹小说时指出，小说中的马常常"为女主人公开辟一条自我朝圣之路"。所以，在伍尔夫的《琼·马丁小姐日记》中，女主人公充满感情地描述自己的朝圣之旅："开始吧，你的精神像一匹用谷物喂养的马一样清新。"

三、反凝视与超越

在《杂种狗"吉卜赛"》中，"吉卜赛"并不因为自己出身低微而自卑，也不因为长相不出众而懦弱，它像一个自由的精灵，活泼好动，追鸡咬羊，无拘无束。作家给予狗以人的特点，赋予狗以独立的生命品格。"吉卜赛"如同女孩海伦一样，打破了传统社会的禁忌，为等级社会所不容。"吉卜赛"对于富家狗不屑一顾，对弱小的海鸥却照顾有加；在赫克特被送走后，她进行了种种反抗，最终毅然离开主人家，奔赴未知的远方。"吉卜赛"的性格特点与行为从另一个方面反衬出海伦的性格特点与行为。当女性有了足够自信，不再顾虑他人的眼光的时候，被动就变成了主动，客体就变成了主体。伍尔夫在创作完成《海浪》后，肯定自己在文学上的探索与创新。她在1931年9月22日的日记中写道："我像撒开腿儿的兔子，将猎狗一般追逐我的评论家们远远地抛在身后。"

伍尔夫常常将动物视为与人类具有同等地位的生命主体，反对物种唯我论、人类中心主义。在小说中，她往往将自我意识幻化分散进入其他动物意识。在《杂种狗"吉卜赛"》中，作家思忖——如果从狗的视角，以狗的眼光会如何来看待世界：

> 当她置身于那些大皮靴和炉毯上的火柴棍之间时，她是怎样看待我们人的？她的世界是个什么模样？狗们眼里看到的东西也和我们人看到的东西一样吗？还是不一样？

这样的写法同样体现在其他的短篇小说中。在《邱园》中，作家从蜗牛的视角来看待周围事物，甚至回看人类："蜗牛想从花梗中间前进，凡此种种横亘在它和它的目标之间。它还没有决定到底应该从一片枯叶的拱篷旁边绕过去，还是硬闯过去……另外几个人的脚便从花坛边踩了过来。"此时，人不再是宇宙的中心，而仅仅是自然的一分子，同阳光、水、花朵、树木一样。在短篇小说《护士拉格顿的窗帘》中，作者就用窗帘上的图案创造了各种动物其乐融融的场面：大象、老虎、鸵鸟、山魈、旱獭、猫鼬、企鹅、鹈鹕、青蛙等十多种动物在乐园里休闲自在，有的在昂首阔步，有的在游来荡去。羚羊向斑马点头示意，长颈鹿在啃树顶的叶子。这些动物回望人类的时候，发现创造者拉格顿小姐像个大妖魔：她的脸就像一座山的侧面，有巨大的悬崖和雪崩；她的眼睛、头发、鼻子和牙齿都有裂缝。这让人想起斯威夫特在《格列佛游记》的"大人国"中的描述，充满了夸张式的讽刺。从动物的眼光回看人类，是动物对人类作为主体一直将动物作为凝视客体的反凝视。从动物的视角可以刺破人类文化的外壳、礼仪的粉饰、道德的束缚和文明社会的种种虚伪的表象。伍尔夫的短篇小说中，随处可见动物超越或挑战人类控制的观点，在《墙上的斑点》中，虽然墙上的斑点激起了作者各种想象和沉思，但蜗牛也让叙述者认识到人类的能力还是有限的，她不能控制蜗牛去哪里；在《星期一或星期二》中，不管人们注意还是不注意，苍鹭飞行或归来有其自己的原因和使命。

　　一般说来，人类总是对比自己凶猛的动物心怀敬畏，而对于比自己弱小的动物不以为然。但在伍尔夫笔下，鲜有暴虐凶猛的狮子、老虎之类，大多是日常生活所见的小动物，如萤火虫、飞蛾、蜜蜂、蜗牛等，伍尔夫赞美这些弱小物种身上所蕴含的力量。在随笔《飞蛾之死》中，她仔细观察了一只飞蛾从生到死的过程：

在既没有人关心，也没有人知晓的情况下，这只无足轻重的小小的飞蛾，为了维护他无人珍视、无人愿意保留的生命，和如此强大的力量展开殊死搏斗，这不仅令人莫名地感动，不知怎的，我又看见了生命，一颗纯粹的珠子。

这只飞蛾活出了自己的价值，给人启发，让人震撼。"看着它，你会觉得世界无尽的能量中非常纤细而纯净的一缕被塞进了它纤弱而瘦小的身体里，它每次飞过窗户玻璃，我都仿佛看见一些生命之光亮了起来。它就是生命。"从飞蛾的努力中能看到生命的意义，它们顽强地与艰难的生存环境斗争，与冷酷的人类斡旋，勇敢地直面未知命运带来的恐惧，这是对动物生命灵性的庄严赞歌。1923 年，法国人道主义思想家阿尔贝特·史怀泽（Albert Schweitzer）在《文明的哲学：文化与伦理学》中提出"敬畏生命"的伦理观，人要像敬畏自己的生命意志那样敬畏所有的生命意志，在自己的生命中体验到其他生命。主张把道德对象关怀的范围从人与人的领域扩大到人与自然关系的领域，把道德共同体的范围从人类扩大到自然界。邦妮·吉米·斯科特（Bonnie Kime Scott）认为，伍尔夫终其一生不断地书写各种动物，因为它们是其整体世界观的一部分，而人类只是这个庞大网络的一分子。

在《杂种狗"吉卜赛"》中，人物的对话留有许多"弦外之音"和"言外之意"，作家将人与动物交融在一起，构建了一个表面叙述之外的"隐藏空间"，需要挖掘其潜在的隐蔽信息及叠加在语义上的丰富意蕴。人为动物立法，自立为王，拥有绝对权力必将导致人对动物的为所欲为。当动物仅被当作可以被人所任意使用的一个物品，而非有生命的物种时，毫无节制的欲望终会招致人类自身的灭亡；当男女两性关系失衡，一方以高高在上的姿态压抑另一方的时候，潜伏的不满终将爆发，阻碍社会的发展。随着人类社会的进步和走向成熟，人们逐渐意识到人类的命运与其他动物是休戚与共的，人类两性平等和谐的发展是互相成就的。通过女性与动物从被凝视到联盟再到反凝视与超越，短篇小说《杂种狗"吉卜赛"》探索了社会、文化、人性等更深层面的问题，从而使小说具有更厚重的思想文化内涵和生态意义。

参考文献

[1] Daugherty, Beth Rigel. Taking Her Fences: The Equestrian Virginia Woolf [A]. Virginia Woolf and the Natural World[C]. Kristin Czarnecki, Carrie Rohman eds. Liverpool: Liverpool University Press, 2011: 61 −70.

[2] Dunn, June Elizabeth. "Beauty Shines on Two Dogs Doing What Two Women Must Not Do": Puppy Love, Same-Sex Desire and Homosexual Coding in Mrs. Dalloway[A]. Virginia Woolf: Turning the Centuries: Selected Papers from the Ninth Annual Conference on Virginia Woolf[C]. Ann Ardis and Bonnie Kime Scott eds. New York: Pace University Press, 2000.

[3] Eberly, David. Housebroken: The Domesticated Relations in Flush[A]. Virginia Woolf: Texts and Contexts: Selected Papers of the Fifth Annual

Conference on Virginia Woolf[C]. Beth Rigel Daugherty and Eileen Barrett eds. New York: Pace University Press, 1996:21 −25.

[4]Goldman, Jane. Ce chien est a moi: Virginia Woolf and the Signifying Dog [J]. Woolf Studies Annual. 2007 (13): 49 −86.

[5]Hanson, Elizabeth Hanna. "And the donkey brays": Donkeys at work in Virginia Woolf[A]. Virginia Woolf: Writing the World[C]. Pamela L. Caughie, Diana L. Swanson eds. Liverpool: Liverpool University Press, 2015: 136 −140.

[6]Haymonds, Alison. Rides of Passage: Female Heroes in Pony Stories[A]. A Necessary Fantasy? The Heroic Figure in Children's Popular Culture[C]. Dudley Jones & Tony Watkins eds. New York and London: Garland, 2000.

[7]Marchant, Jennifer Esther Robertson. Beauty and the Beast: the Relationships Between Female Protagonists and Animals[A]. Children's and Adolescent Novels by Women[C]. Normal: Illinois State University, 2003.

[8]Neverow, Vara. The Woolf, the Horse and the Fox: Recurrent Motifs in Jacob's Room and Orlando[A]. Virginia Woolf and the Natural World[C]. Kristin Czarnecki, Carrie Rohman eds. Liverpool: Liverpool University Press, 2011: 116 −124.

[9]Scott, Bonnie. Ecofeminism, Holism, and the Search for Natural Order in Woolf[A]. Virginia Woolf and the Natural World[C]. Kristin Czarnecki and Carrie Rohman eds. Liverpool: Liverpool University Press, 2011: 1 −11.

[10]Showalter, Elaine. A Literature of Their Own: British Women Novelists from Bronte to Lessing[M]. Peking: Foreign Language Teaching and Research Press, 2004.

[11] Singer, Peter. Animal Liberation [M]. Oxford and Cambridge: Blackwell, 1995.

[12]Vanita, Ruth. "Love Unspeakable": The Uses of Allusion in Flush[A].

Virginia Woolf: Themes and Variations [C]. Vara Neverow-Turk and Mark Hussey eds. New York: Pace University Press, 1993: 248 −57.

[13] Woolf, Virginia. The Voyage Out[M], London: The Hogarth Press, 1990.

[14] Woolf, Virginia. Orlando: A Biography[M]. London: Wordsworth Editions Limited, 2003.

[15] Woolf, Virginia. The Complete Shorter Fiction of Virginia Woolf[M]. Susan Dick ed. New York: Harcourt Brace Jovanovich Publishers, 1985.

[16] 华兹华斯. 华兹华斯诗选 [M]. 杨德豫, 译. 桂林: 广西师范大学出版社, 2009.

[17] 史怀泽, 阿尔贝特. 敬畏生命 [M]. 上海: 上海社会科学院出版社, 1996.

[18] 伍尔芙, 弗吉尼亚. 伍尔芙随笔全集 III [M]. 王斌, 译. 北京: 中国社会科学出版社, 2001.

[19] 吴尔夫, 弗吉尼亚. 雅各的房间: 闹鬼的屋子及其他 [M]. 蒲隆, 译. 北京: 人民文学出版社, 2003.

[20] 伍尔芙. 伍尔芙日记选 [M]. 戴红珍、宋炳辉, 译. 天津: 百花文艺出版社, 2009.

第三章

打破藩篱：现代交际与自我追寻

第一节　交际吊诡与现代文化困境

　　1922 年 10 月 6 日，弗吉尼亚·伍尔夫在完成《雅各之室》之后，开始列出下一步的写作计划，书名为"在家，或晚会上"（*At Home：or The Party*）。书不会很长，分为六或七章，各自独立，然而也有某种交叉，最后在晚会汇聚，它们也有某种统一性。然而不久她即放弃了这一打算，转而专注于《达洛维夫人》的创作。等她完成这部长篇小说之后，又重拾以前的计划，陆续写出 8 个短篇小说：《新连衣裙》《幸福》《祖先》《介绍》《聚散》《热爱同类的人》《一首简单的曲子》《总结》。麦克尼考尔（Stella McNichol）曾经将其中的 6 篇加上《邦德大街上的达洛维夫人》，按照时间顺序编辑在一起，取名《达洛维夫人的晚会》（*Mrs Dalloway's Party：A Short Story Sequence by Virginia Woolf*）出版，并且指出：达洛维夫人的晚宴在伍尔夫作为小说家和评论家的创作历程中起着非常重要的作用。鲍德温（Baldwin）曾专门研究了伍尔夫所提出的"晚会意识"（party consciousness）；而苏珊·迪克则评论说：在每一个短篇小说中，作家从一个或两个人物的视角出发，表现了区别于"晚会意识"的微妙张力；多尔蒂（Daugherty）分析指出，这些小说从主题、人物塑造到叙述手法上所做的探索最终导致了《到灯塔去》中的成功。因此，这八个短篇小说在研究作家创作风格、叙事策略的转变方面起着非常重要的作用。晚会上形形色色的人物宛如一个社会缩影，热热闹闹地映衬着现代都市人的焦虑与不安，不同性情的人采取不同的晚会交际策略，但众声喧哗下却更加孤寂，究其原因，还在于西方现代文化难以解决的矛盾性。

一、小人物登场：从边缘走向中心

这 8 个短篇小说呈现主题—并置叙事模式，在一个主题叙事下排列着一个个子叙事，并且有一个统一的人物（达洛维夫人）。从结构和内在联系上，叙事统一在同一个主题（即晚会）之中。尽管各自独立成章，貌似松散，但都互为照应。首先，它们都与达洛维夫人的晚会有关：《新连衣裙》中，描述了梅布尔·韦林为参加达洛维夫人晚宴穿上新连衣裙前后心理的变化；《幸福》中，斯图亚特·艾尔顿在晚会上正与萨顿夫人聊天；《祖先》中，卫伦斯夫人在晚会上缅怀过去的美好时光；《介绍》中，丽莉·艾弗利特在晚会上认识了布林斯勒；《聚散》中，达洛维夫人正在将安宁小姐介绍给瑟尔先生；《热爱同类的人》中，普里克特·埃利斯是因偶遇达洛维先生而被邀请至晚会；《一首简单的曲子》中，卡斯雷克先生于晚会上正在欣赏一幅 19 世纪的风景画；《总结》中，描写了从宴会中暂时逃离到花园去的萨莎·莱瑟姆对于文明的内心感想。其次，这些小说在叙述时间上相互连贯，有始有终：从《热爱同类的人》中主人公被邀请、《新连衣裙》中主人公为晚会精心准备，然后是人们在晚会上的交际活动或心理活动，到最后《总结》中在花园里的萨莎·莱瑟姆对整个对文明做出"总结"并挽着伯特伦再次进入客厅结束。最后，晚会上的一些情景交叉出现，使这8个短篇小说构成一个你中有我、我中有你的互为呼应的整体，如在《新连衣裙》和《介绍》中都出现了同样的苍蝇意象：在《新连衣裙》中，主人公梅布尔看到了几只苍蝇慢慢地从奶碟里爬出来，翅膀粘在一起，觉得自己就像这只苍蝇，而别人却是蜻蜓、蝴蝶等；在《介绍》中，主人公丽莉在晚会上刚觉得自己破茧而出，将要化蛹成蝶，却看到布林斯勒先生残忍地将一只苍蝇的翅膀扭下来，顿时感受到来自男性世界的压力和敌意。在这些故事中，《一首简单的曲子》起到了举足轻重的作用。①正在观看风景画的卡斯雷克先生是一个汇聚点，将短篇小说中的各主人公衔接起来：他用眼角的余光看到了《幸福》中的艾尔顿和他那把裁纸刀，看到了《新连衣裙》里穿着黄裙子的梅布尔沮丧地离开晚会，看到了普里克特·埃利斯气鼓鼓的表情。而书中萦绕不绝的音乐让处于不同空间的人们的意识不时碰撞、交叉、融合。随着节奏的变换，人物的思绪飘出去又被拉回来，忽而深入到内心深处，于意识和潜意识中自由飘浮，忽而同外部世界相连，将自我与他人、主观意识与客观环境巧妙结合，

---

① Michael Lackey 认为《一首简单的曲子》是伍尔夫作品中起中枢作用的作品，因为它同之前的四部长篇小说有着明显的区别，同时预示着后面五部小说的主题。

就像"墙上的斑点"一样不停地起承转合：一个事件既是终点又是始点，联结起来便构建为一个更大、更完整的循环在场。

伍尔夫创作这些短篇小说的初衷正如她在 1925 年 4 月 27 日的日记中写到的一样："我现在想的是人们有各种不同的意识状态，我想探究晚会意识，穿衣意识，等等。"晚会上，达洛维夫人的身影或名字出现在每部短篇小说之中，其女主人的身份使得她与客人们的关系既对立又相连。她的作用依然很重要，没有她就没有这个晚会，客人们也就没有聚集在一起的理由。但与长篇小说《达洛维夫人》不同的是，她已不再是核心人物，而是处于与众客人相同的地位，成为一个更大的团体中的一员。形形色色的客人们，既隶属于一个共同的亚团体：都是参加晚会的客人，身份相同；同时又保持着各自的独立性，分散于各处。这些人物不像在《达洛维夫人》中参加晚会的首相或其他达官贵人那样耀眼绚丽，成为人们关注的焦点。他们以前只是在后台或忙碌或休闲的群众演员，此时，作者叙事的镜头慢慢向后扭转，对准了这些不为众人所关注的小角色。于是，他们纷纷从幕后走向前台，成为小说叙事主角。

二、交际吊诡：众声喧哗下的疏离

美籍德裔精神分析学家凯伦·霍尼在继承弗洛伊德"神经症是由得不到解决的冲突引起的"的基础上，提出冲突发自于困扰人的内心的相互矛盾的神经症倾向，这些倾向的产生不仅可以归因于偶然的个体体验，更主要应归咎于个体生活其中的特定的文化环境。个体在成长过程中面临的基本冲突得不到解决必然会产生基本焦虑，为克服基本焦虑就会采取基本防御策略。在处理周围各种发挥作用的力量过程中，个体逐渐地、无意识地形成了自己的应对策略，归纳起来主要有三种：趋众（moving to people）、逆众（moving against people）、离众（moving away from people），其中一种策略占主导地位并抑制其他策略。正常情况下，人们会根据周围的环境灵活调整、自由切换使用这些策略，然而一些人不能适应环境要求，无意识地通过某一种策略走入极端，使矛盾加剧，造成自我认知障碍及人际关系紊乱，久而久之就形成神经症人格。① 这些人可以相应地被分为三种类型：依从型（compliant type）、敌意型（hostile type）和超脱型（detached type）。

在伍尔夫的这 8 个短篇小说中，不同性格、性别、阶层的人在以社交为主的晚会上采取了各自不同的应对策略。达洛维夫人是持趋众策略，也就是依从型人格的典型代表。这种类型的人的生活完全以他人为重心，认为自身的价值在于被他人接受、喜欢、需要等，却抑制自己内心的需求与渴望。当内外需求无法达成一致的时候就会产生矛盾，出现焦虑，形成人格冲突。达洛维夫人从第一次出现在伍尔夫的第一部长篇小说《远航》中开始，就反复出现于其后来的作品中。作为贵妇人，她

---

① 霍尼所称的"神经症"指的是一种心理紊乱，是由恐惧及抵抗恐惧的自卫机制所引起的，同时也是由于为了消除内心矛盾冲突而尝试寻求妥协所产生的。"从实际的角度考虑，我们最好只有在这种心理紊乱偏离了特定文化中的共通模式时，才可以称之为神经症。"

大方得体，周到细致，会考虑到每个人的需求，总是能把不同性格的人聚拢在一起，是公认的社交能手。但矛盾的是，举办晚会并非达洛维夫人内心真正所愿。晚宴是西方中产阶级和上流社会重要的社交活动之一，虽然参与者的目的各不相同，但大都是本着联络旧相识，结识新朋友的目的举办。达洛维夫人的晚宴有一个重要目的，那就是协助维持、笼络身为政府官员的丈夫的人际关系，积攒人脉。晚宴中女主人的角色至关重要，餐前要操心餐桌的布置、酒具摆放，乃至菜品样数等；迎接客人时衣着要高雅得体，通过精美的服饰来展示家庭的财力和社会地位；更重要的是，在宴会中她需要展现自己的交际能力，调节氛围，让客人感到愉悦、舒适，既要凸显重要客人，又不能让其他客人受到冷落。从本心来讲，达洛维夫人并不愿意举办宴会，觉得自己扮演的女主人的角色"实在太费精力"，完全丧失了自我而成了"一根木桩，钉在楼梯上"。但她又不得不强打精神履行女主人的职责，如同后来《到灯塔去》中的拉姆齐夫人一样，只要有人需要，她就要像一棵繁茂的大树那样顿时充满能量，播撒雨露，滋补他人。为了迎合别人，这些女主人们需要刻意隐藏自己的真情实感，内心的委屈无法释怀。此外，持这一策略的人还有一个特点，那就是极强的控制欲，害怕自己不为人所需，通常采取通过使他人需要自己的方法来控制他人。达洛维夫人在晚会上积极地为孤男寡女牵线搭桥：在《聚散》中介绍安宁小姐给瑟尔先生；在《介绍》中坚持介绍丽莉和布林斯勒认识，等等，然而这些只是达洛维夫人的一厢情愿，并非小说中主人公们所想。《介绍》开篇便写到，丽莉看到达洛维夫人向自己这边走来，心里慌忙暗自祈祷不要被打搅。强人所难的结果也是徒劳：最终瑟尔先生和安宁小姐还是分手了；普里克特·埃利斯和奥基夫小姐也永远分别了。所有的努力终成一场空，不被别人需要的恐惧萦绕心头，作为女主人的达洛维夫人心头的挫败感难以言表。

同像达洛维夫人这样持趋众策略的人恰恰相反，持逆众策略的人绝不屈从和讨好他人，通常认为自己最强、最聪明、最应受到尊重，不接受别人的同情和友好，甚至有时会呈现攻击性倾向。《热爱同类的人》中那个气鼓鼓的、谁也不认识的普里克特·埃利斯是这种敌意型人格的典型代表。普里克特出身贫穷，衣着寒酸，"穿着劣质礼服，使他显得邋里邋遢、无足轻重、生硬笨拙"。他在一群达官贵人中很自卑，但内心的自卑却导致了表面上的极度自傲。正如霍尼所说："生活在一个充满竞争的社会里，感觉自己身处底层——事实也的确如此——孤独和敌意，他只好产生一个迫切的需要，让自己高于他人。"在晚会上陷入自卑的普里克特内心自我安慰：在这个阶层你们看不起我，在另一个阶层我可是大受欢迎。他干脆将自己同上流社会对立起来，想象自己与穷人站在同一战壕里，在道德上陷入"对自我的盲目崇拜"："与社会的邪恶、堕落与无情势不两立"，"我是个普通的人……我一天为我的同类所做的比你们一辈子做的加起来还多"。所有这些无不体现了：

不断膨胀的野心与相对贫乏的现实之间的差异，开始变得让人无法忍受，而且急需一种补救。作为一种补救措施，幻想应运而生……用宏伟的理想代替了可实现的目标。这些目标带来的价值非常明显：它们掩盖了他的一事无成的无法忍受的感觉，它们可以让他无须进入任何竞争就可以体验到自己的重要性，这样就不会使自己冒着成功或失败的危险；它们可以让他建立一种自大的妄想，这种妄想远远超过任何可实现的目标。

与其被别人瞧不起，他反过来先瞧不起别人，大有不与培娄为类的气势。他后悔答应参加达洛维家的晚会，认为晚会上的人"百无聊赖，喋喋不休，衣着过分讲究，没有一点儿头脑"。他是《到灯塔去》中的塔斯莱的前身，伍尔夫在作品中刻画过很多这样不愿意参加晚会的男性：《岁月》中马丁不愿意参加基蒂举办的宴会，宁可"待在家里读书，一个人读书"；《达洛维夫人》中比得·沃尔什就觉得，来参加晚宴"是个绝大的错误，他真应该待在家里看书"……但与他们相比，普里克特更加愤世嫉俗，他看上去"生硬凶狠……气势汹汹"。奥基夫小姐支使着他去拿冰激凌，不排除有撒娇或调情的成分，然而却激起他的焦虑，外化为强烈的憎恨。似乎如果他接受了这种亲昵，就宛如揭开了外面的保护层，让他直面不敢、不愿承认的卑微的自己，会产生极大的恐惧感。所以他故意与奥基夫小姐作对，说话刻薄，他"感到心中有某种东西涌了起来，它会把这个年轻女子的头砍下来，使她成为牺牲品，杀掉她……"。中外文学史上不乏这样性格矛盾的人物形象。张爱玲的《茉莉香片》中，面对女同学言丹朱的主动关爱，从小备受欺凌的聂传庆非但不感激，反倒不知如何接受，"一点点的微温，更使他觉得冷的彻骨酸心"，他的愤怒最终爆发，发疯似的对女孩拳打脚踢。威廉·福克纳的《八月之光》中，自小在歧视中长大的乔·克里斯默斯面对乔安娜的关怀也不知如何承受，最后在冲突中将其打死。虽然普里克特一个劲儿地声称自己与穷人同类，但他并不是真正地把自己看作是穷人。他脱离原先自己的所属阶层，而亲近较低阶层，是为了找到存在感，确定自我价值。他在穷人面前，觉得自己就像救世主一样，有一种高高在上的感觉；面对富人，囊中羞涩的他则又换以道德的高度来挑剔、审视。所以实际上，普里克特既看不起穷人又攀不起富人，他只是用对方的缺点来比较自己的所谓优点，从而来维系那可怜的自尊心。他既不属于达洛维夫妇所代表的上流社会，又不属于老布伦纳夫妇所代表的下层社会，正如他在晚会上格格不入一样，在现实社会中他也找不到自己的合适位置，没有归属感。

　　同样自卑的《新连衣裙》中的梅布尔则采取了另一种策略：离众策略，是典型的超脱型人格的代表。一般来说这类人离群索居，不愿意以任何方式与他人发生感情纠葛，向往自由自在、宁静、世外桃源般的生活。不仅逃避他人，也逃避自己。梅布尔一走进达洛维夫人的房间就感觉很不对头，在香衣云鬓中，出身低微的梅布尔感到局促不安，觉得自己像个"寒酸、衰弱而脏得一塌糊涂的老苍蝇"。整部小说中弥漫着梅布尔的自责、不安和自卑的情绪。众人挑剔的目光、奚落的言语和无情的批判迫使她要赶快逃离，遁隐他处。事实上，晚会上没有一个人责备梅布尔的穿着，甚至卡斯雷克先生还认为她的黄裙子很漂亮。所有的负面评价全部来自她自己：别人的赞美她当成敷衍，从别人的眼光里她看到的都是嘲弄，这一切都表明她极度缺乏自信，没有安全感。

如果说梅布尔因出身低微、经济窘迫怕别人嘲笑而采取离众策略还好理解的话，《介绍》中的女主人公丽莉·艾弗利特也希望逃避众人的心理则让人困惑。她事业有成，论文一流，本应志满意得。但是，晚会上男性无处不在的敌意与对峙让女主人公悲恨不已，所有的自信从踏入晚会的那一刻便荡然无存。从跟着达洛维夫人走进房间，接受传统所赋予她作为女人在晚会上的角色开始，丽莉就浑身不自在，她厌恶自己的装腔作势。精美的服饰、夹脚的鞋、盘起来的鬈发、传统的礼仪（如果她的手帕掉了，男人会突然弯下腰去捡起来递给她）所有这些都让她想快点儿逃离。这也说明，是否采取离众策略与个人成就没有直接关系，与个人内心对外部环境、文化氛围的感知相关。采取离众策略的人的外在表现的共同特点是：矜持冷漠，自我封闭，言语和行动大多拘谨，与他人保持距离成为自我保护的屏障。其实，8个短篇小说中采取离众策略的人最多：《幸福》中斯图亚特·艾尔顿不想与萨顿夫人交谈，只想享受自己独处的幸福；《祖先》中，卫伦斯夫人远离众人，沉湎于功名显赫的祖辈们过去的好时光以及童年时在父母的呵护下自由成长的温馨岁月；《总结》中的萨莎·莱瑟姆对晚会和周围同伴喋喋不休感到厌烦，直接从宴会中暂时逃离到花园中；《一首简单的曲子》中，无神论者卡斯雷克先生可能算得上是对现状最满意之人，但也与身边的伯特伦并无交流，他观看油画时的大部分时间都陷入回忆和想象之中，而回忆与想象本就是人们在心理上逃避现实的途径之一。

三、晚会悖论：现代文化的内在矛盾性

晚会上，宾主们的社交除了主导策略外也会采取其他交际策略。对于达洛维夫人来说，除了趋众策略之外，也偶有离众策略，会暂时避于屋内一角，缓解内心紧张；而其他宾客的主导策略不是逆众就是离众，但前来参加晚会本身就是一种趋众策略。按照霍尼的理论，为避免焦虑所采取的这些应对措施应该互为补充，和谐统一，但这些主人公们不能灵活地应对晚会上出现的各种场景，主导策略与非主导策略之间交织着不可避免的矛盾，使人们内心处于更加焦灼的冲突状态。

霍尼认为人内心的冲突是时代文化内在矛盾的表现，她在《焦虑的现代人》中大致提出现代文化的三个内在矛盾，都一一在这些小说中得到了印证。首先，现代社会充满了竞争，人们推崇成功。然而，长久以来社会道德或宗教信仰又要求人们具有奉献精神，人和人之间要友爱互助。结果，自由竞争的经济文化和基督精神的道德文化发生冲突，现实中的经济压榨、阶

级分化、战争对抗、性别歧视、种族剥削等社会现象，与人们所受到的教育和所信奉的内容背道而驰，很容易造成现代人人格上的分裂。在《热爱同类的人》中，奥基夫小姐看到一个女人在炎热的下午带着两个孩子又穷又累，被挡在广场的栏杆外，当她的同情心自然涌起的时候，她又突然狠狠地谴责自己"整个世界都对此无能为力"，自己又何必心生怜悯呢？《幸福》中的萨顿夫人对"拥有最幸福的男人所拥有的一切"的埃尔顿先生内心充满着羡慕、嫉妒与憎恨。处于同一社会阶层的男女，待遇不同，也突显了性别上的不平等。晚会将达洛维夫妇的豪华与部分客人们的捉襟见肘并置起来，反映了社会财富的分配不均。殊不知前者的奢华正是造成后者贫穷的原因，前者的成功恰好凸显了后者的失败。在晚会这种社交场合，暗暗涌动着的潜性竞争造成了众人的心里失衡，心底的纠结与酸涩使其成为异化主体。敌意型人格的普里克特先生与达洛维先生曾身为同学，20多年后，贫富差距天上地下，不能比肩而坐的同学，友谊的天平也发生倾斜。也许达洛维先生无意炫耀，但普里克特一样能感受到失败的压力。但人天生具有对爱和友谊的渴求和驱动力，正因为如此，他更加怀念跟他同样贫穷的、送他表的老夫妇所表现出的友谊。晚会将大家聚集在一起，形成一个暂时的小团体。虽然物理空间近了，但心理距离反而更远了。每个人似乎都想与众人保持距离：要么是在空间上，比如移步到屋外花园；要么是在心理上，比如独自陷入回忆或想象。有时即使不得不交流，也是言不由衷，误解层出。

其次，20 世纪初在西方盛行的日益增长的消费主义文化作为一种价值观念和生活方式，不断刺激着人们对消费的渴望。现代主义文学文本中不可避免地反映了消费主义文化对现代生活的影响：《达洛维夫人》一开头，邦德街上的所有人都被一则克雷莫太妃糖的空中广告所吸引；在《尤利西斯》中，布鲁姆一出家门就被各式各样的商品广告所包围，其中一则广告直接将产品与家庭"幸福"画等号："倘若你家里没有，李树商标肉罐头，那就是美中不足，有它才算幸福窝。"所有这些都刺激着人们的消费神经，似乎有钱就能买到幸福。如果人们一味地追求物质享受，将其视为生活目标和生命价值所在，就会深陷欲望的旋涡，产生不切实际的想法，而欲望与现实的巨大差异会让人们茫然无措，继而感到绝望，其个体心理结构就容易发生畸变。在达洛维夫人的豪华晚宴上，觥筹交错、食物精美，他们的奢华生活让众人心生向往。这 8 个短篇小说中的男女主人公大都人到中年，他们所承受的不只是精神上的困顿还有经济上的窘迫。《新连衣裙》中梅布尔是两个孩子的母亲，靠着丈夫微薄的收入过着寒酸的生活；《幸福》中的萨顿夫人是一个过气的演员，找不到工作；《聚散》中女主人公露丝·安宁是一位 40岁的老处女，男主人公罗德里克·瑟尔是一位 50 岁的已婚男子，妻子患病多年；《总结》中的萨莎·莱瑟姆虽然高大漂亮，但却是个土生土长的乡下人，"由于命运的捉弄"她无法跻身中产阶层。他们带着各种欲望、各自的目的来到晚会上，有的寻找机会，有的寻求帮助，有的则因为孤独寂寞太久而前来与人交流。但他们的心愿都没有得到满足，晚会不但没有消弭现实生存带给他们的压迫感，恰恰相反，他们的心情比以前更加低落，这一切都使参加晚会的人们对长久以来的自我认知、身份确定产生严重怀疑。正如丹尼尔·戈尔曼（Daniel Goleman）指出的那样：现代主义经历的一个特点就是"人们无法定位而感到不安或痛苦——因此也无法使其平息"。

最后，人人都渴望生活自由、无拘无束，希望言论、行为举止不受限制，但是，人们为了生存和生活又不得不忍受各种规章制度对个体的束缚，不得不遵守各种礼节和社会风俗。持趋众策略的达洛维夫人本来不想举办晚会，但为了丈夫和家庭还是违心举办了；持逆众策略的普里克特最渴望的是逃离所有的人，在自己的小快艇上享受独处的自由，但出于礼节，还是来了；持离众策略的丽莉·艾弗利特本能地感觉到，晚会需要的是她的女性身份而不是她的知识，虽然传统上尊重女性的骑士精神让她瞬间有破茧成蝶的感觉，然而这只蝴蝶尽管羽毛精致，身披彩衣，但"不能做自己喜欢做的事情"，这种被辖制的生活，就像套在她脖子上的枷锁：温柔、不屈不挠。与室内的客厅给人们带来的精神上的压力相比，客人们更愿意去花园获得暂时的精神上的解放，因为花园更接近自然，人们可以暂时卸下伪装，忘记客套，搁置竞争。卡斯雷克先生在想象中邀请人们去大自然，认为大家在外面行走与晚宴的不同在于，散步会产生"相似感"，而社交谈话只会产生"相异感"。晚会上，个体的欲望在四处游走，无声的意识在自由飘浮，幻觉在重叠

中互构，然而一旦落入现实便灰飞烟灭。在《聚散》中，当
"坎特伯雷"的话题最终打破了安宁小姐和罗德里克·瑟尔之间
的僵局，引发出他们对美好青春往事的回忆，并激发出彼此内
心深处隐藏的对爱情的渴望和短暂的相互理解时，一个不速之
客的来临打断他们的交流，使他们不得不回到冰冷的现实，回
归到各自原来的生活轨道。瞬间精神上的共鸣难抵现实生活的
惯性，偶尔回望，也仅是支离破碎的记忆中的一抹波痕。按照
福柯的说法，人们所遵循的风俗礼仪都是按照一定的社会规则
和标码建立起来的符号建构物，它限定了符合社会规范的行为
和话语，人始终处在这种无形权力的控制之中，无法逃脱。《总
结》中，萨莎尽管觉得自己笨嘴拙舌，但不得不在晚会上说点
儿什么；伯特伦不能在花园逗留太久，必须回到屋子里去尽到
责任……自由成为短暂的空中楼阁，而束缚则是现实的、永久
的、无法挣脱的。自由与规制、个体与众人等这些现代性本质
上的矛盾最具体化地体现在了以晚宴为代表的社交领域。晚会，
本来是提供给人们一个可以放松身心，轻松享受的时间和场所，
来到晚会上的人们虽然暂时抛开了家庭、工作所赋予的社会角
色，但又不得不承担起了另外的社交职责，对身体和灵魂无拘
无束的渴望最终只能变成郁积在胸的块垒，使他们在虚幻与现
实之间黯然神伤，于百转千回中寂寞深锁，于细碎的光阴中体
味隔膜与伤悲。

　　这 8 个短篇小说中的人物你方唱罢我登场，纵然千差万别，

但都出现在晚会上，形成一个多维的、立体的人物关系网。他们身处的社会语境一样，身份大致相同。每个人在晚会上既是主体又是客体，既"看"同时也"被看"。他们在晚会上为解决焦虑所采取的应对策略，无论是趋众、逆众还是离众，都是一种自我保护策略和防御机制。在晚会的喧闹与沉寂之间，依附与拒斥同行，独处与聚集并存。表面上，交流符号此起彼伏，实际上却几乎是零度交流，或交流在别处。晚会没有实现应有的交际功能，恰恰相反，很多人更多地感受到的是彼此之间的疏离与内心的孤独。造成这种分裂的原因与意义正如霍尼所说："在我们的文化中，存在着某些固有的典型困境，这些困境作为种种内心冲突反映在每一个人的生活中。作家将这些普通人的情感和生活历程浓缩在短短几个小时的聚会上，从他们所采取的社交策略来揭示其内心的纠结、困扰和自我分裂，努力揭示出人类本质的最精心隐藏的秘密。"各短篇小说的主人公们在晚会上的犹疑、彷徨、无奈反映了现代人内心的矛盾冲突与所处时代的文化困境，他们一起展现了现代都市人的生存景象和世相百态。

参考文献

[1] Daugherty, B. R. A corridor leading from Mrs Dalloway to a new book: Transforming Stories, Bending Genres[A]. Trespassing Boundaries: Virginia Woolf's Short Fiction[C]. K. N. Benzel and R. Hoberman eds. New York: Palgrave MacMillan, 2004: 101 -124.

[2]Goleman, Daniel. Vital Lies, Simple Truths[M]. New York：Simon and Schuster, 1985.

[3] Horney, Karen. Neurosis and Human Growth [M]. New York：Norton, 1950.

[4]McNichol, Stella. "Introduction" in Mrs Dalloway's Party：A Short Story Sequence by Virginia Woolf[M]. S. McNichol ed. Orlando：Harcourt Inc.，1973.

[5]Woolf, Virginia. Collected Essays II[M]. London：Hogarth Press, 1967.

[6]Woolf, Virginia. The Diary of Virginia Woolf III[M]. Anne Olivier and Andrew McNeillie eds. New York and London：Harcourt Brace Jovanovich, 1980.

[7]Woolf, Virginia. The Complete Shorter Fiction of Virginia Woolf [M]. Susan Dick ed. New York：Harcourt Brace Jovanovich, 1985.

[8]霍尼,卡伦.焦虑的现代人 [M]. 叶颂寿,译.上海：上海译文出版社,2013.

[9]霍妮,卡伦.我们内心的冲突 [M].王作虹,译.南京：译林出版社,2015.

[10]乔伊斯,詹姆斯.尤利西斯 [M].萧乾、文洁若,译.北京：现代出版社,2020.

[11]伍尔夫,弗吉尼亚.岁月 [M].金光兰,译.兰州：敦煌文艺出版社,1997.

[12]吴尔夫,弗吉尼亚.达洛维太太 [M].谷启楠,译.北京：人民文学出版社,2003.

[13]吴尔夫,弗吉尼亚.雅各的房间：闹鬼的屋子及其他 [M].蒲隆,译.北京：人民文学出版社,2003.

[14]张爱玲.张爱玲文集（第一卷） [M].合肥：安徽文艺出版社,1992.

第二节　最坚实的物品

　　1918 年春，服务于英国财政部的约翰·梅纳德·凯恩斯在罗杰·弗莱的建议下于德加藏品的巴黎拍卖会上购入塞尚的《苹果》，后来收藏于国家美术馆。同年 11 月 26 日，弗吉尼亚·伍尔夫动笔写《坚实的物品》这个短篇小说，于 1920 年 10 月 22 日发表在艺术杂志《雅典娜神庙》（*The Athenaeum*）上。《苹果》的购入与《坚实的物品》的创作时间构成某种饶有趣味的契合。这个短篇小说刻画了一个沉醉于收藏而置仕途不顾的男人形象。评论界认为他的原型就是与伍尔夫同属布鲁姆斯伯里文艺圈的美学评论家罗杰·弗莱。弗莱在对文学艺术作品进行评论时常用到一个词：solid（坚实的）。例如，他曾经一度非常推崇巴尔扎克，后来的看法虽然有所改变，但还是称赞道：他确实从纯粹的外部生活条件中提取了一种材质，事实上，是非常坚实的材质……（He does make a kind of texture, in fact a very solid one, out of the purely external conditions of life.）在弗莱后来所写的《法国的艺术特征》（*Characteristics of French Art*）（1932）一文中，总共有 6 段评论塞尚的文字，使用 solid 一词或这个词的变体，如 solidity（坚实性）不下 5 次；在评论毕加索的时候，也是说他的"作品变得越来越强有力，越来越丰富，越来越坚实"。受其影响，伍尔夫的姐姐、曾经一度与弗莱是情人关系的文妮莎·贝尔看到塞尚的《苹果》时，也用了 solid 这个词描述它："它异常生机勃勃、坚实。"（It's so extraordinarily alive and solid.）而伍尔夫也惊叹于"它们彼此之间的关系、色彩及坚实性。"（There is their relationship to each other, and their colour, and their solidity.）在文学作品中，伍尔夫使用这个词的概率也非常高。例如，在《雅各之室》中，雅各把油画放在椅子上，对他的朋友克鲁坦顿说："那是很坚实的一件作品。"（That's a solid piece of work.）克鲁坦顿给他看最近的作品时，雅各又说："相当坚实的一件作品。"（A pretty solid piece of work.）在短篇小说《墙上的斑点》中，好几处都用到了"solid"一词："此刻，我坐着，周围是坚实的家具。"（I sit surrounded by solid furniture at the moment.）说到在午夜从噩梦中惊醒，一动不动地躺着，"崇拜五斗橱，崇拜坚实性，崇拜真实……"（…worshipping the chest of drawers, worshipping solidity, worshipping truth…）甚至，在短篇小说《三幅画》中，伍尔夫还使用这个词来形容人的面部表情：她看起来很坚毅（…so very solid she looked）。此外，她在评论文学作品时也爱用这个词。1927年，伍尔夫在评价凯瑟琳·曼斯菲尔德的日记时说："写作，仅精确和感性地表达出来是不够的——必须依托于一些尚未表达出来的、坚实而完整的东西上。"（Writing, the mere expression of things adequately and sensitively, is not enough——it must also be founded upon something unexpressed; and this something must be solid and entire.) 在评价契诃夫的文章《俄国背景》中，谈到也许读者对这种没有结尾的故事还心存疑惑，"但它仍然为思想提供了一个立足点——它是一个实实在在的存在物，在我们的回味与思索中投下道道阴影"。（They provide a resting point for the mind —— a solid object casting its shade of reflection and speculation. ）

所以，本杰明·哈维（Benjamin Harvey）说："'坚实的'这个词在布鲁姆斯伯里的美学词汇中是个关键术语。"这个关键术语既可以像一把柳叶刀一样让读者深入文本本身，沿着作品的内部肌理，层层解剖，探索作品的内在主题；也可以像一根绳索一样将文内文外串联在一起，让读者不只局限于文本，而从更大的文化背景、范畴去考察作家所信奉的美学原则和创作依据及过程。在《坚实的物品》这部短篇小说中，伍尔夫就通过 solid 一词展示了其对生活追求、友谊维护和艺术创作等方面的思考。

一、生活追求：审美愉悦与权力攀登

罗杰·弗莱在 1919 年发表的《艺术家的视界》（*The Artist's Vision*）中提出了四种形式的"视界"，分别为：实用视界（practical vision）、好奇视界（curiosity vision）、艺术视界（artistic vision）、创造性视界（creative vision）。弗莱分析了不同的视界如何影响人们看待日常物体，并讨论了艺术视界与收藏的关系。他认为，实用视界主要着眼于物品的实用性。好奇视界是指成年人身上所保留的一些好奇与热情，这些好奇与热情跟孩童的不同，就成年人而言，他会专心致志地赏花、着迷地收藏物品。这些物品可能来自大自然，如石头、化石等，也可能是人造的。艺术视界和创造性视界涉及对物体呈现形式和色彩关系的理解，这种理解将物体同其周围的现实分离出来——从空间和时间中抽离出来——同物体的实用性的任何其他意义或含义中抽离出来。《坚实的物品》中约翰的挖沙之举，本是无意为之，但作家对这个行为进行了着意的细节描述。此刻，复杂的思想与成人世界消失了，宛若上帝打开了约翰的另一只眼，让他看到了普通事物之美。他犹如回到孩童时期，停留在好奇视界，展现了他对自然之美的惊奇："那种给成年人的眼神赋予一种神秘莫测的幽深的思想和经历的背景消失了，留下的只是那清澈透明的表面，表露出的只有惊奇，那却是幼儿的眼睛常常展示的。"当他挖到那块玻璃后，这个在别人眼里极其普通的东西让他"开心，又让他迷惑"，因为"它是那样的坚实，那样的集中，那样的确定"。玻璃片独特的线条和色彩唤起了他的审美情感，他享受到了无限愉悦。在这里，审美没有了日常的功利性，他丝毫不会想到这个玻璃片是否值钱、是否有用，它的实用价值不在他考虑的范围内。

挖沙之举可能源于真正的现实生活，大概源自弗莱和他的妻子海伦在突尼斯度蜜月时所写的一封信。在信中，弗莱记述了 1896 年 12 月他的妻子"发现了一个圆柱的一角突出于地面"

"……我们像孩子一样，非常激动，动手挖沙子，最终挖了出来，它很重，几乎把我们累垮了"。而在伍尔夫所写的《罗杰·弗莱》传记中，这挖沙之举隐去了海伦，变成了弗莱一人所为，并且将它比作对塞尚的发掘："人们在他的信中想起他所描述的一段情景：在他蜜月期间，在突尼斯，他用一块小瓷片和手指从沙子中挖出一个柱子的顶部，那时塞尚也半掩在沙堆之中，仍然没有被完全发掘……"挖沙之举成为一个节点，彻底改变了约翰的生活和追求，使他的生活拐了一个弯，走上了一条与人们所期待的完全不同的道路。约翰本是一个正在竞选议员、行将飞黄腾达的人，以前整天忙于演讲、拉选票、奔赴各种宴会等，自从发现了玻璃片之后，越来越多的时间和精力放到收集物品上，他对政治的兴趣明显减少。而追求政治上的飞黄腾达与沉浸美学欣赏似乎势不两立：他捡回的东西越多，壁炉架上放着的文件就越少。为了得到草丛中的一个瓷片，他宁肯延误给选民们的演讲。捡瓷片的行为体现了两种势力——世俗权力与审美愉悦的交锋。如果说以前他还权衡利弊的话，现在他心中天平的砝码已经明显朝一旁倾斜了。落选也是意料之中的结果，谁也不会支持一个整天沉浸在自己藏品之中的人。他的政治前途没了，人们也不再请他吃饭。布罗奥顿（Panthea Reid Broughton）认为，《坚实的物品》批评了"无利害的静观"（disinterested contemplation）的美学原则，这个原则认为，艺术应该远离政治或意识形态。她认为伍尔夫通过约翰这个人物，说明了对美学物体的"无利害的静观"不是生活在这个世界上行之有效的方法，最后约翰被选民和朋友抛弃即说明了这一点。但是，从约翰这个角度来说，这个结果对他没什么影响，甚至他还会因为摆脱了这些俗事而沾沾自喜也未可知。远离政治使他的内心生活更丰富而不是贫瘠；使他的视野更扩大而不是缩小；使他更明白自己内心而不是哗众取宠，庸庸碌碌。伍尔夫在小说中没有把约翰塑造成一个艺术家，他只是痴迷于收藏、欣赏物品的普通人，所以没有提到他的创造界。而他的原型罗杰·弗莱本来的专业是自然科学，毕业于剑桥大学国王学院。后来，他听从内心的召唤，不顾父母的意愿及信仰的限定，全部投身于艺术。并且，不顾众人反对，先后两次举办后印象派画展。他曾拒绝了泰德艺术馆的主任一职，说：

> 我在这个位置之外可以做得更多，所以只要钱够用，我就得放弃升官发财、获得荣誉地位的想法，我曾经渴望这些，但现在我对它们兴趣全无。

他的所作所为，完全是出于对艺术本身的热爱，没有任何功利目的。在伍尔夫为弗莱写的传记里，也描述了弗莱静待一朵花开的痴迷："它带给我纯粹的愉悦。"现实生活中，弗莱比约翰走得更远。约翰只是自己沉浸在物品的美的世界中，而弗莱则勇敢地承担起了为大众普及美术知识的责任，他不停地办讲座、写文章告诉人们这些艺术品的过人之处，提高了人们的审美趣味，促进了现代艺术被英国大众的接受。正是由于弗莱的努力，不到 10 年时间，后印象派的作品进入了国家美术馆，成为流芳后世的珍品。

无论是约翰对物品的痴迷还是弗莱对现代艺术的推广，从另一个方面也说明了美的物品对人所产生的强大的吸引力。它是一个生机盎然、充满魔力的东西，给予审美主体以极大的精神满足感。让人的内在更宽阔、更丰富。只有内心丰富了，人才会有定力，可以在生活中做到冲淡与超脱，不为外界所左右。借由玻璃片，约翰渐渐复苏了对客观世界的审美能力，干涸的心灵有了美的滋养；后印象派画展也解放了弗莱自己，他开始摆脱羁绊，按照自己的想法去画，这让他更自信，也获得了前所未有的满足感，而内心的满足又让他处世从容，充满活力。

回到一个永恒的话题：权势和艺术哪一个更坚实，更恒久？王国维曾说："生百政治家，不如生一大文学家。何则？政治家与国民以物质上之利益，而文学家与以精神上之利益。夫精神之与物质，二者孰重？且物质上之利益，一时的也；精神上之利益，永久的也。"此番话或许夸大了文学艺术的作用，但权势上的一时得利怎比得上艺术上的永久？

二、友谊基础：同道与同利

G. E. 穆尔及其《伦理学原理》（*Principia Ethic*）曾对弗吉尼亚·伍尔夫所在的布鲁姆斯伯里文艺圈的人产生过很大影响。穆尔反对维多利亚时期的物质主义和功利主义，批评艺术的实用主义。他认为，人类生活的终极目标应该是达到"意识的状态"，是人与人交往和欣赏美好物体所带来的愉悦。穆尔指出，人际关系的至善源自个人感情，源自友情和爱，它必须是亲密、文雅和智慧的，所以朋友的智识和品位至关重要，不同的美学观念影响着人们的处世风格和交往原则。

《坚实的物品》中，约翰的朋友查尔斯对约翰的收藏品视而不见，对约翰的追求不理解、不认可。由此可以看出，不同的主体，面对同样的物体，审美反应大不相同。如果主体没有一定的审美能力，心中就不会激起审美情感。没有主体的合作，再美的艺术品也乏善可陈。与约翰不同，查尔斯注重的是物体的实用价值，他注意到约翰手里拿的玻璃块不是扁的，打不起水花儿。他不明白为什么约翰放着大好前途不干而痴迷于普通的瓷片。就单纯的审美而言，查尔斯仅停留在实用视界，跟约翰就不在一个层面上。查尔斯是伍尔夫笔下一类男性的典型，是另一个达洛维先生：热衷政治、务实、不浪漫，对美缺乏感悟力，但在现实社会中却如鱼得水，在官场上步步高升。小说开篇是约翰和查尔斯在海滩漫步，约翰此时已经对政治心生厌恶："政治真该死！"也许约翰厌恶了官场的争权夺利、尔虞我诈，一个无意之举，让他开始转而为其他事情所吸引，不再纠缠升官发财中，进入一个宽敞明亮的精神所在。痴迷于美，听一朵花开的声音，看一个石片积累的万年变迁，其中的丰富愉悦岂为外人所知？又怎可用言词表述？所以约翰不言，也不解释。而这种愉悦，又怎会被争名逐利的查尔斯所能体会与了解？

小人之交，以同利为朋，利尽而交疏。对于查尔斯来说就是这样。当约翰越来越远离权力，在政治上没有前途的时候，也就没有了利用价值，所以查尔斯果断地离开朋友也是再自然不过的事情。小说的开端就像一部电影，背景展开的是一片浩瀚的大海，由远及近看到的是两个小黑点，然后两位朋友的身影渐渐浮现，原先"任何东西都没有这两个身体那样坚实，那样富有活力"原文用的 solid 一词本也寓意着友谊的坚固，但这友谊随着约翰对政治的放弃而分道扬镳，查尔斯"从此就永远离开了约翰"。首尾呼应，反讽成趣。

　　与此相反，君子与君子以同道为朋。有共同的兴趣爱好和精神追求，友谊才会牢固长久。伍尔夫所在的著名的布鲁姆斯伯里文艺圈即为一例。在这个由作家、美学家、画家、经济学家、心理学家等组成的文艺圈内，人们从事的领域各异，脾气秉性也大不相同，但他们有共同的理念和美学追求，相互理解，相互影响，彼此成就。作为后来者，弗莱渊博的知识和极高的审美才能立刻受到布鲁姆斯伯里成员的欢迎。他们给予他无私的帮助。1910 年是弗莱精神、物质都非常困顿的一年，他患精神病的妻子被关进了疯人院，令他悲伤不已；还有一个打击是他作为纽约大都会艺术博物馆油画欧洲部主任职位的终结。他三年前就担当此任，是欧洲文艺复兴和巴洛克时代欧洲艺术的权威和评审，但因与 J. P. 摩根意见不合而不得不离开（他与摩根的矛盾正如小说中约翰和查尔斯的争论，志不同道不合）。本以为可以在剑桥谋得教职，然而未能如愿。即便在这种情况下，他对现代艺术的热情和希望不减，在布鲁姆斯伯里成员克莱夫

·贝尔和德斯蒙德·麦卡锡的帮助下，弗莱在伦敦格拉夫顿美术馆举办了第一届后印象主义画展，展出了塞尚、马蒂斯、毕加索、凡·高、高更等这些法国现代派画作。一时恶评如潮，一位知名女士甚至要求把自己的名字从委员会中除去；父母们把孩子们的涂鸦寄来，认为比塞尚的胡涂乱抹要好一百倍。弗莱成为公众责难的中心。然而，此举得到了布鲁姆斯伯里文艺圈的朋友们的支持。本来伍尔夫对后印象派兴趣不大，但由此而引起的骚乱"使得她的小圈子更向心了一些"。弗莱组织的第二次后印象派画展仍在伦敦格拉夫顿美术馆展出，也是集体协作的结晶：弗莱为画展目录写了前言，伦纳德·伍尔夫担任秘书职务，邓肯·格兰特和文妮莎设计了海报。

美国女作家梅·萨藤曾经羡慕地写道：

> 我的天堂是布鲁姆斯伯里……他们丰富多样的创造简直令人惊骇……他们难以置信地高产，但我认为，最迷人的不在那个，而是他们以之为荣并用来探索人际关系的诚实、勇气和品位。

E. M. 福斯特作为布鲁姆斯伯里文艺圈的成员之一甚至很极端地说："如果我不得不在背叛我的国家和背叛我的朋友之间做出选择，我希望我会有勇气背叛我的国家。"伍尔夫的书信编辑者之一、维塔的儿子奈杰尔·尼克尔森（Nigel Nicolson）说："在所有有关布鲁姆斯伯里的遗产当中，最为出众的是其成员有关友情的观念。没有任何东西——无论是年龄、成功、在艺术和爱情方面的竞争关系，还是战争、旅行或职业造成的长时间的分离——能够将这些自年轻时代就聚到一起的人分开。"正是因为这份相知，1934 年弗莱死后，伍尔夫责无旁贷地承担起了为其写传记的重任。

三、艺术创作：主观想象与客观描摹

如同约翰从沙堆里挖出的玻璃片，如同弗莱和妻子挖出的圆柱，弗莱将当时籍籍无名的法国后印象派画家塞尚引进英国，视若珍宝。塞尚的绘画，尤其是色彩运用方面，对 solid 的强调，给伍尔夫的文学创作以很大影响。solid 一词在绘画中指色彩浓郁，这是后印象派画的典型特征。在《到灯塔去》中，坦斯利陪着拉姆齐夫人去海边，看到一个画家在画画，评论道："the colours weren't solid？（颜色不够浓吗?）"如果说印象主义画家注重对大自然的精细描摹、善于捕捉光与影的变幻的话，后印象派主义画家则强调色彩之于营造美学效果、激发情感的直观作用，认为作品要抒发艺术家的自我感受和主观感情。在塞尚看来，所谓的"客观真实"的世界只不过是人们心中的幻影和一厢情愿，所以他的重点不是如何逼真地反映客观存在。恰恰相反，他关注人在"看"外部事物时，其内心被激起的思绪与情愫。也就是说，他关注外在事物"主观化"了的表现。塞尚说："在我内心里，风景反射着自己，人化着自己，思维着自己。我把它客体化、固定化在我的画布上……好像我是那风景

的主观意识，而我的画布上是客观意识。"所有这一切都可以通过色彩表现出来。例如，在他的《静物》中，他用厚重的团块色彩将物体粗糙地勾勒出来，表现物体的厚重感和坚实感，增加浪漫的想象力，而苹果成为画家心灵与外界沟通的道具。塞尚说："我想要的是使印象主义成为像博物馆的艺术一样稳固和持久。"弗莱极力推崇塞尚这种用色彩来传达主观意识，淋漓尽致地宣泄情感的画法。在 1912 年的第二次后印象派展览目录里，弗莱写道：

> 这些艺术家的目的不是展示他们的技巧或显示他们的知识，而是仅试图以绘画和造型的形式表达某种精神体验……展出的这些艺术家不追求只是苍白反映现实表象的东西，而是去唤起一种新颖明确的真实的信念。他们不求模仿形式，而是创造形式；不模仿生活，而是发现生活的密码。他们希望通过逻辑的清晰结构和质感的严密统一所创造的形象，引起我们对事物同样生动的、无利害的、静观的想象，如同现实生活的事物引起我们的实践行动一样，他们的实际目标不在幻觉而在真实。

克里斯托弗·格林（Christopher Green）曾评论说："弗莱作为 1910 年前后英国现代主义事实上的创始人，对 20 世纪上半叶公众观看和理解艺术的方式产生了巨大的影响，他是那个时代的精神领袖之一。"弗莱带伍尔夫去参观展览，教给她如何欣赏绘画，培养她敏锐的观察力。由于弗莱的推崇，伍尔夫也渐渐学会欣赏塞尚的画作："再也没有哪位画家比他更能激起文学创作的欲望。因为他的画作如此汪洋恣肆，如此动人心魄地跃然纸上，以至于，他们说，光是那颜色就仿佛在向我们挑战，压迫着某根神经，在激励着你，在让你兴奋不已。"伍尔夫曾在日记中写道，去美术馆看画，"我试着从罗杰的眼光去欣赏雷诺阿、塞尚等，试着在脑子里获得某种坚实性"。弗莱也启发她思考作家用文字同画家用颜料之间可能存在的联系以及艺术与现实的关系。她得出结论说："所有伟大的作家都是配色师。"她将这些绘画主张有意识地运用到文学创作中去。在写作中，浓墨重彩的不再是对客观现实的描绘，而是集中到人的心灵或心灵所激起的火花。在《墙上的斑点》中，她借由叙述者断言："未来的小说家们会越来越认识到这些（外在事物留在主观印象中的）反射的重要性，因为不只是一个反射，而是无限多的反射；小说家们会去探索这些反射的深处，追逐这些幻影，越来越把现实的描绘排除在他们的故事之外。"在《坚实的物品》中，约翰拿到玻璃片的时候就展开了丰富的想象：

　　它简直就是块宝石了。你只要给它镶个金边，或者给它穿根绳子，它就会变成一件珠宝；一条项链的组成部分，要不就是指针上一缕幽暗的绿光。说不定到头来它真是块宝石；是位黑公主身上戴的东西，她坐在船尾把一根手指伸进水里，一边听奴隶唱歌把它划过海湾。要不就是一个沉没海底的伊丽莎白时代的珍宝箱的橡木帮裂开了。然后，翻来滚去，里面的绿宝石终于冲到了海岸上。

这段描写显然不是对外界事物"现实的"复制和再现，而是通过纷繁的意象来包含叙述者的主观情感和自我感受，关注的是想象世界的个性化的印象、感知和表达。这样的描写在伍尔夫之后的作品中比比皆是。凯利在《伍尔夫小说中的事实与想象》（*The Novels of Virginia Woolf: Fact and Vision*）中说：在伍尔夫的小说中，现实世界（factual world）是由坚实的物质世界组成的（the world of solid objects），体现着社会行为，是智性的世界，感知着人的孤独、物体的存在，以客观推理为工具试图寻找秩序；而在想象世界中（visionary world），物理物体不会受到束缚，可以超越自身而具有普遍意义。

在作家的作品中，反复出现的词汇，或许不一定是作家有意为之，但是，在文本的表象之下，存在着一个连作家本人甚至都觉察不到的"文化基因"，它潜在地支配着作家的选词、对情节的描述和对人物的处理，反映着作家的思考过程以及深层欲望。语汇丰富的伍尔夫在长篇小说、短篇小说、随笔、文学评论中频繁并且广泛地使用 solid（坚实的）一词，甚至直接用它做了短篇小说的篇名，更是彰显了此词的重要性。因此，一词之究，可以小见大，探得作家对生活与创作的思考与主张。就小说的标题"The Solid Objects"而言，solid（坚实的）显然不是指物品的性能，因为主人公约翰收藏的有玻璃、瓷器等，这些都是易碎物品；objects（物品），原文用的是复数，或许是指约翰后来收藏的众多物品，也可能指世间所有的具有审美意义的物品。按照本杰明·哈维的说法，真正坚实的物品是那种持久的、让人难以割舍、流连忘返的物品。生活中，什么是恒久、坚实的东西？人际交往中，坚实的友谊的基础又在哪里？艺术创作上，坚实的作品主要揭示和反映的又应该是什么？通过一篇短篇小说，伍尔夫给出了很好的答案：功名利禄总有时，而审美意义上艺术恒定的内在价值不朽；朋友交往中，共同的兴趣与生活理念至关重要；文学艺术的创作中，主观真实更能揭示人物色彩斑斓的内心世界和丰富的深层意识。

参考文献

[1] Bell, Vanessa. Selected Letters of Vanessa Bell [M]. Regina Marler ed. Wakefield, RI: Moyer Bell, 1998.

[2] Bradshaw T. ed. A Bloomsbury Canvas: Reflection on the Bloomsbury Group[C]. Brookfield, VT: Ashgate Publishing, 2001.

[3] Broughton, Panthea Reid. The Blasphemy of Art: Fry's Aesthetics and Woolf's Non-"Literary" Stories [A]. The Multiple Muses of Virginia Woolf [C]. D. F. Gillespie ed. Columbia and London: University of Missouri Press, 1993.

[4] Bullen, J. G. ed. The Post-Impressionists in England[M]. London: Routledge, 1988.

[5] Fry, Roger. Vision and Design[M]. London: Chatto and Windus, 1920.

[6] Fry, Roger. Letters of Roger Fry [M]. Denys Sutton ed. London: Chatto and Windus, 1972.

[7] Harvey, Benjamin. Woolf, Fry and the Psycho-Aesthetics of Solidity [A]. Virginia Woolf's Bloomsbury (Volume 1) [C]. G. Potts and L. Shahriari eds. London: Palgrave Macmillan, 2010.

[8] Kelley, Alice. van Buren. The Novels of Virginia Woolf: Fact and Vision [M]. Chicago and London: University of Chicago Press, 1973.

[9] Quick, Jonathan. R. Virginia Woolf, Roger Fry and Post-Impressionism [J]. The Massachusetts Review. 1985 (4).

[10] Mansfield, Katherine. The Journal of Katherine Mansfield [M]. John Middleton Murry ed. London: Persephone, 2006.

[11] Moore, G. E. Principia Ethica [M]. Thomas Baldwin ed. Cambridge: Cambridge University Press, 1993.

[12] Roberts, John Hawley. "Vision and Design" in Virginia Woolf [J]. PMLA, 1946 (XLIV September).

[13] Woolf, Virginia. Roger Fry: A Biography [M]. New York: Harcourt, Brace and Company, 1940.

[14] Woolf, Virginia. Jacob's Room [M]. San Diego: Harvest/Harcourt Brace & Company, 1981.

[15] Woolf, Virginia. To the Lighthouse [M]. San Diego: Harvest/Harcourt Brace Jovanovich, Inc. , 1981.

[16] Woolf, Virginia. The Diary of Virginia Woolf I [M]. Anne Olivier Bell ed. New York and London: Harcourt Brace Jovanovich, 1977.

[17] Woolf, Virginia. The Complete Shorter Fiction of Virginia Woolf [M]. Susan Dick ed. San Diego, New York, London: Harcourt Brace Jovanovich Publishers, 1985.

[18] Green, Christopher ed. Art Made Modern: Roger Fry's Vision of Art

[C]. London: Courtauld Gallery, 1999.

[19] 贝尔，昆汀. 萧易，译. 伍尔夫传 [M]. 南京：江苏教育出版社，2005.

[20] 弗莱，罗杰. 易英，译. 视觉与设计 [M]. 南京：江苏教育出版社，2005.

[21] 弗莱，罗杰. 沈语冰，译. 弗莱艺术批评文选 [M]. 南京：江苏美术出版社，2013.

[22] 耿立新. 理性的色彩：后印象派 [M]. 天津：天津科学技术出版社，2011.

[23] 萨藤，梅. 过去的痛 梅·萨藤独居日记 [M]. 马永波，译. 桂林：广西师范大学出版社，2016.

[24] 王国维. 教育偶感 [J]. 教育世界，1904（8）.

[25] 伍尔芙，弗吉尼亚. 王义国，译. 伍尔芙随笔全集 II [M]. 北京：中国社会科学出版社，2001.

[26] 伍尔芙，弗吉尼亚. 王义国，译. 伍尔芙随笔全集 IV [M]. 北京：中国社会科学出版社，2001.

[27] 约翰逊，保罗. 现代：从 1919 年到 2000 年的世界（上） [M]. 南京：江苏人民出版社，2001.

第三节　回望与超越

　　《琼·马丁小姐的日记》是弗吉尼亚·伍尔夫 24 岁时创作的短篇小说。它和其他三部短篇小说《菲利斯和罗莎蒙德》（*Phyllis and Rosamond*）、《V 小姐的神秘事件》（*The Mysterious Case of Miss V.*）和《一个小说家的回忆录》（*Memoirs of a Novelist*）一起被列为属于伍尔夫最早的"学徒作品"（apprentice pieces）。这四部短篇小说都是以女性角色为中心，尤其是出现了女性书写者：女小说家、女传记家、女历史学家等，书写身为女性的成就与困惑等。《琼·马丁小姐的日记》源于伍尔夫的一次出游经历。1906 年 8 月初，弗吉尼亚·伍尔夫和姐姐文妮莎租下了在诺福克（Norfolk）的布罗诺顿宅暂住，这是一座带有护城河的伊丽莎白时代的庄园。8 月 4 日，伍尔夫写信给维厄莱特·迪金森说："它有 300 年的历史，里面有橡树酒吧，旧楼梯，祖先用过的大木桶，以及画像；有花园，有护城河……妮莎下午画风车，我拿着一张地图在乡间走几英里，跳过沟渠，翻过墙，闯入教堂，每一步都想象出精彩绝伦的故事。其中一个——老实说——已经写在纸上了。"8 月 24 日，她又给迪金森写道："自从来这儿，我已经写了 40 页草稿，也就是每天 3 页或更多；当然，必须把周日排除出去。"这个未起标题、未注明日期、写了 44 页的小说就是《琼·马丁小姐的日记》。小说手稿一半讲述的是关于女历史学家罗莎蒙德的历史观、对中世纪英格兰的土地使用制度的调查，以及她对古老文献的搜寻；而另一半则直接引用了一本在布罗诺顿几英里之外的马丁宅里找到的日记，这本日记写于 1480 年，里面详细记载了一位名叫琼·马丁的女士一年期间的生活：她的习惯、思想、恐惧、动机、期望等。作为伍尔夫早期的作品，就艺术成就及语言特色来讲肯定比不上后来成熟时期的作品，当时这部小说因为语言有点儿啰唆没有被出版社接受。Susan M. Sauier 和 Louise A. DeSalvo 在《弗吉尼亚·伍尔夫的〈琼·马丁小姐的日记〉》（*Virginia Woolf's "The Journal of Mistress Joan Martyn"*）中介绍了这部短篇小说编辑的情况，说她们在编辑手稿的时候，尽可能少做修改，保留原作的风姿。所以这部小说就以最初的样子呈现在读者面前，它并不完美。但作为伍尔夫最早期的作品，这部短篇小说中所表达的诸多想法和观点都曾出现在后来作家的作品中，尤其是那部著名的《一间自己的屋子》。如果我们追寻伍尔夫创作思想发展的脉络，就无法回避对这部作品的研究。

一、日记书写：她的故事（Her-story）

小说中的日记是琼·马丁 25 岁时写的，是 1480 年整整 12 个月的日记。日记刚开始时，琼是一个热情的、爱幻想的女子，是对未来充满憧憬的女孩子，渴望着浪漫美妙的爱情。然而，想象与现实成为鲜明对比。行吟诗人所吟唱的关于亚瑟王和圆桌骑士的故事，尤其是骑士们和心爱姑娘们的浪漫爱情故事与现实生活中她的婚姻安排迥异：诗歌中男主人是年轻英俊的骑士，现实中，家人给她选的丈夫的年龄足可以做她的父亲；骑士的爱情中，爱为第一要务，爱情压倒一切，为爱可以奋不顾身，现实中的未婚夫却先问嫁妆会有多少，他自己又会出多少聘礼，斤斤计较中体现的是赤裸裸的交易；骑士对心上人忠诚爱恋，对女性殷勤有礼，而现实中看不到热烈的感情及对女士的尊重，结婚只是为了管理家庭事务；骑士故事中的爱情浪漫，荡气回肠，现实中的婚姻单调乏味。"无可否认，自从我读了公主们的故事，我有时候也会因为自己的命运与她们的迥然相异而伤心落寞。"作为过来人的母亲告诉她婚姻与爱情无关："我们无法在真实生活中找到它们，最起码我认为很罕见。"其实母亲也年轻过，也曾经拥有过女儿的种种幻想和激情，所以她也爱听女儿读关于海伦和特洛伊战争的诗《玻璃宫殿》，甚至因为听故事而忘了给远在伦敦的丈夫记账。因此，也可以看出，感情始终占据着女性生活中最重要的部分，她们对爱情的热烈向往只是为现实所压抑，但一有机会，就会通过各种途径来获得满足。琼对自由的追求和乐观精神随着外界的干扰而变得犹豫迟疑，日记中出现更多负面的情绪：焦虑、恐惧、脆弱。究竟是坚持独立自我，还是像母亲一样进入婚姻，寻得一个家庭安全保障？哪一个都有诱惑也有不安。出于现实考虑，琼还是答应了这桩婚事，实在是不得已而为之：

女人住在父亲家时，她总是被忽视，就如影子那样。可如果她幸运地嫁个好丈夫的话，婚姻就会赋予她实体，她会因此得到人们的重视，人们会关注她，为她让路。

这个选择是当时绝大部分女性的选择，这样琼就走上了母亲的老路：步入婚姻，成为贵妇人，代丈夫管理家庭事务，拥有许多仆人。这也是一条捷径，有地位有金钱，在社会上受人尊重，只是没有爱情，没有自己的独立人格，因为无论她多能干都只是丈夫的附庸而已。家人也很高兴，作为可用来交换的财产，她的出嫁，不但没有让家族财产缩减，反而增值。

琼的夏至朝圣之旅是为婚姻做祈祷。Nena Skrbic 认为，这也唤醒了她的性意识。夏至和冬至标志着她从浪漫少女到成熟女人的过程：从最初的欢快到冷静、理智。"正午，夺目的阳光洒满沼泽地，绿色的植被和蓝色的水泽交相辉映，置身其中，仿佛来到了一片安宁富饶的陆地……"蓝色和绿色是伍尔夫最喜欢的两种颜色，出现在她众多作品中，甚至有一篇短篇小说的标题就是《蓝与绿》。这是一片女性的世界，祥和、宁静，有生气。但是，她不得不"走向陡峭的山顶，阳光照耀着一个坚挺向上的建筑物，它如同一座骨塔般素白"。按照弗洛伊德的观点，突出的塔是男性生殖器的象征，代表着男性的力量。琼从平原到山顶的攀爬意味着告别自己所熟悉的女性世界向传统男性力量的臣服。反复出现的"pale"（苍白）一词，与其说是石像苍白，不如说是日记叙述者琼的脸色苍白。"淡色的十字架和圣母神像""巨大而苍白的身影"等说明她的无助和对未来的恐惧，以及内心的撕裂，所以"我……卖力地亲吻着她那粗糙的石头外衣，直到嘴唇发肿"。

在"秋季"的描写中可以看到琼在母亲的安排下开始学习管理家务和田地，为将来协助丈夫做准备。"我逐渐明白，我的婚后生活，应是绝大多数时间都要放在思考与男人和幸福无关的事情上。"她根本没有时间去幻想骑士与贵妇的爱情。母亲是屋子里的天使，操劳，总不停歇。琼很佩服母亲："能作为这样一个女人的女儿是一件了不起的事情，并且我希望有一天能拥有和她同样的能力……"母亲一共生有六个孩子，管理着庞大的家庭。她在战争期间男人们参军走后，留在城堡里管理着家庭，维系着秩序。然而她的作用无人重视，她是不被看见的，可以被忽略的。虽然父亲在伦敦，是家庭的缺席者，但威力却无处不在。正如在《帕斯顿家族和乔叟》中，帕斯顿太太与丈夫的通信不谈论自己，伍尔夫写道："大部分她的信都是忠心耿耿的管家对主人做的报告，说明，请示，通消息，报账，发生了抢劫和杀人；租子老也收不上来……"她是沉默的、没有声音的。无论是琼的父亲还是她家族的后人——年轻的庄园主人，都对男性先人感兴趣，而对女性先辈只字未提。琼知道："有一点不容辩白，即便我仰慕我的母亲，并尊重她说的每一句话，但我心底深处其实并不完全认同她的话。""那么，我究竟渴望着什么东西呢？虽然我渴望它，默默地期待它，我却不清楚它是什么。"正是这渴望的东西，搅着琼内心不安，最终使她拒绝了婚姻，拒绝了社会所赋予的传统角色。李（Hermione Lee）说，琼的心声反映了一个女孩子的心声，在一个社会动荡时期，既想体验又渴望自由，而这个心声被她母亲关于女性角色的传统想法束缚住了。由于日记中页码缺失，无人知道到底是什么具体事件直接导致了琼拒绝了这个在当时貌似不错的婚姻，而勇敢或无奈地选择了独身？——原因并不重要。

琼将所有的心事写在日记里，在她，这是幽闭、压抑环境中一个情感的宣泄口。借助日记这样一个媒介抒发情感，也是女性惯常的做法，它对女性所发挥的作用外人难以想象。日记的私密性叙述，避免了公开话语中的顾忌，女性可以将郁结胸中的情愫倾诉。同时，也通过书写确定自己的价值，从某种意义上来说也暗暗彰显自己的主体性。在玛格丽特·阿特伍德的《使女的故事》中，女主人公得到了上司的欢心，得到的奖赏便是一支笔和便签，可以随心所欲地写一个晚上。拿到笔后，麻木的灵魂开始复苏，似乎自己才真正活了过来。《黄色墙纸》的作者吉尔曼（Charlotte Perkins Gilman）回忆说：有许多年，她饱受持续、严重的神经崩溃，有近乎忧郁症倾向。1887 年，27岁的她被送到一位著名的医生那里治疗，医生叮嘱她回家要"尽可能过一种家庭生活"，每日只允许 2 个小时的智力活动，"只要我活着就决不能碰笔、画笔、铅笔"。她说，自己坚持了 3个月，然后精神濒于崩溃。后来她不顾医嘱进行写作，最终恢复了力量，回到了正常生活。所以，对于女性，有时写作是一种救赎，但是这种救赎也要被男性控制。

二、历史叙述：他的故事（His-story）

如果说从《使女的故事》中可以看到，女性写作是一种被赋予的权利，掌控者是高高在上的男性的话，在《琼·马丁小姐的日记》中，琼还不错，可以自由书写。但是，她可以写，却没有人看，没有人对她的纠结、痛苦感兴趣。琼留下来的日记，除了她自己，在叙述者罗莎蒙德之前，几乎没人阅读：谁会对一个老小姐的内心世界感兴趣呢？对于男性来说，它还不如家庭账本有价值。琼家族的后人对账本和日记的态度明显不同：账本被用羊皮纸装订成厚厚的一册，而日记只是被草草地用粗绳扎起来；日记按序号分为八部分，然而，"七 秋季"之后便是"最后几页"，中间丢掉了一些，也说明保存者的漫不经心。普通男人马丁先生对其姑祖母琼·马丁日记手稿的不屑一顾也代表了男性历史学家对女性手稿的态度。传统的历史学家们注重考据、数字，能对资料进行冷静客观的分析。古老家族的手稿是研究历史的珍贵资料，对于家族的传人来说，家族留下的家宅手册中族谱与账本更重要，记述着仆人、马匹、家具的数量等，甚至马匹的记载也比人的日记重要。账本与日记形成有趣的对比。账本代表男性的、客观、直接、一目了然，日记代表女性的、主观、间接、含蓄委婉；账本反映的是物，是资产的变化，日记反映的是人，是情绪的起伏。就日记所记内容来看，男性与女性的态度就截然不同：马丁小姐的父亲很高兴女儿写日记，以为日记就是账本，可以记载家族事物；但女儿是要将内心的幻想、憧憬写上去："我会写公主与骑士，会写他们在奇幻世界的冒险经历。"对于父亲来说，客观地记录家族的资产收入远比女儿的内心世界和丰富的想象力重要得多。

等级社会中，男性掌握着话语权，决定着什么重要，什么不重要。男性历史学家更侧重于宏大叙事，如战争、影响历史进程的大事件等。当然，历史学家也会重视某些日记，从日记中爬梳一些信息，但主要是从男性所记录的资料着手。例如，英国的约翰·伊夫林（John Evelyn 1620—1706）的日记长达70多年，记载内容既有重大的历史事件，如克伦威尔革命、王政复辟、光荣革命，也有艺术活动、科技发展以及旅游见闻等；另一位萨缪尔·皮匹斯（Samuel Pepys 1633—1703）的日记尽管不长，只有9年多，但因为他曾担任政府要职，日记中记载了不少重大社会政治事件。这些日记都会受到历史学家的重视。然而女性的日记很少反映重大历史事件，鲜有历史转折时期的重要描述，视野不够宏大，多的是家长里短的日常生活，或是对爱情、婚姻的感受与哀怨等，一般不会得到历史学家的青睐。罗莎蒙德说，在一些具有历史感的大房子里：

> 它们的主人才最有可能拥有完美无缺的手稿，而且还会像出售喂猪的泔水或猎园里的木头一样，不假思索地将它们卖给一个来收破烂的人。毕竟，我认为我对古文稿的痴迷是病态的怪人想法，而他们是真实健康的正常人。

从明显的反讽口吻中可以看到叙述者是具有现代意识的历史学家，她重视手稿，而且从她在学界所取得的成就来看也说明这样研究历史是可行的。传统历史学家们往往过于注重真实性的考证和事实的堆砌，而对活生生的人及人物性格重视不足。叙述者罗莎蒙德的观点也就是作家伍尔夫的观点，这一观点在后来的传记小说《奥兰多》《弗勒希》等进一步发扬光大，继而提出了"花岗岩与彩虹"相结合的传记创作理论。Melba Cuddy-Keane 在分析《琼·马丁小姐的日记》时说："这篇小说表明，伍尔夫的历史写作从道德和战场转移到日常生活：她的历史版本是把女性和普通人的生活放在首位，把生活写作和文学写作放在首位，把日常生活的历史放在首位。"在《日常生活批判》（第一卷）中，列斐伏尔指出：

> 实际上，朴实无华的事常常是更重要的事，对于我们来讲，历史学家更多的是为了揭示历史事件，而不是为了耸人听闻。从"重大"事实到日常事件之和，这一转变精确地对应了从表象向实在的转变……从纷繁的表面现象出发，抓住事物的本质……

私人日记，一般来说，是作者自己所见所闻所思的第一时间记录，最直接的感受和表达。也许是片面的、不全面的、琐碎的，但却是具体的、新鲜的、生动的，是公共文献有利的补充。日记首先包含第一手社会资料，是考察当时社会环境的重要来源。它可以和账本一起，在互相参照中，将过去有血有肉的活生生的生活呈现在眼前，反映历史风貌。冷冰冰的、客观的数字与富于情感的、主观的记载日常琐事的文字有可能反映出历史上的某些重要内容。例如，在琼后面的日记中，读者可以从侧面、从个体看出人们对战争的恐惧和它所带来的影响；可以了解到当时的土地制度，为了保住或扩大当时作为最主要财富的土地，人们不惜用婚姻来交换。还可以了解穷人的状况、逃犯的行踪、当时人们的娱乐以及男女的不平等：弟兄们不许姐妹们嫁给身份比自己低的男子，女儿因爱上管家而后者被逐出家园，等等。更重要的是，能看到活生生的人和人们生动的日常生活。而日常生活在历史研究中一样重要。在《日常生活批判》（第一卷）中，列斐伏尔把日常生活比喻成沃土，没有奇花异草或瑰丽丛林的景观可能会让人沮丧，但是奇花异草不应该让我们遗忘了土地，土地有它自己的生活和富足。他反对人们贬低日常生活，指出：

　　在平静如水的日常生活里，的确一直都有海市蜃楼、波光涟漪。这些幻觉并非没有结果，因为实现结果是这些幻觉存在的理由。但是，在哪里可以找到真正的现实呢？何处发生着真正的变革呢？就在这个不神秘的日常生活之中！历史学、心理学和人类学一定要研究日常生活。

伍尔夫曾写过《帕斯顿家族和乔叟》（*The Pastons and*

Chaucer）（1925）的杂记。帕斯顿家族是 15 世纪居住在英格兰诺福克的一个上流社会，家族保存了 500 多封信，成为反映玫瑰战争时期（1455—1487）英国家庭生活和国内政治生活的珍贵史料：

> 帕斯顿家厚厚的四册书信……重要的是他们在年复一年咿呀转动的生活中，是如何把不可计数的细枝末节聚积起来，成为一堆琐细的、常常是黯淡的尘屑。然后突然间尘灰燃烧起来；在我们的眼前展开了当天的情景，灿烂，完整，生动……那久远的日子就在这里，每个时辰都一一展现在我们眼前。

这些信件，记载着人们的人际往来，饮食起居，在悠久的历史中留下印迹，将活生生的生活画卷展现在眼前，是有质感的、丰富的史料。伍尔夫曾写过一篇《一位宫廷女侍的日记》登在《泰晤士报》文学副刊上，以一位宫廷女侍的口吻写威尔士王妃，被冷落的王妃听说俄国沙皇要前来拜访自己，高高兴兴打扮一番，足足空等了四个小时。小说以日记的形式从外人的眼光看到了皇家内部的斗争，宫廷生活的无聊以及那挣脱不得的折磨人的婚姻。多亏了这些日记，让后世了解到有这样一些女子曾经鲜活地生活在世上，让后世了解她们的向往、挣扎、无奈。虽然她们只是普普通通的女子，不能参军、指挥作战，不能决定历史命运，甚至不能决定家族事务，不能掌控自己的命运。历史上没有她的位置，她也没有主体地位，她是匿名的、失语的。但不正是这些平凡普通的人构成了人类历史吗？有多少女性秘密书写，却被湮没在历史长河中。

三、回望我们的母亲

追寻女性被湮没的声音，恢复女性应有的历史地位，这样的历史使命落在了女历史学家罗莎蒙德·梅里丢这样的女性身上，她也责无旁贷地承担了起来。在《琼·马丁小姐的日记》中，小说的叙述者一开始就与众不同：首先，叙述者是一个女历史学家，纵使在作者创作这部短篇小说的 1906 年，女历史学家也不多见，更何况她在自己的研究领域颇负盛名。其次，她大胆地提到自己与他人不同的历史观，虽然偏好想象和叙述而受到指责，但还是敢于坚持自己对历史解释的不同见解。罗莎蒙德这个人物承担了多重角色，她替作家发声，作家一开始就借她之口阐明自己的看法：正是因为"我"和常人不一样，所以看到了《日记》的价值，如果"我"也遵循传统，就不会对日记这样感兴趣；另一个作用就是担当重要的叙述功能，为了引出后面的日记，从时间上来说有一个线性传承。琼 25 岁开始写日记，30 岁时去世。她的后世姊妹、历史学家罗莎蒙德阅读她的日记时 45 岁。这两位叙述者有许多共同点：都是女性，终身未嫁，都挑战了传统，没有遵循传统赋予女性的角色，没有成为妻子和母亲；都保持了自己的独立性，都热爱阅读、写作。从中也可以看到随着时代的发展，女性的地位有了明显提高：

琼的母亲会拼写单词，"这已经领先于她那个年代的女孩"。琼能读书、能写日记；而罗莎蒙德则直接进入男性的工作领域，从事历史研究，能力强，能坚持己见。这样的形象与她后面行将引出的琼的脆弱形象形成鲜明对比：琼没有经济收入，只能靠丈夫（若结婚的话）或父亲养活自己，但罗莎蒙德有自己的工作，能自立；琼最终在庄园内郁郁寡欢，年仅 30 岁就去世，罗莎蒙德则在自己的学术领域大放异彩，实现了自己的价值。这也说明了人类毕竟是在缓慢的进步之中，从野蛮走向文明，从不平等走向平等，这是社会文化和女性群体及个人的巨大进步。① 但同时，我们也不得不注意到，她们分别为自己的选择做出了牺牲：琼的母亲步入了婚姻，为大家庭做出牺牲；女儿琼成为孤寡的老小姐，在娘家没有自己的地位；罗莎蒙德取得了历史领域的成就，但却是"舍弃了婚姻、家庭，以及能让我安度晚年的房子，只是为了把全部的时间都投入泛黄的古代文献书稿中"。

　　作为后继者，罗莎蒙德是有意识地去搜寻历史上女性的遗迹，试图挖掘出在时间的长河中被淹没的女性的声音。只有女人懂得女人，珍惜她的日记，正视其作为活生生的人的存在。当她去图书馆寻找关于女性的历史记录的时候，找到的却是男人歧视女人的著作，她在悲观绝望中画出一幅画，是想象中写

---

① 　关于女性地位的提高，弗吉尼亚·伍尔夫在后来的长篇小说《岁月》中有了更详细的描述，见拙作《从〈岁月〉看英国女性五十年间主体地位的变化》，载于《中华女子学院学报》，2009 年第 10 期。

这种书的教授的画像，愤怒令她"双颊滚滚发热"，她开始在教授脸上画圈，"一直画到他看上去就像一片着了火的灌木丛，或者像一颗裹着火焰的扫帚星——不管像什么，反正是毫无人样的，或者说，毫无人味的"。斯皮罗珀罗（Angeliki Spiropoulou）指出：伍尔夫清楚地意识到，如何呈现过去是女性主义和更广泛的政治斗争中的一个重要部分。她批评官方编年史中的排外和沉默，同时编定另一种编年史，能公正地对待被压迫者和失败者，主要是指妇女和其他的权威之外的"局外人"。罗莎蒙德对女性日记的发掘、整理带有抢救性质，有着时不我待的紧迫感，以及同性之间天然的亲近与欢喜："很多时候，我都怀着极度的好奇，去阅读其他女性同胞的著作，而面对这些枯燥乏味的文献时，我心中总是带着莫名的激动与喜爱。"在《她们自己的文学》中，肖瓦尔特提到了几乎同样的情况：她在写作此书时，许多19世纪90年代的女作家完全被湮没。1971年，她去巴斯市（Bath）寻找萨拉·格兰德的资料，在市图书馆内打开了自其去世后原封不动的一个个硬纸盒，可见这些宝贵的资料一直无人问津。书出版后，居住在巴斯的一位学者写了一部格兰德的传记，这位被大众逐渐忘却的女作家才又重新回归大众视野。伍尔夫在《妇女和小说》中发问：为什么18世纪以前没有女性的作品源源不断出现呢？

答案仍尘封在被塞入古旧的抽屉中的古旧日记里，仍埋没在老人的记忆中几乎被忘却。我们将在卑微的无名之辈的生活里——在历史的那些没有被照亮的过道里——找到答案；世世代代的妇女人物都挤在那幽暗中，只偶尔为人瞥见……英国的历史是男性家系的历史。

社会学家泰利·拉维尔（Terry Lovell）在《消费小说》（*Consuming Fiction*）中指出，在 18 世纪的时候，出版的三分之二的小说是由女性写的，但当时发表小说社会地位不高，稿费给的也不多；可是，到了 19 世纪 40 年代，作家的社会地位提高了，反而女性作品在出版的小说中只占到 20%。正因为如此，我们更要抢救曾经为文学创作做出贡献的女作家们。在文学史中，《黄色墙纸》《觉醒》等这些女作家的作品正是由后世女作家来挖掘、重新审视、恢复了女作家应有的历史地位。伍尔夫在《一间自己的屋子》中提出："如果我们是女人，就要回望我们的母亲。"她在结尾处号召：

> 我们得自己走……那个死了的诗人，莎士比亚的妹妹，就会又活在她已经放下了很久的肉体里。像她的哥哥那样，她由她的前辈，那些无名的女人的生命力吸取生命而又转生了……假使我们为她努力，她一定会来，所以去努力，哪怕在穷困、落魄中努力呢，总是值得的。

罗莎蒙德所做的，正是自觉地承担这一责任。如果女性不这样做，就会如同罗莎蒙德感觉那些被淹没的前辈一样，"她们一定在暗处向我们张望，在笑，或者在伤心地流泪"。当男性统治者有意隐藏女性的历史作用的时候，女性需要勇敢站出来，了解先辈母亲的历史，看到她所遭受的苦难，挖掘那被压抑的天赋，肯定她的价值。正是有了琼·马丁女性意识的萌芽，才有了"我"成为历史学家的可能。女性回望母亲的足迹，可以点亮自己的未来之路。

在《琼·马丁小姐的日记》中，伍尔夫用虚构的方法阐述了她对于历史研究的看法并对历史上的女性地位进行了考察。小说叙述在一个文本中打开了另一个文本，且都以单数第一人称"我"来叙述。她采用日记的形式完成了时间的跳跃，从当前一下子跳到四五百年前，将中世纪女性的生活平铺在读者面前，她把前面日记的写作与后面日记的阅读联系起来，创造一种时间之流，通过写、读等过程将过去与现在相结合，既有外部审视评判又有内部人物心理，各部分在叙述的时候，直线发展，按时间顺序布局。无论是作为历史学家的"我"还是日记写作者的"我"，所描述的心理活动既真实可信又合情合理。伍尔夫的这部早期的短篇小说的结构并不复杂，只是两部分的单纯并列。一般来说，像这样的小说常常会在最后提及叙述者看完日记后的感想或评论，形成一个嵌套式结构，但这篇小说没有，而且结尾突兀，就像一个口字框架还留有最后一横没有闭合。斯戴文（Jan Van Stavern）说，伍尔夫"没有将框架闭合，或者没有给这本令人难过的日记提供一个让人放心的支架"。这种写法同鲁迅的《狂人日记》一样，借用杜撰的文本，虚拟中蕴含真实，凸显生命情状的原生态。这种类似海明威的"零度结尾"，看似未点明主题，却可以令读者生发出无数想象。

参考文献

[1] Gullason, Thomas. The Short Story: An Underrated Art? [J]. Studies in Short Fiction. 1964 (Fall): 13 –31.

[2] Lee, Hermione. Virginia Woolf [M]. London: Vintage, 1996.

[3] Lovell, Terry. Consuming Fiction[M]. London: Verso, 1987.

[4] Sauier, Susan M. & Louise A. DeSalvo. Virginia Woolf's "The Journal of Mistress Joan Martyn"[J]. Twentieth Century Literature. 1979 (Fall/Winter): 237 –239.

[5] Schröder, Leena Kore. Who's afraid of Rosamond Merridew? Reading medieval history in "The journal of Mistress Joan Martyn"[J]. Journal of the Short Story in English 2008 (Spring): 2 –12.

[6] Skrbic, Nena. Wild Outbursts of Freedom: Reading Virginia Woolf's Short Ficiton[M]. Westport: Praeger Publishers, 2004.

[7] Spiropoulou, Angeliki. Virginia Woolf, Modernity and History: Constellations with Walter Benjamin[M]. Basingstoke: Palgrave, 2010.

[8] Van Stavern, Jan. Excavating the Domestic Front in "Phyllis and Rosamond" and "The Journal of Mistress Joan Martyn"[A]. Virginia Woolf: Emerging Perspectives Selected Papers from the Third Annual Conference on Virginia Woolf [C]. Mark Hussey and Vara Neverow eds. New York: Pace University Press, 1994.

[9] Woolf, Virginia. A Room of One's Own[M]. New York: Harcourt, 1929.

[10] Woolf, Virginia. The Letters of Virginia Woolf I [M]. eds. Nigel Nicolson and Joanne Trautmann. New York and London: Harcourt Brace Jovanovich, 1975.

[11] Woolf, Virginia. The Complete Shorter Fiction of Virginia Woolf[M]. Susan Dick ed. London: Harcourt Brace Jovanovich Publishers, 1985.

[12] Cuddy-Keane, Melba. Virginia Woolf, the Intellectual, the Public Sphere [M]. Cambridge: Cambridge UP, 2003.

[13] 列斐伏尔, 亨利. 日常生活批判（第一卷）概论 [M]. 叶齐茂、倪晓晖, 译. 北京: 社会科学文献出版社, 2017.

[14] 荣格. 心理学与文学 [A]. 荣格文集 [C]. 冯川, 编. 北京: 三联书店, 1987.

[15] 吴尔夫, 弗吉尼亚. 雅各的房间: 闹鬼的屋子及其他 [M]. 北京: 人民文学出版社, 2003.

[16] 伍尔芙, 弗吉尼亚. 伍尔芙随笔全集（I）[M]. 石云龙, 译. 北京: 中国社会科学出版社, 2001.

[17] 伍尔芙, 弗吉尼亚. 伍尔芙随笔全集（IV）[M]. 王义国, 译. 北京: 中国社会科学出版社, 2001.

[18] 伍尔夫, 弗吉尼亚. 墙上的斑点——伍尔夫短篇小说选 [M]. 何蕊, 译. 南京: 译林出版社, 2017.

第四节　一个人的朝圣之旅

Jessica Swoboda 在给简·德·盖伊（Jane de Gay）的《伍尔夫与基督教文化》（*Virginia Woolf and Christian Culture*）一书所写的书评中说，要想讲清"弗吉尼亚·伍尔夫与基督教的关系绝非易事"。尽管弗吉尼亚·伍尔夫不止一次声称自己是无神论者，认为没有上帝。然而，生活在一个基督教国家，宗教几乎无孔不入地影响着人们的俗世及精神生活。尽管总在质询、怀疑，宗教的影响还是渗透在伍尔夫作品的方方面面。无论是基督教的仪式还是象征主义在小说中的有意运用，以及不时提及的宗教术语等，无一不反映了基督教的影响。简·德·盖伊指出："伍尔夫与基督教的争论在她的作品中形成了一股潜流，它比人们所认识到的更强大……"短篇小说《寡妇与鹦鹉：真实的故事》和《普莱姆小姐》都是伍尔夫根据罗德梅尔的牧师郝克斯福德（Rev. Hawkesford）所讲的故事改编而来，用现实主义传统方法写就。前者是好人好报的故事；后者则是在奉献自己的过程中，思想得以升华。牧师讲故事的目的有明确的教寓作用，是为了教人信仰上帝。但是，伍尔夫将故事世俗化，让主人公在日常生活中进行了一次朝圣之旅，通过普通生活与日常行为为生命赋予意义。

一、伍尔夫与基督教

伍尔夫曾宣称自己是无神论者，斩钉截铁地说："毫无疑问，根本没有上帝。"T. S. 艾略特在 1927 年皈依英国国教后，伍尔夫写信给她姐姐说：

> 我与亲爱的、可怜的汤姆·艾略特进行了一次最尴尬的、最痛苦的交谈，从今天起，我们大家都可以当他死了。他成了盎格鲁－天主教教徒，信仰上帝和永生，并去教堂做礼拜。我真的很震惊，在我看来，似乎一具尸体都比他更可信。我的意思是说，一个活人坐在火边，相信上帝，很可憎。

伍尔夫小说中的很多主人公都是无神论者：《远航》中，雷切尔尽管由两个虔诚的基督徒姑姑带大，但却对海伦说：她不信上帝，也不再去教堂；在《雅各之室》中，雅各和提米·达兰特在拿上帝开玩笑；《夜与日》中，主人公拉尔夫·德纳姆和凯瑟琳·希尔贝里都不相信上帝，也对教堂婚礼不感兴趣；《达洛维夫人》和《到灯塔去》中的中、上层社会的贵妇们也不相信上帝。拉姆齐太太坚决反对基督教思想，虽然脑海里涌起了"我们是在主的手中"，但立刻否认了这种想法，认为这是谎言：上帝怎么可能创造了这个世界？而达洛维夫人"就从未信仰过上帝";《幕间》中的埃德加和埃莉诺也都不信教。

但是，在现实生活中，伍尔夫的家族从历史上来说与宗教有着紧密联系，她是19世纪初著名的福音派改革团体"克拉彭派"两个家族——斯蒂芬斯家族和韦恩家族——的后裔，她的很多祖先是虔诚的教徒，有几位甚至影响了宗教改革的走向。其父系斯蒂芬家族起源于苏格兰的加尔文教派，到19世纪成为坚定而具有影响力的福音派教徒，是克拉彭教派的主要成员。斯蒂芬家族中有人做牧师，包括威廉·斯蒂芬（伍尔夫祖父的同父异母兄弟）。她的祖母，也就是莱斯利·斯蒂芬的母系——韦恩家族（the Venns），是"福音派"里"真正的贵族血统"，他们做牧师的历史可以追溯到伊丽莎白时代，其后世子孙做牧师也是世代相传，其中最著名的是其外曾祖父，外祖父和舅舅：杰出的牧师亨利、约翰和亨利·韦恩。伍尔夫的祖先曾用多种题材写过宗教方面的文章，包括新闻、神学、小说和赞美诗等，这些材料在伍尔夫父亲的书房都能找到。从母系这边来说，伍尔夫的外祖母玛丽亚·杰克逊和姨妈茱莉亚·玛格丽特·卡梅隆都是虔诚的基督徒，后者擅长摄影，其摄影艺术常带有宗教主题。她的堂姐多萝西和罗萨蒙德姐妹俩是福音派教徒，曾一度想劝伍尔夫姐妹皈依。同时，伍尔夫家里来往的一些朋友也是信教的：伍尔夫的朋友维厄莱特·迪金森（Violet Dickinson）是教友派信徒；丈夫伦纳德·伍尔夫与萨默塞特郡大埃尔姆圣玛丽·玛格达莱娜的教区长利奥波德·坎贝尔·道格拉斯（Leopold Campbell Douglas）是好朋友。1911年，他和利奥波德住在一起，去教堂做礼拜，并陪同他去教区访问。

然而，伍尔夫的父亲莱斯利·斯蒂芬是不可知论者，而她的母亲是不很虔诚的基督徒。伍尔夫在青年时期就读过达尔文，也经常听到父亲和达尔文主义的信奉者 T. H. 赫胥黎的讨论。被伍尔夫称为"亲爱的教父"的奥利弗·温德尔·郝尔姆是美国著名的律师，其哲学观也受到了社会达尔文主义的影响。伍尔夫所生活的家庭环境无疑让她早期就对基督教产生质疑。在她和姐姐年少时，教她们音乐的老师问学生们知不知道 Good Friday（耶稣受难日）的含义。当一个女孩试着按照《圣经》上的解释说，上帝在那一天被钉在十字架上时，年少的弗吉尼亚·伍尔夫觉得滑稽难忍，笑着跑了出去，其叛逆性可见一斑。20世纪20年代，布鲁姆斯伯里文艺圈里朋友们的研究、交谈也无不影响着伍尔夫对于世界的看法。一些生物学家、心理学家用科学方法探究生命的奥秘和宇宙的起源：生态学家阿瑟·坦斯利（Arthur Tansley）在诺福克海岸的沙丘和沼泽里研究自然界的大系统彼此间的相互作用，把动物、植物、土壤、水、气候等自然要素作为一个系统来研究，提出生态系统的概念；玛丽·斯特普斯（Marie Stopes）正试图研究用避孕方法来解决社会问题；阿尔道斯·赫胥黎（Aldous Huxley）专注于遗传学与生物化学，并于 1932 年出版了著名的反乌托邦小说《美丽新世界》。

为了能更深入地探讨社会科学与自然科学的问题，伍尔夫夫妇俩还同意成立了一个新俱乐部——"1917 俱乐部"（the

1917 Club），位于苏豪区（Soho）杰拉德街 4 号，离布鲁姆斯伯里不远，从戈登广场和菲茨罗伊广场步行只需 10 分钟。当时，凯恩斯、利顿·斯特雷奇和弗吉尼亚·伍尔夫的姐姐还住在那里，它比布鲁姆斯伯里甚至更具波西米亚风格。第一批成员包括考古学家 V. 戈登·柴尔德（V. Gordon Childe），还有作家罗斯·麦考利和阿尔道斯·赫胥黎。在 20 世纪 20 年代早期，许多著名的费边社成员加入了这个俱乐部：作家 H. G. 威尔斯、拉姆齐·麦克唐纳，甚至剧作家萧伯纳，詹姆斯·斯特雷奇和阿历克斯·斯特雷奇也是常客。1919 年，利顿·斯特雷奇还担心"整个广场将成为某种大学"。在这里，科学家们有选择地接受前人的研究成果，例如，早在 100 年前，牧师兼经济学家托马斯·罗伯特·马尔萨斯就提出，一个物种的个体数量达到顶峰后会走向灭绝，但没人知道原因和过程。费舍将生物学研究同物理学研究相结合，发现一个庞大的种群里包含更多的变异，因此有更大的生存机会。而霍尔丹遵循并发展了达尔文的观点，认为进化也可能通过"物竞天择"之外的方式发生。他有大量证据表明，退化比进化更为普遍，也能导致灭绝；而杂交和一些大的突变可以产生新物种，等等。所有这些研究结果都与基督教教义相违背，从不同的角度成为伍尔夫不信神的依据。

伍尔夫阅读《圣经》，不是将其视为神启的经文，而是作为一种文学读本。1935 年 1 月 1 日，她在日记中写道："读圣保罗的著作。我有必要买本《旧约》，我正在读信徒们的业绩。我的阅读终于涉及这个隐蔽的领域。"从她的信件和日记中也能明显看到作家对宗教美学的赞扬和感叹，如 1923 年她在马德里观看的复活节游行等。正如她的外甥昆汀·贝尔解释的那样，她绝对有宗教敏感性，至少她是个精神探索者，总在寻找超越唯物主义和理性主义的东西。而克里斯托弗·奈特（Christopher Knight）则说，伍尔夫与基督教的关系很"棘手（vexed）"。简·德·盖伊归纳了伍尔夫文学创作中四种从基督教中借用的方法：虽然对《圣经》文本持怀疑态度，但她会选择性地借用来支持自己的政治性论点；修辞性地运用《圣经》中的理念、福音派关于《圣经》的观点来探索和捍卫文学的价值；借用《圣经》的思想来阐明自己的人生观；引用耶稣受难的叙事来检验救赎的教义。而这最后一点完美地体现在她的短篇小说《普莱姆小姐》中。

二、教堂之争

《普莱姆小姐》中，女主人公与牧师发生的首要冲突就是教堂之争。教堂是进行祷告、忏悔、聆听教诲和信徒聚会的场所，在教徒心中是神圣、庄严所在。但在《普莱姆小姐》中，教堂已颓败，条件简陋，无人关心——"祭坛上没有蜡烛，前面都裂了"。这里年久失修，仿佛被上帝遗忘的角落，可以看出人们对教堂的不以为然或漠不关心，反映了人们的信仰危机。小村庄存在的问题实际上是整个社会普遍存在的大问题。当时，达尔文的进化论、弗洛伊德的心理分析、神秘主义、东方宗教等多种思潮的涌入和传播，使基督教不再成为唯一可信仰的宗教体系。世界大战中战争的残酷也动摇了人们对信仰的坚定，公众对基督教的支持急剧下降。女主人公决心修葺教堂，就是想重新唤起人们的宗教精神。她先从物质建筑的改善做起，想努力营造一个好的物质空间。

在现实生活中，尽管伍尔夫对基督教颇有微词，但却非常喜爱教堂。她所住过的房子都离教堂不远。在《往事杂记》（*A Sketch of the Past*）中，伍尔夫回忆说父亲莱斯利·斯蒂芬的书房能"从肯辛顿的屋顶望向圣玛丽修道院教堂，传统婚礼常常在这里举行"。伍尔夫在搬到布鲁姆斯伯里的第一个住处46号住宅的窗户对面，隔着一个小花园就是教堂，她能听到教堂的钟声，看到前来做礼拜的人们。在罗德梅尔的乡间住宅"僧侣舍"，与她的写作小屋一墙之隔的是罗德梅尔教堂，一座12世纪兴建的圣彼得小教堂。

伍尔夫在伦敦散步时，经常参观圣保罗大教堂和威斯敏斯特大教堂。不是去做礼拜，而是为了内心的平静和沉思。她偶尔也加入弥撒，但只是作为一个观察者而不是参与者。在她看来，教堂是人们恢复精神、促进沉思的地方。在《伦敦风景》中，她专门有一章谈到《威斯敏斯特与圣保罗大教堂》（*Abbeys and Cathedrals*），认为步入圣保罗大教堂可以"让自己放松"，这也正是教堂的力量所在。1928年9月10日，在完成了《奥兰多》之后，正在思考创作《海浪》的作家写道：僧侣舍像是一个静修的地方，是一个"圣地"——神圣、安全。

我常常从这儿往下走，走进一座教堂，一座修道院，逃避至一度感到非常痛苦的宗教之中。总有一些恐惧：因为人是如此害怕孤独，害怕一眼看到人生的船底。这种逃避在每年 8 月份是常有的事。

伍尔夫在外出旅游的时候也经常去参观教堂，例如去土耳其参观著名的圣索菲亚大教堂等。与基督教经常将教堂比作"家"相反，伍尔夫经常将家比作教堂：例如在《夜与日》中，"小一点儿的房间有点儿像大教堂里的小礼拜堂或者洞穴中的洞穴……"《达洛维夫人》中，当克拉丽莎·达洛维购物回到家时，把自己的家看成了修道院："她觉得自己像个离开了世界的修女，熟悉的面纱笼罩着她，对过去的虔诚有所回应。"短篇小说中也同样如此。《一首简单的曲子》中，故事的主角乔治·卡斯莱克早年信奉上帝，对上帝的忠诚甚至超过了亲人："他……对大教堂有一种荒谬的敏感。他为它而战，他憎恨人们对它的批评，就好像大教堂是他的血亲一样。人们怎么说他的兄弟倒是没什么关系。"但后来却成为一个无神论者，嘲笑那些信仰上帝的人："每一个理性的力量都在抗议这种疯狂而又怯懦的白痴说法！"卡斯莱克认为宗教败坏了他们所接触到的一切，即使是非常普通的"回家"一词，也被宗教所挪用，有了特殊含义。而"挪用"这个词本身就暗示了一种语言陷阱，强迫语言使用者接受信徒的意识形态，这就难怪卡斯莱克觉得自己"被困在文字里了"。这种对教堂的感情，反映了小说人物甚至作者对宗教的矛盾心理。

教堂不仅仅是一个物质建筑，还拥有权力，代表教会对人们实施约束与管理，而权力的执行者与实施者是教会的牧师。普莱姆小姐擅自对教堂进行的改善是对牧师权力的僭越，因为作为教徒，她只能服从。这也就不难理解，她希望唤起村民们的宗教信仰面临的最大阻力来自牧师。

三、牧师与教徒

以牧师为代表的神职人员一向都是英国文化和社会不可或缺的一部分。从历史上看，牧师是属于受过教育的社会阶层，圣职被看作是一种文雅的标志，是体面的职业。伍尔夫的小说中曾出现不少牧师的形象：《远航》中的巴克斯先生、《雅各之室》中的弗洛伊德先生、《达洛维夫人》中的惠塔克先生、《奥兰多》里的杜坡先生、《岁月》中的詹姆斯表弟、《幕间》里的斯特里菲尔德等，《海浪》中的克兰博士既是校长又是牧师，还有一些人物来自牧师家庭，如《夜与日》中玛丽和《海浪》中的苏珊都是牧师的女儿。

在《普莱姆小姐》中，作者剥离了牧师与教徒的家庭，抽离了他们各自的亲属关系，将两人都描述为单身状态。牧师承担着教育和传播基督价值观、道德和规范的职责，是世俗生活与秩序的典范，应穿着干净整洁，言行有度，在民众中享有威望，但《普莱姆小姐》中的教区牧师派伯先生一反以前人们对于牧师的印象，有着各种不良嗜好：抽烟喝酒，甚至在做礼拜时溜出去，到墓地里抽烟；他对待工作极不认真，偷懒耍滑，"要不是他的老仆人梅布尔，他就会经常不在教堂露面"。他肮脏邋遢，不讲究卫生，"衣领从来就没有干净过，从不洗澡"。牧师的这副形象的原型，根据苏珊·迪克所编辑的《伍尔夫短篇小说全集》中所注，恰是罗德梅尔的牧师詹姆斯·豪克斯福德（他也出现在《寡妇与鹦鹉》中）。小说中的牧师甚至都算不上是合格的教徒，遑论心诚虔敬的牧师呢？他的这种表现，说明他自己的信仰并不坚定。自己都不信的话，如何劝说别人去信呢？这也是伍尔夫对基督教最不能容忍的地方：伪善。这不只是体现在日常生活中，更可怕的是体现在战争中。伍尔夫在《三个基尼》[①]中愤怒地指出，基督教的根本要旨是：容忍至上！忍辱蒙羞，但绝不诉诸武力。然而，政府却鼓励人们参军打仗，使整个欧洲陷入战争之中，致使生灵涂炭，满目疮痍。她讽刺说："由此可见，纯粹的基督教与纯粹的爱国主义是多么水火不容。"

尽管牧师不作为，但是，当普莱姆小姐试图修葺教堂的时候，牧师感觉受到了威胁与挑战，他通过断然否定普莱姆小姐的提议而霸道地捍卫自己的权力。在小说中，普莱姆小姐与牧师进行了角色互换，形成鲜明对比。普莱姆小姐其实做了许多本来牧师该做的工作，承担的是牧师的职责。为何不能取而代之？在《三个基尼》中，伍尔夫借用《妇女与教牧，关于大主

---

① 克莉丝汀·弗罗拉（Christine Froula）认为《三个基尼》是弗吉尼亚·伍尔夫回复圣保罗的信。

教委员会对妇女教牧报告的几点思考》指出，没有女性牧师的原因是：

> 妇女主持宗教仪式……将会降低基督崇拜的精神力量，而男子在大批妇女面前主持宗教仪式就不会有这种影响……男性牧师主持仪式一般不会激发女性自然人性的那一面，而这种感觉在崇拜万能上帝的时候是不应该有的。

将男性教徒的想入非非归罪为女性牧师也够匪夷所思。此外，女教徒比男教徒更容易服从，也是把女牧师排除在外的一个理由。教会认为，在女性的思想和欲望中，自然的东西更容易受制于超自然的东西，更容易服从精神的欲望，所以："一个世纪或几个世纪以来，女人占据了教徒总数大致75%的比例，而男人只占25%。"但是，在教会工作的女性人数却不多，即便有，也多是处于底层的服务人员，所得薪酬非常有限。1938年，在英国，大主教的年薪是1.5万英镑，主教的年薪是1万英镑，副主持牧师的年薪是3000英镑。然而，女执事的年薪是150英镑；来教区帮忙的工作人员，以女性为主，年薪120~150英镑不等。男女明显的薪酬差异让伍尔夫非常不满，面对英国国教拒绝让女性成为牧师的现状，她明确指出，这表明整个系统有"无可弥补的缺陷""极度厌恶女性"。她看到了传统的男性特权者的霸道，感到她的周围有一个无形的社会系统，由父权制支撑。男性不但主宰社会、政治、教育、法律、军队，还主宰着宗教信仰等，女性被排斥在一切之外。伍尔夫甚至敦促女性自己阅读、理解《圣经》，并且，"如果有必要的话，创建一个新的宗教，很有可能是基于《新约》，但也有可能与现在建立在那个基础上的宗教非常不同"。

普莱姆小姐没有作家伍尔夫那样激进与愤怒，尽管受到不公平对待，但她也从未想过要取牧师之职而代之。她无意反抗，只是尽自己的微薄之力来引导村民走上她所坚信的道路。正是在一个充满了敌意的环境中，普莱姆小姐孤独地进行了一场个人的朝圣之旅。

四、一个人的朝圣之旅

《普莱姆小姐》开头第一句话就说，教徒普莱姆小姐生活带有很强的使命感："决心让这个世界在她离去时变得比她发现的更美好。"她在那个以网球比赛而闻名的城市温布尔登出生、长大，那里很繁荣。她是医生的女儿，家境不错，生活舒适。但在普莱姆小姐眼里，这样的生活却"很无趣、很轻率"，她希望能改变现状，劝导人们过更自律的、有信仰的生活，而不是沉湎于世俗的简单快乐之中，但是人们对她的劝说置若罔闻。在大城市行不通，她就退而求其次，在35岁的时候来到这个叫作拉沙姆（Rusham）的小村庄。拉沙姆村地处偏僻，交通不发达，在冬季甚至没有去城里的公共汽车。这里几乎与世隔绝，是她实施自己抱负的理想之所。她痛感宗教的衰落，要挽救这个她眼中"腐败的村庄"（a corrupt village）。对于村里人，她是个陌生人、外来者、侵入者。又因为她刻板地遵守教义，批评牧师，遭到村民及牧师的激烈抵抗。在她定居在此的前三年里，她以正义、教义的化身出现，毫不留情面地指摘别人的过失与错误，结果人人恶之，敬而远之。如果说在《寡妇与鹦鹉》中，老盖奇太太与世无争，只是生性善良，宁可自己少吃，也要省出食物喂狗，甚至要冲进着火的房子去抢救鹦鹉，只是一个有爱心的、温顺的好教徒的话，普莱姆小姐则性格鲜明，疾恶如仇。认为是错的，就毫不犹豫地指出来；认为是对的，就据理力争。她的心思并不缜密，想到就立即去做，是典型的行动派。

普莱姆小姐的原型在一定程度上源于伍尔夫的姑姑卡罗琳·艾米莉亚·斯蒂芬（Caroline Emelia Stephen）。卡罗琳是一个虔诚的贵格会教徒，写了几本关于贵格会神秘主义的极具影响力的著作。她强调人的内省，如同普莱姆小姐一样自动选择了独居生活，但积极参与宗教和社会活动。她为人慷慨大方，主动为贵格派大学生提供住宿，专门在"门廊"（The Porch）的家里辟出一间房供祈祷者祈祷、沉思、内省。伍尔夫给她姑姑起了个"修女"的绰号，她还形容卡罗琳的声音就像教堂的钟声："我感觉自己就像生活在一个大教堂院子里，教友会的大钟不时响起。"卡罗琳还曾受邀给剑桥大学客座讲座，给"纽纳姆周日社"谈独居之美。伍尔夫1928年10月给格顿和纽纳姆演讲《妇女与小说》（后来在此基础上写成《一间自己的屋子》），其实是跟随了比她年长27岁的姑姑的步伐。伍尔夫经常去看望姑姑，甚至在姐姐文妮莎婚后搬去与她短暂同住。她姑姑 1909 年去世后留给她 2500 英镑（给姐姐文妮莎和弟弟艾德里安每人才 100 英镑），也就是伍尔夫在《一间自己的屋子》中提到的一年 500 镑的收入来源。正是因为这 500 镑，使得女作家可以有一定的物质基础，安心从事文学创作。

现实生活中的卡罗琳与小说中的普莱姆小姐都是坚定的基督徒，不管世人如何怀疑她们的动机，如何质疑她们的信仰，她们都不为所动，而是按照自己的理念生活，尽最大努力去帮助他人。她们都是先从身边具体的日常小事做起，用实际行动影响周围的人并得到周围人的尊重。如果说来到村庄的前三年普莱姆小姐还很固执的话，她后来意识到了自己的不足，于是改变策略，不再挑剔、对抗，而是身体力行，以实际行动来说服人们，迂回、灵活地达到了自己的目的：通过清洁教堂地板，她得到了把新买的蜡烛放在圣坛上的权利；通过为祭坛做垫子，绣上《第十二夜》中的场景，获得了出钱修复前厅的权利；她举办义卖，最终为重建教堂筹集资金。普莱姆小姐对改变村庄现状的热情不减，她从不气馁，始终活得兴致勃勃。她有个性、有脾气，教堂的任务完成以后，因为与牧师意见不合就不去教堂，避免见面，不再纠缠。因为她的教堂在心中，不是徒有其表的物质形式，所以这时去不去教堂已不重要。她转而将时间和精力用在帮助村人的活动中，她主动地去照顾老人、病人，怀着更大的同情心去安慰他人。可以把普莱姆小姐与伍尔夫的另一部短篇小说《镜中女士》中的主人公泰森小姐做一比较：她们都是孤身一人，没有朋友、亲人。泰森小姐与普莱姆小姐的区别就在于：前者只关注自己，冷漠、挑剔，生活苍白无趣；而后者有信念，心怀他人，生活充实。想象中，泰森小姐会把鲜花送给某人的遗孀，会去看邻居或朋友的新居，然而实际情况却恰恰相反。她的人生，恰似她的"面具似的冷面孔"，空洞、乏味，她"所有一切毫无意义"。而普莱姆小姐内心充满着对世人的爱，这种爱，超越男女之情、手足之爱，能跨越孤独，给人以力量。所以，小说的最后，村人们眼中的普莱姆小姐形象更高大、更美丽，光彩夺目，杰出非凡。"这位医生的女儿，宛如弗洛伦斯·南丁格尔附体，如同圣徒一样发出内在的光芒。"弗洛伦斯·南丁格尔是护理事业的创始人和现代护理教育奠基人，曾在伦敦的医院工作，担任过伦敦慈善医院的护士长。在克里米亚战争时期，她在战地开设医院，为士兵提供医疗护理，由于护理得当，挽救了很多人的生命。南丁格尔是伍尔夫非常欣赏的一位女性，也是她母亲的偶像，她的母亲在义务照顾病人等许多地方都学习南丁格尔，伍尔夫在土耳其旅游时曾特意参观了南丁格尔工作的地方，感佩于她的献身与服务精神。普莱姆小姐在进行自我调整和转变的过程中，不知不觉地增强了能力："一种新的、最美妙的感觉开始在她的血管里被激起和涌动……它是改善世界的力量。"

朝圣，是一种往返于圣地，进行祈祷、忏悔或感恩的旅行。Maddrell 和 Stump 指出：朝圣通常在宗教中被理解为从日常生活中分离出来，甚至是超凡脱俗的，但在伍尔夫的作品中，朝圣被带入到日常生活之中。普莱姆小姐的朝圣之旅不在身外，而是在内心。她由最初的怀抱梦想到四处碰壁；由愤怒谴责到退而改变策略，在日常实践中一点点朝着自己的目标行进，最终突破小我，成就大我，进行了精神上的蜕变。在这个由牧师讲述的故事所改写的小说中，作家不太涉及主人公的宗教信仰，虽然奉献与牺牲本身就是对基督徒的要求，但普莱小姐的形象已经超越了一般教徒的意义，而成为彰显人性光辉的大写的人。作品主要突出的是主人公作为普通妇人有个性的一面，塑造的是有血有肉的教徒的形象。像《普莱姆小姐》这样描写女教徒的作品在伍尔夫的创作中并不多见，在伍尔夫的文学人物塑像群里添加了一个鲜活的形象，也表现了作者对人生的积极思考：无论是否有宗教信仰，只要心怀他人，努力奉献，生命就会有更大意义。

参考文献

[1]Bell, Vanesssa. Notes on Virginia's Childhood[M]. R. J. Schaueck ed. New York：Frank Hallman,1974.

[2]Gay, Jane de. Virginia Woolf and the Clergy [M]. Southport：Virginia Woolf Society of Great Britain, 2009.

[3]Gay, Jane de. Virginia Woolf and Christian Culture [M]. Edinburgh：Edinburgh University Press, 2018.

[4] Knight, Christopher. "The God of Love Is Full of Tricks"：Virginia Woolf's Vexed Relation to the Tradition of Christianity[J]. Religion and Literature, 2007(1)：27 −46.

[5]Maddrell, Avril, et al. Introduction. Christian Pilgrimage, Landscape and Heritage: Journeying to the Sacred [C]. Avril Maddrell et al eds. New York: Routledge, 2015:1 −21.

[6]Stump, Roger W. The Geographies of Religion: Faith, Place, and Space [M]. Plymouth: Rowman & Littlefield, 2008.

[7]Swoboda, Jessica. Review: Virginia Woolf and Christian Culture by Jane de Gay [J]. Religion & Literature. 2019 (2): 134 −136.

[8]Woolf, Virginia. The Letters of Virginia Woolf III [M]. Nigel Nicolson and Joanne Trautmann Banks eds, New York and London: Harcourt Brace Jovanovich, 1977.

[9]Woolf, Virginia. The Diary of Virginia Woolf III[M]. 5 vols, Anne Oliver Bell and Andrew McNeillie eds. New York and London: Harcourt Brace Jovanovich, 1980.

[10]Woolf, Virginia. The Complete Shorter Fiction of Virginia Woolf[M]. Susan Dick ed. San Diego, London, New York:Harcourt Brace Jovanovich, 1985.

[11]Woolf, Virginia. Moments of Being: Unpublished Autobiographical Writings[M]. Jeanne Schulkind ed. London: Hogarth Press, 1985.

[12]Woolf, Virginia. Night and Day[M]. Suzanne Raitt ed. Oxford: Oxford University Press, 1992.

[13]Woolf, Virginia. Mrs Dalloway [M]. Anne E. Fernald ed. Cambridge: Cambridge University Press, 2015.

[14]伍尔芙，弗吉尼亚. 伍尔芙随笔全集 III [M]. 王斌等，译. 北京：中国社会科学院出版社，2001.

[15]伍尔夫，弗吉尼亚. 伦敦风景 [M]. 宋德利，译. 南京：译林出版社，2010.

[16]伍尔芙，弗吉尼亚. 伍尔芙日记选 [M]. 戴红珍、宋炳辉，译. 天津：百花文艺出版社，2012.

第四章

他山之石：艺术借鉴与创新

第一节　无处不在的中国文化

能被誉为文学大家的作家，肯定是集文化之大成者。弗吉尼亚·伍尔夫被誉为现代主义文学大师，与她能够主动学习、吸收各种异质文化里的优秀元素并以此来丰富自己的创作分不开。近年来，已有不少文章或书籍研究异域文化对其创作的影响，例如，格利斯派（Diane Gillespie）在《弗吉尼亚·伍尔夫的多面缪斯》（*Multiple Muses of Virginia Woolf*）中就研究了俄罗斯芭蕾舞对她的影响；而在《伍尔夫与戏剧》（*Woolf and The Theatre*）中，作者普茨泽尔（Steven Putzel）指出了希腊戏剧、罗马神话对她的影响；虽然伍尔夫曾否认直接阅读过弗洛伊德的书，但由于这些书的英译者都是来往密切的朋友，其对弗氏的理论也不自觉有所借鉴；两位朋友斯特里奇·利顿和罗杰·弗莱对法国文学和艺术的热爱与推崇也都给她带来一定影响；而远在东方的亚洲，尤其是中国对她的影响，也可见于帕特丽夏·劳伦斯所著的《丽莉·布瑞斯珂的中国眼睛》。乔治·斯坦纳说："文学不是活在孤立中，而是活在许多语言和民族的碰撞交流之中。"

一、来自中国的域外之音

一直以来，西方对中国的印象就在两极间摇摆，最早是马可·波罗开启的对中国乌托邦式的美好想象，然后是对停滞帝国的不屑鄙视。18 世纪以前（具体来讲是 1750 年）中国文化在西方备受推崇，是世界仰慕的对象。17 至 18 世纪欧洲出现"中国潮"，中国货物与风格成为时尚，茶叶、瓷器、漆器、屏风、丝绸等成为贵族所追捧的东西。《再东方：亚洲时代的全球经济》（*ReOrient*：*Global Economy in the Asian Age*）的作者曾详细比较说：

> 虽然西方消息来源倾向于强调每年停靠在日本的八艘左右荷兰船的作用，但实际上来自中国的八十多艘船更为重要。在东南亚也是如此：中国船只的数量是欧洲人船数量的十倍；欧洲人的货物不是西方商品，而主要是中国瓷器和丝绸。这两种商品的产量都很惊人。仅在南京，陶瓷厂每年生产一百万件精美的釉面陶器，其中大部分是专门为出口而设计的——出口欧洲的是那些带有动态图案，而出口伊斯兰国家则展示了雅致的抽象花纹……

即使在 1790 年，当时的中华帝国也具有世界上规模最大的自由内贸市场，国民生产总值为世界第一，人均收入与欧洲国家平均水平相差无几。只是后来，欧洲在经历几次革命后，以一种被解放了的姿态快速发展。而曾经强盛的中华帝国由于保守封闭，国力急剧衰退，变得僵化落后。当1792年9月，600名包括外交官、学者、艺术家在内的英国人在特使马戛尔尼爵士的带领下，乘着三艘船来到中国并在中国住了将近10个月后，发现幻想的乌托邦惨遭现实打脸。他们给英政府的报告中认为中国是一个闭关自守，对科技不感兴趣，在专制统治下迷信狂妄的国家。此后双方文化交往骤减，人员来往就少得多了。在利顿·斯特雷奇写的《维多利亚女王传》中记载了这样一件事：1851年，女王的丈夫阿尔伯特亲王在伦敦的海德公园主持了第一届万国博览会，开幕式时，"一个中国佬，穿一身民族服装走近场地中央，慢慢地走向王室诸人站立的地方，向女王行礼如仪。女王很受感动，认为他是一位重要的中国官员，在参观队伍最后形成时，传下命令，既然天朝中国没有派代表参加，此人应列入外交队伍的行列。于是他十分严肃地紧跟在各国大使们的后面。最后他不知去向……"这段描述不知是有据可查，还是利顿为增加喜剧效果而杜撰。不管怎样，至少说明两点：其一，含有对中国人明显的歧视，其举止是滑稽可笑的；其二，当地人很少见到中国人，抱有猎奇心理。在伍尔夫所生活的年代，中英差距更是明显：英国处于帝国的鼎盛期，财富的积累处于巅峰状态，近代的地理大发现以及资本主义扩张，使他们获得了空前的自信和优越感，他们自认为代表着人类最先进的文明；而中国正值太平天国运动爆发，两次鸦片战争把中国人变成东亚病夫，把曾经强大的帝国拖入无底深渊。伍尔夫读过德·昆西的自传，写过评论，而德·昆西将世界分为"我们"与"其他部分"对立的两极，认为印度、中国是完全堕落的"另类"，甚至比非洲、美洲的原始部落更可憎。

但是，作为一个有着五千年灿烂文明史的国度，中华文明不会因暂时的经济落后和政府腐败而为有识之士视而不见。1993 年，美国学者阿尔弗雷德·欧文（Alfred Owen）出版的《龙与鹰：美国启蒙运动中的中国风采》，以翔实的资料揭示了孔子思想对美国建国者富兰克林、潘恩、杰弗逊等人的深刻影响：富兰克林 32 岁就发表了对孔子言论的摘录，潘恩在 38 岁发表了对中国的评论，杰弗逊在 28 岁就推荐阅读两本中国古典著作。歌德在 1827 年 1 月 31 日对他刚读到的中国小说大加赞赏，评论说："中国人几乎与我们一模一样地思考、行事、感觉……只是他们比我们做事更清晰、纯粹、高雅。"19 世纪末 20 世纪初，西方的政治和信仰危机也引发了东学西渐。一些中国古代文学、哲学典籍纷纷被译成英语。自 1886 年到 1924 年，光是《道德经》的英译本就达 16 种之多，还有《唐诗三百首》《中国诗集》等，汉学家阿瑟·韦利翻译的《170 首中国诗歌》很受欢迎。而罗素（Bertrand Russell）对中国文化表现出由衷的喜爱并积极推广，主张西方人应学习中国的人生智慧，欣赏中国人冷静安详及深沉平和的处事态度，赞赏道家强调的直接经验、自然审美、人与自然的和谐相处等。1920 年，作家毛姆来中国访问，去了上海、北京、重庆，回国后写了《在中国的屏风上》，记叙了他在中国旅行的见闻，既揭示了中国政府的腐败无能、上流社会的醉生梦死和下层百姓的水深火热，也描绘了中国美丽旖旎的自然风光。阅读广泛的伍尔夫除了从书本上能够间接了解到中国文化外，在现实生活中，能让她对中国文化有直接接触的主要有三个人：

1. 朱利安·贝尔

对于伍尔夫来说，中国这个国度虽然遥远，然而并不陌生。她经常去大英博物馆，那里陈列着许多中国古代展品；她的姐姐文妮莎也会去参观皇家艺术学院的中国艺术展，除了带回图案鲜艳的盘子和丝绸扇子，还买了一张中国地图。与布鲁姆斯伯里文艺圈相熟的迪金森对中国文化极度热爱，认为自己前世就是中国人，日常也会穿着中国的长袍、戴瓜皮帽。帕特丽夏·劳伦斯认为他"心目中的中国是一座精神宝塔，遥远、古老、理想而又神秘"。此外，当时的一些中国留学生在英国学习，牛津、剑桥都有他们的影子，他们也与布鲁姆斯伯里圈有过或长或短的交往，伍尔夫的好友 E. M. 福斯特就同萧乾等来往密切。伍尔夫在 1928 年的日记中发牢骚说：丈夫伦纳德身边老有一些中国学生（可惜她没有记下名字），求教合作社运动之类的问题。当时凡是出国留学的人，大都是当时中国知识界的精英，因此也与布鲁姆斯伯里圈里的人能谈到一起。目前为止，中国知识分子中，只有冰心曾提到面见过伍尔夫；萧乾是在伍尔夫去世之后，在其丈夫的陪伴下凭吊了伍尔夫自尽的河流，晚上翻阅了伍尔夫留下的日记；而徐志摩只是见过曼斯菲尔德，分别表达过对曼斯菲尔德和伍尔夫的膜拜。

伍尔夫与中国也有千丝万缕的联系。她的小姑子、伦纳德·伍尔夫的妹妹曾居住在香港。伍尔夫的外甥朱利安·贝尔去中国途经香港时，她在总督府设午宴招待他，陪他游览香港市容。朱利安在武汉大学教书，月薪不菲，花了很多钱买中国丝绸和工艺品，寄回给母亲。朱利安甚至造访了"东方马蒂斯"齐白石，当场买画寄回给母亲。朱利安回国后，母亲为他举办了晚会，他穿中国长袍，告诉大家中国的风俗礼仪。经由朱利安·贝尔介绍，凌叔华将自己用英文写的作品寄给伍尔夫，求得指正。在伍尔夫给凌叔华的回信中，最具文学创作价值的无疑是 1938 年 10 月 15 日的回信。在这封信中，伍尔夫从跨文化的角度阐释了文学创作中的语言、风格、修辞、文化意蕴等诗学问题：

> 我终于读到了你寄给我的这一章……现在我写信想说我非常喜欢它。我认为它很有吸引力……我发现那些比喻奇特且有诗意……请继续写下去，放开、自由地写，不必介意你是怎样直接地将汉语翻译成英文。事实上我愿意建议你尽你所能在风格和意思上尽可能贴近汉语，尽量如你喜欢的那样多描写生活、房屋、家具的自然细节，始终像你面向中国读者写作那样来创作。如果在某种程度上由英国本土人士来梳理文法，我认为应尽可能保留汉语味道，使之对英语读者来说既能懂又奇特。

凌叔华对伍尔夫的态度犹如小学生对待老师的态度，怀着谦卑或忐忑的心情渴望得到老师的肯定或指点，而这位老师也给予她莫大鼓励。伍尔夫指出了用外语进行创作的作家非常关键的一个问题，就是要保留自己的语言特色，不必写得像跟英语为母语的作家一样。其实，无论凌叔华怎样努力，也不太可能做到用英语如同用母语一样自如。即便语言没问题，思维一般来说仍是汉语的。正如爱默生所说："我学习汉语，但我的思想是英语的。"因此，在创作中要保持自己的语言特色和民族特色，在话语生成的过程中，要坚持自己的书写风格。对伍尔夫来说，在阅读凌的作品的过程中，对中国的历史、风俗、人情世故等有了更多更直观的了解；还可以看到她以一种开放的心态对外来文化的好奇及欣然接受。

2. 利顿·斯特雷奇

利顿曾经向伍尔夫求婚，但最终因为自己的性取向而取消婚约，但他与伍尔夫的友谊持续了一生。他们两个家世背景大致相同，审美情趣也高度一致。在一定程度上伍尔夫也把他当成了竞争对手：她密切关注着他读的书、写的评论及所有诗歌、戏剧和传记，从而也受到他的影响。利顿在去苏格兰旅游的时候，情绪低落，但是当他读到赫伯特·贾尔斯（Herbert A Giles）选编的《中国诗集》（*Chinese Poems*）的时候，非常喜欢。贾尔斯曾在中国住过 20 多年，是位汉学家，担任过剑桥大学的中文教授。利顿在给麦卡锡的《新季刊》（*New Quarterly*）写的评论文章中，大加赞赏这些诗歌，认为这样的诗歌描述的不是大悲大喜，也不见大开大合，传递的是温情、宁静、沉郁、含蓄，感情细致深沉。诗歌常用自然界的事物如风、雨、树等来描述心情起伏，综合各种微妙的感觉和情愫，给人暗示，引人回忆，淡淡地流露出对人类关系脆弱的悲伤，并将这些悲伤上升为哲学上微妙、深刻、持久的东西，朦胧中真理影影绰绰闪现，使得转瞬即逝的场景长留记忆。这些诗歌超尘脱俗，用词简洁，言有尽而意无穷。利顿说："读者会觉得这些诗是当时某一个时期英国所出版的最好的诗篇，可是它们却是远在东方的中国人在以前一千年间所写的，阅读它们会让人想到希腊雕塑的古典之美。"利顿对中国诗歌的这些评价不由得让人想到伍尔夫的一些散文，甚至小说中的一些景物描写，被誉为本质上是个诗人的伍尔夫，其作品跟这些中国诗歌一样，意境悠远，韵味深长，诗意朦胧中透着淡淡的哀伤。

利顿在 1912 年写了一出戏剧《少年天子》(*The Son of Heaven*)，试图将历史材料和戏剧结合。故事写的是 1900 年发生在中国皇宫里的事情，时代背景是在义和团运动时，在东方情调下展开了一系列的宫廷阴谋，包含清朝珍妃的悲剧：一个像伊丽莎白女王一样说话的女皇、一个羞怯敏感的皇帝、几个皇子、大臣、将领们、宦官、暴徒、蒙面刽子手等，人物穿着清朝满族人的衣服，按中国人的宫廷式样装扮。利顿在当时自己居住的 Ham Spray 还热热闹闹地排演了这个"中国混合物"(Chinese concoction)，请了一些演员和导演来编排这部戏，甚至请了剑桥的教授和戈登广场的邻居们来演，伍尔夫的姐姐文妮莎及其情人邓肯·格兰特都参与其中。但在排练中各方争执不断，利顿忙着扮演调停人和外交官的角色，不停劝解，时常焦头烂额。利顿也曾向中国事务专家请教，例如，他曾写信问布兰德（O. P. Bland）能不能把《少年天子》搬上舞台。布兰德在1897—1910年间曾任中英公司代表，曾在北京和上海为《泰晤士报》（The Times）做通讯记者，还出版过《皇太后治理下的中国》（1910）和《李鸿章传》（1917）两本书。布兰德答复说不建议。其中最大的问题是不了解中国的习俗，人物说话像欧洲人而不是中国人：中国皇后绝对不会在宫廷里谈论亲吻，也不会参加化装舞会，没有一个中国女人会像剧中珍妃那样说话。他认为剧本很有趣，景色也美，但就是不可信（后来这部剧几经周折在五十年代被BBC所拍摄）。从以上种种迹象可以看到，以利顿为首的布鲁姆斯伯里圈对作为异质文化的中国文化很着迷。他们以自己的方式解读着发生在遥远国度的事情，将自己的想法赋予在与他们的传统大相径庭的人物身上。这典型反映了"西方的中国形象是西方文化投射的一种关于文化他者的印象，是西方文化自我审视、自我反思、自我想象与自我书写的方式……"，伍尔夫没有参与这出戏的排练，但是，利顿对这出戏的着迷持续了好几年，从创意到剧本、到最后排练，再到最后不了了之，中国皇宫里的这个故事一直是布鲁姆斯伯里圈热衷的话题。

3. 罗杰·弗莱

相比利顿，罗杰·弗莱更熟识20世纪初的英国汉学家们，也熟读他们的著作。他自剑桥使徒社时期结交的挚友罗素、迪金森等都是中国传统文化的积极推广者，他们都认为中国拥有的是文明的另一种形态，它并不比欧洲文明卑劣。20 世纪初，尽管科技进步及工业革命带来经济的发展，但与此而来的社会变革也使现代文明危机重重，在 T. S. 艾略特眼中，西方现代文明已经丧失了创造性和生产力，只剩下一堆破碎的偶像，需要从东方寻找文明的出路。而罗杰·弗莱也明确提出，西方现代艺术应向东方艺术吸取教益以助自己走出困境：

> 一旦有教养的公众逐渐适应了东方艺术所蕴含的节制性、运用笔墨方面的简约以及品质的精致完美，那么可以想见，我们的公众对大多数西方绘画都将感到无话可说。那样，我们的艺术家也许就会萌生一种新的觉悟，会抛弃所有那些不过是没事找事的笨拙机械的表现方式，而去寻求描述事物最基本的因素。

弗莱是布鲁姆斯伯里圈诸人中对中国文物最感兴趣的人，他曾经担任英国国家画廊总监和纽约大都会博物馆馆长。他经常去大英博物馆研究那里收藏的中国艺术品，并与著名的英国汉学家劳伦斯·宾庸、利·阿什顿等人探讨中国古典艺术。他的著作《变化》中有"中国艺术面面观"专章，《最后的讲稿》中第八章是"中国艺术"，着重介绍中国的早期艺术，包括"商周时期艺术""秦汉艺术""佛教艺术"三部分。他认为商周青铜器上的纹饰，达到了"细腻的感受力和几何上的规整二者间平衡的极致"，是"设计上的杰作"。这些青铜器上呈现的"天真毫无矫饰的敏锐感受力是出自完全有意识的审美目的"。他参与大英博物馆东方部比尼翁主持的中国艺术研究项目，他的论文是西方讨论中国青铜艺术最早的文字。1934 年弗莱去世前，在母校剑桥大学讲授美术史，中国青铜器依然是他热衷的题目，备课时间远远超出教课需要。他说："真希望能把整个学期全部用来讲中国艺术，我心中对周代青铜器有宗教般的敬畏……"弗莱对中国古典艺术的研究深刻地影响了他的形式主义美学观，使他得以摆脱西方形式主义美学过于强调形式而忽视内在感受力的缺陷，转而提倡富有内在感受力的形式之美。这也就是他后来提出的艺术要有"有意味的形式"，而伍尔夫则将其完全运用在自己的文学创作中。

西方绘画以前更重视的是形体的块面和结构，线条的功能单一，只是作为"分界线"或"边界线"。线条的作用只是到了印象派后期才得到人们的重视，弗莱在其 1918 年的《线条作为现代艺术的表现手段》一文中，讨论了塞尚、马蒂斯、毕加索等人在素描和绘画中对于线条的表现性使用。在 20 世纪 20 年代，罗杰·弗莱认为西方绘画应吸收中国书法和绘画中的书法性，让线条具备独立表现性和诗性。例如，中国陶瓷上的花纹、青铜器上流动的线条，就给人独特的审美感受，是"经过提炼和抽象而构成"的"净化了的情感的造型形体"。而中国画同西方画相比，是一种以线条为主的绘画艺术，线条不仅肩负着细部琢磨，也决定整体的形态。在一横一竖之间，巨细收纵，变化无穷。中国绘画的线条强调简洁性，喜欢用简洁的勾勒和灵动的笔触来捕捉生命的精髓，使画面简淡、疏朗。此外，中国画中的留白非常具有特色：在一张白纸的中心勾勒寥寥数笔，一条极生动的鱼就跃然纸上，让人顿觉满纸江湖，烟波无尽。在中国传统画论中，向来有着对"写意"的重视，认为"意"比"笔"更为重要。用笔触去描绘自然、肖似物象固然重要，但更为重要的是表现深层次的审美情趣，所谓"笔可断而意不能断，笔不周而意不能不周"。这样的审美，与伍尔夫的文学创作理念高度契合。她将绘画中的线条，化成文学作品中的词句，叙述转折自然无痕，结构简繁得当，意蕴丰富。《邱园》便是典型一例。

二、《邱园》：意蕴悠长的中国水墨画

在伍尔夫的短篇小说《邱园》中，以邱园为背景展示了一幅日常生活画卷。邱园在现实中真实存在，是在伦敦的一处皇家园林。1762 年为肯特公爵建造，由英国皇家营造总监钱伯斯（William Chambers）设计。在 18 世纪中期，英国的园林设计中非常流行中国风，钱伯斯曾两度来到中国，很喜欢中国园林。他设计的这个邱园，呈中国特色，里面还有一处宝塔，高 50 多米，共 9 层，呈八角形的结构，整座塔色彩丰富，成为邱园南端的一个必到景点。园林艺术是物质文化与精神文化的双重体现，是物化了的文化心理和审美意识，它能反映一个民族的精

神气质。中国的园林追求自然本真，悠然自足，是一种超功利的审美体验。钱伯斯在他的《东方园林论》（*A Dissertation on Oriental Gardening*）的开始就写道：

> 园林在中国人心目中的地位要高于在欧洲；它们体现着人类伟大的理解力，堪称完美的艺术品；他们说它能激发热情，也能激发起其他门类艺术的激情。园丁不只是植物学家，而且是画家和哲学家，他们对于人类的思想和艺术理解通透，通过它，激发出强烈的情感。

但他所不知道的是，英国与中国对园林的认识不同：在当时的中国，花园多为私家拥有，只有皇室、贵族、官宦才能建造，普通老百姓没有花园。花园对于中国人来说，是休息放松的地方，承担了人们浪漫向往的功能。因为在屋里前方厅堂人们要正襟危坐，是对外人呈现出来的较为严肃的、一本正经的自己，只有后面的花园才是释放天性、更加自由的地方。所以中国戏曲中，花园常常是产生爱情的场地，引发出很多浪漫故事：《牡丹亭》中，花园是小姐与书生私会的场所；《游园惊梦》中，16 岁的少女来到花园，春思萌动；《西厢记》中，男女主人公也是在花园里私订终身；《红楼梦》中，黛玉和宝玉共读《西厢记》，吐露心曲也是在花园里。因为这样的书是不可能放到前厅去读的，前厅读的都是孔孟为官入仕之道。如果前厅呈现的是理性，后花园则是感性。如果前厅是讲道德，后花园则释放情感。这样的分布也让作为个体的人保持微妙的平衡，否则，七情六欲完全被束缚，没有释放的地方，恐怕会引起心理疾病。然而，在英国，据说伦敦是第一个允许平民与王室、贵族共享的园林城市，从1637年起，圣詹姆斯公园、海德公园和肯辛顿公园相继对公众开放，平民百姓可以随意出入。伍尔夫对花园情有独钟，她童年、少年时也常去花园散步，大部分小说也都是在僧侣舍自家的花园里创作完成。

在《邱园》这篇短篇小说中，开头和结尾都是大段的景象细节的描述，并有强烈的印象主义风格：作者一丝不苟地写了花儿的形状、颜色，花蕊、花瓣、花茎，甚至地上的泥土，运用了大量的色彩对比：绿色的叶子衬托着红、黄、蓝、白的花朵，花瓣彩色的闪光落在褐色泥土上、灰白色鹅卵石上、蜗牛棕色的壳上……形成红、蓝、黄的水幕，再向上折射到叶片上、花瓣上，透过大片的绿色，反射到广阔的空间……这不只是客观描述，还带有强烈的主观色彩，突出光与影的变幻。可是当作家在写到人物的时候却尽可能简约，呈现的也是简单、平淡的日常生活情节。以邱园中的卵形花坛为轴心，作家先后描述了四对从花坛边走过的游人，他们的心理活动与意识状态。他们的对话言简而意繁，辞约而义丰。四对人中一、四组对话稍详细，二三对则更简略。四组人物各怀心事，彼此隔膜，反映了现代人生活的众生相。第一对和第四对貌似和谐，实则危机四伏：第一对是一家人。与妻子并肩散步的丈夫回想起了过去的恋人，并且告诉了妻子，不知是傻还是出于挑衅，还问妻子：

"你不在意吧?"妻子也毫不客气,反问道:"我为什么在意?"也直白地告诉丈夫自己正在回忆一个吻。潜台词是:谁没有浪漫的过往?读者可以想象到丈夫的悻悻然。妻子又接着反驳:那树下一对对陷入热恋的男男女女不就是你我的过去吗?读者不由得想到:那么那些男男女女的未来也就是男女主人公的现在——心猿意马的爱情、貌合神离的婚姻。但这样的婚姻是最差的吗?男主人公当时向恋人求婚,用蜻蜓来打赌,如果蜻蜓落了就被接受,如果不落,就不被接受。一句"当然没有落,幸好没有落",揭示出他当时矛盾的心理:表面上苦苦求婚,心里其实很恐惧,也许是对未来生活的担忧,也许是对感情的不确定。另一方面又揭示出他释然的心理,也就是说他对自己当初选择现在的妻子很满意,过去也仅是回忆而已。第四对是一对恋人,作者通过男女间简短奇特的对话就把他们彼此不同的想法、性情刻画出来:男人的算计、漠不关心,女人的不满、委屈。it 到底指什么?他们都欲言又止,小心翼翼不愿说出口,但彼此又都心知肚明。"只是话的羽翼太短,承载不起含义的沉重躯体……"对话点到为止,不做过多渲染。这与中国绘画中的"留白"一样,画面不能过满,要适当留有空白,为读者和观众留下想象和品味的空间,以此深化画面的意境。第二对人是两个男子,一个年老一个年轻,不知是什么关系,也许是父子。年轻的不作声,年长者一直在絮叨,或许有些精神错乱;而紧跟在后面的第三组是两个女人,与前面两个男子形成呼应,也是一个人絮叨一个人漠然。作家并没有就景叙情,只是用了一些叠用词来描述老妇人的喋喋不休与琐屑：

> 奈尔，伯特，洛特塞斯，菲尔……
> 我的波特，妹妹，比尔……
> ——白糖。面粉、腌鱼、青菜，
> ——白糖、白糖、白糖。

　　如果说中国诗歌中，枯藤、老树、昏鸦等摆放在一起，创造出了一种悠远寂寥的意境的话，这里作家只是表现出生活的无聊与琐屑，具体说什么并不重要。这一技法伍尔夫在其长篇小说《奥兰多》中也同样用过：聚会上人们无休止地说一些毫无意义的话，作者写道：

> 然后，那个小个子绅士开始说话。
> 他接着说，
> 他最后说，

此时，话的内容完全略去，作者在注释中不无讽刺地说："这些言论太著名了，我们无须在此重复。"达到一种深者反浅，曲者反直的效果。对人物的刻画，寥寥几笔，着墨不多，淡淡而过。这些人物，没有具体的外表描述，更注重内在真实和人物的感受力。正如欧阳修《盘车图诗》上说"古画画意不画形"，"神彩为上，形质次之"（南朝王僧虔《论书》）。作家还深入人物心理，但是又能瞬间离开，从外在的视角做漫不经心的观察，入乎其内，又出乎其外，自然转换不留痕迹，将现代人复杂的心理呈现无疑。王国维说："入乎其内，故有生气。出乎其外，故有高致。"花园里的人、花、景及动物联为一个整体，你中有我，我中有你，自然交融在一起。花园不只是提供一个故事发生的背景，而是演变为一个不确定意义的符号，进入文本空间，展示现代人灵魂与欲望的冲撞。

《邱园》刚发表的时候反应平平，但却得到了有识之士的赏识。哈罗德·查尔德（Harold Child）在《泰晤士报》文学增刊上发表了好评；罗杰·弗莱也将小说的结构与当代绘画的发展相比较；利顿·斯特雷奇也赞扬这部小说，认为伍尔夫开创了一种新的散文风格和句式。阅读伍尔夫的《邱园》如同欣赏中国的水墨画一样，简繁得当，浓淡相宜，架构分布错落有致。虽然是现代主义作品，但没有埃兹拉·庞德那样绝望的孤寂、呐喊、怒吼，也没有詹姆斯·乔伊斯那样描写城市生活的颓废无聊。所有人物的情绪并不饱满浓烈，而是带有淡淡的忧伤，像白雾般轻轻飘过，缥缈空灵，在这点上与中国文化的审美高度一致。难怪瞿世镜在为杨莉馨所著的《伍尔夫小说：美学与视觉艺术》所做的序《三人行　必有吾师》中建议：是否可以考虑将布鲁姆斯伯里的美学观与中国绘画理论做一点比较研究？因为他们表现出在审美惊人地高度一致、契合。葛桂录在《雾外的远音：英国作家与中国文化》说：

寻找作为他者的异域文明，也许正是另一种方式的寻找自我，是另一种变形的自我欲望。他者之梦也许只是另一种形式的自我之梦，他者向我们解释的也许正是我们的未知身份，是我们自身的相异性。他者吸引我们走出自我，也有可能帮助我们回归自我，发现另一个自我。

三、跨文化的现代主义

　　米哈伊尔·爱泼斯坦在《后共产主义后现代主义：采访》中说："在我看来，文化是由人类创造，同时创造人类。在文化中，人既是创造者又是创造物，这就是文化不同于自然和超自然的原因。因为在超自然中，我们的世界有造物主，在自然中，我们有世界可创造。这两种角色在人类身上的重合，使他成为一个文化存在……跨文化是指文化内部或文化之间有一个空间，对所有人开放。文化把我们从自然中解放出来，跨文化把我们从文化、从任何一种文化中解放出来。"这种跨文化使人们有了更高的视野，更开阔的思维。过去，我们关注更多的是西方现代文学在中国文化语境中的生成与传播，而中国文化在西方现代文学语境中所发挥的作用也应该得以挖掘和研究。曾经，一提到现代主义，我们毫不犹豫地转向西方文化。当然，中国对现代主义文学创作的刻意追求确实源自那些留学欧美的知识分子。李欧梵在《剑桥中华民国史》中将 1895 年至 1927 年间的中国文学概括为对现代性的追求。许多人把当时的西方文化当作先进文化，学习西方的文学表达方法。据梁思成之女梁再冰回忆，1941 年，饱受肺病折磨的林徽因，就以阅读《维多利亚女王传》作为一种静养与寄托的方法，她对利顿的英文非常欣赏，称赞他"能从作家的角度利用史料，在叙述历史事件的时候把人物的性格特点勾勒出来"。她甚至打算模仿《维多利亚女王传》的手法，用英文写作一部《汉武帝传》，可惜最终未能成稿。但是她的短篇小说《九十九度中》就很明显地具有《邱园》的影子。

此外，现代性本来就是指欧洲对一段历史的自我认知（self-recognition），鲍曼说："我把'现代性'视为一个历史时期，它始于西欧 17 世纪一系列深刻的社会结构和思想转变，后来达到了成熟。"而现代主义作为对现代性的一种批判性反应是不是只能是舶来品？到底中国自身的文化可不可能孕育出现代的思想文化因素？或者，中国存不存在走向现代化的文化背景？以前至少有两种观念给出的答案全是否定的"冲击—反映"模式论认为：中国的现代化只能靠西方的"冲击"，中国只能"被现代化"；而"侵略—革命"模式认为：帝国主义侵略引发中国人民革命，从而被迫走上现代化道路。概括起来也就是说中国的文化如果没有受到西方文化的撞击，如果没有西方文化的入侵，凭自身的发展很难走到现代主义这一步。但是人们忽略了文化有其自身的生机和活力，有自我更新的可能。有学者指出，"现代文学创作的观念并非全是西方的舶来品，它事实上在 19 世纪初浮现，早在'五四'时期被神圣化的 100 多年前，就已经开始滋生了"。更有学者指出，中国传统文化在明末清初的时候就已从内部在转型。中国的小说创作数量在晚清时也不少，按照王国维的说法，"一切文体，始胜终衰"，积弊久，遁而作他体，以自解脱，虽然杰作不多，但已有现代萌芽浮现。

　　如果现代主义只是指发生在西方的那个文学运动，我们自然无话可说。但如果是指创新的文学表现手法，那么中国文学自身就已经产生，只是没有西方声势浩大，没有形成规模而已。因此，也就不能说，我们的现代主义文学作品全是学习或模仿西方。近年来对现代主义文学的定义越来越宽泛，甚至有人用复数的 modernisms 指代这一时期各种形态的文学样式。2004 年，代表英国文学权威论断的《牛津英国文学史》之现代卷《现代运动：1910—1940》出版，与 1963 年老版只介绍八个现代主义作家相比，新版介绍了两百个作家。将处于这一时代的大部分作家囊括其中。如此算来，中国文学自身的一些变革也可算作现代主义，也未必全受外来影响。美国汉学家包华石（Martin J. Powers）认为："现代性的实际面貌是跨文化的、多彩多样的，只是它的面具是西方式的。"而以前人们认为，西方总是"现代的"，中国的现代纯粹就是对西方先锋艺术的仿效。但事实却是，唐宋画论中"形似"与"写意"的对比，"通过宾庸和弗莱直接影响了欧洲的现代主义理论，而在现代形式主义理论的建构中起了关键作用"。1934 年，弗莱在《最后的讲稿》中说，他所期待的文明的未来即是东西方的融合："长久以来，文明在这两个中心（西方的希腊地中海与东方的中国）各自独立发展。也许，今天我们正见证着这样一个过程：文明的两端交融为一个世界体系——这将是未来最伟大的希望"。外来艺术传统作为一种资源，被援用、被编织进了艺术实践和理论话语中，因此可以说，西方的现代性其实是由"东方"参与构建的。包华石认为："自18世纪以来，'现代性'在文化政治战场的修辞功能将跨文化的现象重新建构为纯粹西方的成就。"他指出，"现代艺术的发展原本是跨文化的、国际性的过程，但因为民族主义在18世纪的出现，艺术以及艺术史渐渐成了文化政治的一个工具。"

不同地域、不同的历史背景造就不同的文明，但是各种文明都有交汇处。世界文化有很大的普同性，沟通着东西方人们的心灵，所以能相互理解。中英现代主义的多样发展也表明，本国文化能够借助外力被唤醒，激活内在生机，焕发出新的活力。以伍尔夫为代表的布鲁姆斯伯里圈突破文化冷漠与文化敌视，以一种开放的心态去学习外来文化，艺术上取得了更大突破。邱园里的宝塔，作为引入西方的中国文化的象征一直矗立在那里，而伍尔夫所创作的短篇小说《邱园》，也因吸收了诸多中国元素成为传世之作。其实文明本来就是你中有我，我中有你的互相建构的过程。在1972年出版的《历史研究》插图本中，汤因比强调了中西文明互补对于人类生存和幸福的意义。认为未来人类的全新生活方式的核心乃是中西文化的根本特性的融合。他寄希望于中国，认为中国有可能为人类提供把中西文化的特性综合起来的成功经验。他说："中国有可能自觉地把西方更灵活也更激烈的火力与自身保守的、稳定的文化传统融为一炉。如果这种有意识、有节制地进行的恰当融合取得成功，其结果可能为文明的人类提供一个全新的文化起点。"

参考文献

[1] Baldick, C. Modern Movement: 1910 -1940 [M]. Oxford: Oxford University Press, 2004.

[2] Berman, Zygmunt. Modernity and Ambivalence [M]. Cambridge: Polity, 1991.

[3] Damrosch, David etc. The Princeton Sourcebook in Comparative Literature: from the European Enlightenment to the Global Present [M]. Princeton: Princeton University Press, 2009.

[4] Epstein, Mikhail. Postcommunist Postmodernism: An Interview [J]. Common Knowledge. 1993 (Winter): 103 -50.

[5] Frank, A. G. ReOrient: Global Economy in the Asian Age [M]. Berkeley: University of California Press, 1998.

[6] Fry, Roger. Cézanne: A Study of His Development [M]. New York: The Noonday Press, 1958.

[7] Fry, Roger. Last Lectures [M]. Boston: Beacon Press, 1962.

[8] Fry, Roger. Oriental Art [A]. The Quarterly Review, Vol. 212 [C]. William Smith etc. ed. London: Forgotten Books, 2010.

[9] Levenson, M. Introduction [A]. The Cambridge Companion to Modernism [C]. M. Levenson ed. Cambridge: Cambridge University Press, 1999: 1 -8.

[10] Woolf, Virginia. The Letters of Virginia Woolf Volume IV [M]. New York: Harcourt Brace Jovanovich, 1980.

[11] 包华石. 中国体为西方用：罗杰·弗莱与现代主义的文化政治 [J]. 文艺研究, 2007 (4).

[12] 曹意强. 艺术与历史 [M]. 杭州：中国美术学院出版社，2001.

[13] 范存忠. 中国文化在英国 [M]. 南京：译林出版社，2015.

[14] 李泽厚. 杂著集 [M]. 北京：生活·读书·新知三联书店，2008.

[15] 劳伦斯，帕特丽夏. 丽莉·布瑞斯珂的中国眼睛 [M]. 万江波，译. 上海：上海书店出版社，2008.

[16] 梁再冰. 建筑师林徽因 [M]. 北京：清华大学出版社，2004.

[17] 葛桂录. 雾外的远音 英国作家与中国文化 [M]. 福州：福建教育出版社，2015.

[18] 瞿世镜. 序 [A]. 伍尔夫小说 美学与视觉艺术 [M]. 杨莉馨著. 北京：中国社会科学出版社，2015.

[19] 萨义德，爱德华. 萨义德自选集 [M]. 谢少波，译. 北京：中国社会科学出版社，1999.

[20] 斯坦纳，乔治. 语言与沉默 [M]. 李小均，译. 上海：上海人民出版社，2013.

[21] 斯特雷奇，G. L. 维多利亚女王传 [M]. 薛诗绮，译. 上海：东方出版社，1997.

[22] 汤因比. 历史研究 [M]. 上海：上海人民出版社，2005.

[23] 王德威. 被压抑的现代性——晚清小说的重新评价 [A]. 胡晓真，译. 现代性中国 [C]. 张颐武，编. 开封：河南大学出版社，2005：67－99.

[24] 王国维. 人间词话 [M]. 周兴泰，注释. 北京：中国华侨出版社，2016.

[25] 吴尔夫，弗吉尼亚. 雅各的房间：闹鬼的屋子及其他 [M]. 蒲隆，译. 北京：人民文学出版社，2003.

[26] 伍尔夫，弗吉尼亚. 奥兰多 [M]. 林燕，译. 北京：人民文学出版社，2003.

[27] 周宁. 天朝遥远 [M]. 北京：北京大学出版社，2006.

第二节　声音的色彩

　　《弦乐四重奏》是弗吉尼亚·伍尔夫早年写的一篇短篇小说。1920年，伍尔夫听了一场音乐会，在日记中写道："为小说记笔记。"这篇小说就是《弦乐四重奏》。布鲁姆斯伯里文艺圈里的美学评论家利顿·斯特雷奇和罗杰·弗莱都很欣赏这篇小说；T. S. 艾略特在写《荒原》的时候，读了伍尔夫的短篇小说集《星期一或星期二》，觉得非常好，还特别赞扬了《弦乐四重奏》。小说记述了人们参加音乐会的完整过程：以人们前来听音乐会的寒暄为开端，以听完音乐会后人们道别的场景为结尾，中间是人们听音乐期间在大脑中激起的各种画面及情绪的各种外在反应。

一、"我想探究音乐对文学的影响"

　　弗吉尼亚·伍尔夫在音乐上的修养，小时候主要来自于母亲。母亲会弹钢琴，很有音乐细胞，但父亲却对音乐无感。他们住在海德公园门的时候，家里就有一架钢琴，后来，又买了一架自动钢琴，父亲对此大为不满，而孩子们却欢呼雀跃。她的异父同母的姐姐斯黛拉一直学习小提琴。年轻的伍尔夫喜欢听音乐，她在 1921 年的日记中写道：

> 一周以来每天下午我都去伊奥利亚（Aeolian）大厅，在后面找个地方坐下来，把包往地板上一放，听贝多芬的四重奏。敢说我真的在听吗？好吧，如果一个人能从中得到许多愉悦，真正的神圣的愉悦，知道曲调，只是偶尔想想别的事儿——当然可以说我是在听。

伍尔夫时常去听音乐剧，即使后来与弟弟艾德里安搬到费兹罗里广场后，也几乎每周去听三四次音乐或音乐剧。婚后，音乐也是她生活和社交的中心。她和丈夫两人都热爱音乐，伦纳德还是《国家与雅典娜神庙》（*The Nation and the Athenaeum*）的音乐编辑。1925 年，他们甚至从爱德华·萨克威尔-韦斯特那里借了一架钢琴。1925 年他们买了一架留声机，1931 年买了无线电，在工作、写作之余欣赏音乐已成为习惯。伍尔夫的日记和伦纳德的《音乐日记》（*Diary of Music Listened To*）证实，自 20 世纪 20 年代中期之后，他们几乎每天晚饭后听音乐，伍尔夫说饭后欣赏音乐是婚后生活的"标本日"。她喜欢瓦格纳的作品，经常去看瓦格纳的音乐剧，写过两篇评论《拜勒乌斯印象》（Impressions at Bayreuth）、《歌剧》（The Opera），她看《指环》（*Ring*）不下 5 次；她喜欢贝多芬、巴赫，终身都保持着对莫扎特的喜爱，常听《费加罗的婚礼》《魔笛》等。到伦纳德去世的时候，他们总共收集有 570 张唱片，要知道当时有的唱片的价格几乎相当于一个工人一周的薪水。

与伍尔夫相交的一些音乐人帮助她深入理解音乐。如在 20世纪 20 年代，罗杰·弗莱的合伙人、歌剧演员海伦·安瑞普，作曲家兼评论家伯纳斯爵士，凯恩斯的妻子、芭蕾舞演员莉迪亚·罗普卡瓦，钢琴家和音乐批评家爱德华·萨克维尔－韦斯特等；更不用说与她后期相交甚密的音乐家埃塞尔·史密斯。伍尔夫自家的霍加斯出版社也出版了一些关于音乐的书籍，她本人阅读了不少音乐史，如《牛津音乐史》以及音乐家传记等。"我想探究音乐对文学的影响。"伍尔夫写信给史密斯说。伍尔夫经常用音乐来喻指、评论他人的作品。例如 1932 年，在阅读D. H. 劳伦斯的信件的时候，她感觉"有一种平常倦怠感……我不喜欢用两根手指弹奏——目空一切……"。她 1935 年在写给斯蒂芬·斯潘德（Stephen Spender）的信中说：

> 对我来说现在活着的作家就像在隔壁唱歌——声音太大、太近；由于某种原因，我被他们的平庸或尖厉所激怒；就好像我在唱着自己的歌，他们把我推之门外。所以我对劳伦斯才不公平，但你怎么会认为他很伟大？你怎能把他称为伟大的心理学家？

她称赫胥黎的作品是具有"音乐性的"，在评论《德·昆西的自传》中，尽管在后半部分指出了他的缺点：铺陈过度，比例失调，但她欣赏他的文字："我们会发现我们仿佛受到了音乐的影响——受到震动的不是我们的大脑，而是我们的感官。句子节奏的跌宕起伏使我们立刻感受到抚慰，我们被送入了一个悠远的境地。""他敏锐的听觉还对音韵的原则提出了极高的要求，譬如节奏的权衡、停顿的思考、重复的效果、谐音和半谐音的作用。"

伍尔夫作品中的人物常常会弹奏某种乐器，尤其是钢琴。这也跟当时中产阶级家庭对女子的要求相关，如同男子必学拉丁文一样，弹奏钢琴是女性必学的技能之一。据统计，1871年，英国每年制造两万台钢琴，以满足中产阶级和上流社会家庭的需要。伍尔夫的第一部小说《远航》的女主人公雷切尔热爱弹奏钢琴，钢琴是她反抗男性社会，保存自我独立的唯一工具。短篇小说《存在时刻》中克雷小姐是钢琴教师，故事发生时教师在弹奏巴赫赋格曲的最后和弦。在长篇小说《慕间》中，伍尔夫以埃塞尔·史密斯为原型，塑造了一位女音乐指挥家的形象；《岁月》中则弥漫着各种音乐、曲调：舞曲、童谣、街头音乐、爵士，等等。而在《弦乐四重奏》中，伍尔夫则直接把读者带到音乐会现场，与人物一起领略音乐的魅力。

二、"你知道声音也有形状、色彩和质感吗？"

小说一开始，战争刚结束，万物气象更新，都市一副新旧共存的景象："……你从这间屋子望过去，会看见地铁，电车，公共汽车，数量不少的私人马车……带分隔间的活顶四轮马车，忙忙碌碌，穿梭在伦敦市区。"这样的描写在《海浪》中也出现过。当路易斯从一家饮食店走过的时候，也看到："汽车、大篷货车、公共汽车，接着又是公共汽车、大篷货车、汽车——他们不断地从窗前开过。"战争过后，旧日的传统与习俗开始慢慢恢复，文明社会的秩序得以修补。听音乐会是上流社会和中产阶级常有的娱乐社交活动，是人们日常生活的一个片段。人们听音乐会时要遵守礼仪，穿着正式，这些裹着裘皮，酒足饭饱的一百多人，"担心披风和手套是否合身——该扣紧还是解开？"新老朋友在门口见面寒暄，真情或假意。因为许久未曾听过音乐会，所以人们有些紧张、激动、坐立不安。在听音乐会时夹杂着人们对音乐的议论：有的口是心非，有的男女在调情；大家对音乐的意见不一：有的说太糟糕，有的说很精彩。人们不禁会问：叙述者是谁？是男是女，是成年人还是老年人？但可以确定的是，不知名的叙述者"我"是前来听音乐会的众人之一。因为"我"跟大家一样，坐在"一把镀金的椅子里"。但是我对于中产阶级的这种附庸风雅嗤之以鼻，听说某人买了一幢房子，别人说她幸运的时候，叙述者却说："我觉得她完蛋了。"至于为什么会这样认为，作家并不交代。

然而，一旦音乐响起，人们放弃了纷争与不屑。如同塞壬的歌声吸引海上的水手一样，熙熙攘攘的人群一下子就安静了下来，被乐曲带入一个梦幻之岛，在脑海里创造了一种视觉形象。首先唤起的是一幅动态的画面：

鲜花烂漫，山泉泻水，春芽冒尖，银瓶迸裂！山冈上

梨树放花。喷泉飞溅,水珠泻地。但罗纳河奔流,水又深
又急,在桥拱下涌过,横扫着蔓延的水草,把黑影冲过银
鱼;花斑鱼随水逐流,时而被卷入一个漩涡……水流湍急,
像沸腾了一般,黄色的卵石被搅得团团旋转……

这是春天万物复苏的景象,花儿怒放,水流奔腾,鱼儿欢
快跳跃,展现出一种蓬勃向上的生命力。这里色彩丰富:嫩绿
的春芽,绿色的水草,白色的梨花,五彩的鲜花,如雪的浪花、
黄色的鹅卵石等,五彩斑斓,令人目不暇接。这是一个动态、
活泼的世界。随着曲调的转换,人们的情绪从激越转向和缓:
"忧伤的河水载着我们前进。"人们看到了月光和垂柳,鸟儿在
低吟浅唱,人在悄声细语。不由得让人陷入淡淡的回忆与哀伤
之中,一种情感并不强烈,然而永藏心底,经由音乐的触发将
其唤起,是一种充满"银色的"朦胧与梦幻。许多作曲家都爱
用管弦乐来表现这种银色之美,营造出一种唯美、缥缈、悠远、
似有若无的美学效果。如理查德·斯特劳斯的《莎乐美》、德彪
西的《佩利亚斯与梅丽桑德》、勋伯格的《古雷之歌》和《月
光下的皮埃罗》等。伍尔夫的研究者们一直在争论:小说中演
奏的是什么曲目? 小说中有人说是莫扎特的早期曲子,但伍尔
夫在《日记》里记下的是听舒伯特的五重奏,也有学者指出应
是勋伯格作品10的第二弦乐四重奏。无论是什么曲子,都将听
众的情绪调动了起来。随着曲调的变换,色彩也逐渐由浓烈艳
丽转而素朴简单。从大调在色彩上的激越、明亮、欢快,到小

调表现的暗淡与忧伤，听众的心情随曲调的变换而变换，在头脑中产生不同的画面。即使是音乐会结束以后，余音绕梁，还有后续影响。一位女听众就想象了一场英雄救美的场景：年轻的王子持剑保护心上人。回忆与想象，现实与虚构，虚实相生，层层递进，极具艺术感染力地渲染了氛围、烘托了情感、挖掘了情感因素。

音乐主要是通过声音感染听众，相比于画家可以使用色彩、形体和线条等媒介描写"具象"的客观事物而言，音乐家需要借助旋律、音响、和声、结构等要素呈现思想内涵，所以，音乐具有一定的抽象性，没有直观的实体造型。但音乐能够在人们的脑海中产生一种意境，而这种意境可以很直观地用画面表达出来。虽然从表面上来看，音乐与绘画所借助的介质不同，表现方式各异，但是究其实质而言，可称得上是一个母体所生，算是一对姊妹艺术。它们之间有着极多的共性，可以互通。因此，在小说里，作家借助通感，准确而细密地传达了听者的感觉，让听觉向视觉借移。音乐中曲调的变化、组合和发展对应着绘画中色彩的组合：点、线、块的变化，赋予音符以极强的色彩性，一首曲子就是一幅图画。在《存在时刻》中，听到女教师的钢琴弹奏，女学生的脑海里映出的是荷兰十七世纪的画；在《雅各之室》中，马奇门特小姐说："色彩就是声音——也许它和音乐有关。"这句话倒过来也可以说：声音就是色彩，又或者，如《达洛维夫人》中赛普提莫斯说：音乐应该能看得见。这位打过仗又饱受战争摧残、即将自行结束生命的男子，在听到音乐的时候，会泪流不止。在给维厄莱特·迪金森的信中，伍尔夫说自己正沉迷于一些乐曲之中，"你知道声音也有形状、色彩和质感吗？"

三、"我在动笔前总把我的书想象成一首音乐"

人们在听音乐的时候，各种感官都被调动了起来：听觉、视觉、触觉等交融为一体，各个层次的无意识通过音乐被激发出来，梦幻、激情，一切影像在脑海中浮现，内在的各种元素冲涌而出，一切都自由，有力量。音乐激发出人们各种复杂的情绪：矛盾冲突，不知所以，难以名状："让人绝望——我是说希望……想跳，想笑，想吃粉蛋糕，想喝淡酒、烈酒。或者来段下流故事——我可以玩味其中。"丹纳说："音乐比别的艺术更易于表现漂浮不定的思想、没有定型的梦、无目标无止境的欲望，表现人的惶惶不安，又痛苦又壮烈的混乱的心情。"相比较语言，音乐表现更丰富，更直接。伍尔夫用文字忠实记录下听众的感受，她的遣词造句繁简得当，在句型设置上丰富多变。主从复合句等长句的运用婉转悠长，并列短句一气呵成，营造出紧张氛围；拟声达意，叠字反复，描述听者心情的起伏升降。结束时只言片语，戛然而止，使得读者意犹未尽。一种错落有致的节奏美感在读者的阅读过程中得以尽情展现。让人们在体会文字带来的快感同时，也在头脑中形成一幅幅生动的画卷。

语言是文学作品的灵魂，线条是绘画中的语言，音符是音乐中的语言。利顿说："词对于诗人来说就如同音符对于音乐家。"伍尔夫的动觉叙事与音乐的节律发展相应和，展现了人们大脑的联想和意识飞翔。现在分词的并用、有节奏的重复、头韵和内部的韵律创造了一种直接和充满活力的感觉。乔治·斯坦纳说：

> 音乐是更深层、更神秘的符号；语言被真正掌握之后，就会渴望音乐的境界，诗人的创造力会把语言带到音乐境界的门槛。通过逐渐放弃或超越自身的形式，诗歌努力逃离线性的、指称的、逻辑上注定束缚它的语言句法，进入诗人视之为即时、直接、自由的音乐形式。

音乐所激起的对以往的回忆，不是对过去的断然割裂；对未来的狂想，悲伤和喜悦交织在一起，所有这一切都集中在此刻。而此刻的感受与过去的经历息息相关。与内心激起的情感相对应的，是外部的现实世界，断断续续的谈话、评论，内心波动与剧院场景构成了一个主观与客观、内在与外在互相交融的世界。

更重要的是，伍尔夫在小说中运用了音乐上的对位法。对位法是不同旋律线的音符与音符的互相对应，同时奏响。作曲家用两条或更多独立对等的旋律线，通过它们的同时发展和互相交织来编织音乐。因为文学只是单线叙述模式，即便是同时发生的事情，也总是有先后顺序，先说完一件再说另一件，不可能在说甲的时候同时说乙。但是音乐演奏是可以的。美国符号论美学家苏珊·朗格认为："音乐能通过动态的特长来表现生命经验的形式，而这点极难用语言来传达。情感、生命、运动和情绪，组成了音乐的意义。"伍尔夫借用音乐中的对位法，改变小说传统的单线叙述模式，让外部的正常交谈与人物内心独白交替进行。叙述者在不同人物的意识之间来回跳跃切换，不同人物的意识互相渗透、并行发展，产生一种多条旋律互相交织、同时奏响的对应效果。

一般来说，意识流技巧往往给人一种形式上的破碎感，缺乏逻辑和理性。可是高明的作家却能够将这些弊端合理掩盖，使读者在阅读过程中体会出更多的内涵。伍尔夫在小说创作中就是借用音乐形式使其与内容达到统一。《海浪》被认为是最具音乐性的、瓦格纳式的作品，在由内维尔、苏珊、路易斯、珍妮、罗达、伯纳德六个人和"一千个其他人"组成的团体中，每个人都演奏着自己的曲调：小提琴、笛子、小号或其他乐器，同时，又创建了一首交织着和谐与纷争、高扬的曲调及复杂的低音的交响乐。在创作《海浪》进入尾声时，伍尔夫在1929年12月22日的日记中写下了在音乐启示下灵感被触发的情况："昨夜，在听着贝多芬的四重奏时，我突然想到，可以把所有插入的段落融进伯纳德最后说的一段话里，并用独白'哦，孤独'结束全书：这样就可以用他来涵纳所有的场景，不会再有停顿。"在伍尔夫的最后一部小说《幕间》中，最后将两种对立力量统一起来的也是音乐："第一个音符暗示着第二个音符，第二个暗示着第三个音符。然后从底下涌出一股与其抗衡的力量，随后又是一股。两股力量在不同的层面上向不同的方向流动。"所有的听众"都在努力理解，都被动员起来参加进去。所有的心灵无比深邃的人都聚集在一起"。

伍尔夫在 1940 年的一封信中说"我在动笔前总把我的书想象成一首音乐"。很早就有评论家注意到其作品的音乐性。最早在 1945 年出版的一个六页的小册子中，有评论家就指出伍尔夫的作品堪比音乐："不只是用词有乐感，而且是作品所激起的感觉。"Crapoulet 说："音乐毫无疑问在她众多的文学创新中是创新的基础。"Emma Sutton 在《弗吉尼亚·伍尔夫与古典音乐》（*Virginia Woolf and Classical Music*）中也说："……她在叙事角度、结构和形式中的许多创新都归功于音乐技巧与流派。"Emma Sutton 借用他人的话说，如果《弦乐四重奏》是一部"音乐性"作品的话，这并不主要是因为它采纳了一个特殊的音乐形式或因为它描述并且模仿了音响，而是因为"将它当作主题"，并渴望"在声音中发现完整意义"。①

在《弦乐四重奏》中，弗吉尼亚·伍尔夫运用如诗如画的语言生动地再现了音乐的魅力，描绘了音乐在听众身上激发的强烈情感和丰富联想。她运用通感，耳视目听，用文字将音乐转化为画面；运用音乐上的对位技法，将人们大脑中流动的意象、外部社交的日常寒暄等同时呈现，进行丰富立体的表达，做到曲中有画，画中有曲，诗中有画，画中有诗。无论是绘画、音乐，还是文学，所有的艺术形式其实都能融会贯通，可以彼此借鉴。康定斯基认为各类艺术的本源具有相似性："不同艺术

---

① 此话出自 Bucknell 评论《尤利西斯》时用语。

所使用的媒介，表面上完全不同，有声音、色彩、字……但最终目标消除了它们外在的差异，并显露内在的同一性。"这样的艺术融合为后世越来越多的作家所接受，扩大了文学的表现力。Prieto 论述说，在 21 世纪写作中，音乐的运用不只是作为"主题"，而且作为"叙述文本中符号学作用的一种模式""前所未有地出现在文学史中"。

参考文献

[1]Crapoulet, Emilie. Virginia Woolf：A Musical Life, Bloomsbury Heritage [M]. London：Cecil Woolf, 2009.

[2]De Mille, Charlotte. "Turning the Earth Above a Buried Memory"：Dismembering and Remembering Kandinsky[A]. Music and Modernism, c 1849 -1950[C]. Charlotte De Mille ed. Newcastle upon Tyne：Cambridge Scholars, 2011：182 -203.

[3]Holroyd,Michael. Lytton Strachey：A Critical Biography Vol. 1[M]. New York, Chicago, San Francisco：Holt, Rinehart, Winston, 1968.

[4]Prieto, Eric. Listening In：Music, Mind and the Modernist Narrative[M]. Lincoln, NE：University of Nebraska Press, 2002.

[5]Schneider, Elisabeth. T. S. Eliot：The Pattern in the Carpet [M]. Berkeley：UC Press, 1975.

[6]Scott, Bonnie Kime. The Subversive Mechanics of Woolf's Gramophone in Between the Acts[A]. Virginia Woolf in the Age of Mechanical Reproduction[C]. Pamela L. Caughie ed. New York：Garlnd Publishing, Inc., 2000：97 -113.

[7]Sutton, Emma. Virginia Woolf and Classical Music[M]. Edinburgh：Edin-

burgh University Press, 2013.

[8] Woolf, Virginia. A Writer's Diary[M]. Leonard Woolf ed. London: The Hogarth Press, 1953.

[9] Woolf, Virginia. The Diary of Virginia Woolf II[M]. Anne Olivier Bell ed. 5 vols. New York and London: Harcourt Brace Jovanovich, 1978.

[10] Woolf, Virginia. The Letters of Virginia Woolf V[M]. (6 vols). Nigel Nicolson and Joanne Trautmann eds. New York and London: Harcourt Brace Jovanovich, 1979.

[11] Verga Ines. Virginia Woolf's Novels and their Analogy to Music[J]. English Pamphlet Series *11*, 1945.

[12] 丹纳. 艺术与治学 [M]. 北京：人民文学出版社, 1981.

[13] 朗格. 情感与形式 [M]. 北京：中国社会科学出版社, 1986.

[14] 康定斯基. 艺术与艺术家论 [M]. 吴玛俐, 译. 重庆：重庆大学出版社, 2011.

[15] 斯坦纳, 乔治. 语言与沉默 [M]. 李小均, 译. 上海：上海人民出版社, 2013.

[16] 伍尔夫, 弗吉尼亚. 海浪 [M]. 曹元勇, 译. 上海：上海译文出版社, 2000.

[17] 伍尔芙, 弗吉尼亚. 伍尔芙随笔全集 II [M]. 北京：中国社会科学出版社, 2001.

[18] 吴尔夫, 弗吉尼亚. 达洛维夫人 到灯塔去 雅各布之屋 [M]. 王家湘, 译. 南京：译林出版社, 2001.

[19] 吴尔夫, 弗吉尼亚. 雅各的房间：闹鬼的屋子及其他 [M]. 蒲隆, 译. 北京：人民文学出版社, 2003.

[20] 吴尔夫, 弗吉尼亚. 幕间 [M]. 谷启楠, 译. 北京：人民文学出版社, 2003.

第三节　人生如画

根据伦纳德·伍尔夫的说法，《三幅画》写于1929年6月，这很可能是伍尔夫在创作《海浪》时所写。相比较高度空灵的长篇小说，这个短篇更传统、更具现实主义写作方法。但在叙事上却别出心裁，以一种观画的形式、截取生活的三段横切面来讲述人生故事。《三幅画》收录在苏珊·迪克主编的《伍尔夫短篇小说全集》中，国内2017年出版的《墙上的斑点——伍尔夫短篇小说选》中也收录，同时又出现在《伍尔芙随笔全集Ⅲ》中，所以有的人认为它是短篇小说，有的人认为是随笔。就叙述内容而言，它是借助图画的形式虚构的内容，应该属于短篇小说。

一、生活入画

《三幅画》以简洁的蒙太奇的组接方式，通过年轻水手罗格斯远航回家，与怀孕的妻子团聚，却又被疾病夺去生命，在坟墓下葬的三幅场景。

首先，作者提出，生活中处处是画，万事皆可入画。现代主义艺术家们倡导将日常生活纳入艺术，很多艺术家从日常生活中取景进行创作,如塞尚画的静物画《苹果》《水果篮子》等,是普通厨房里普通的一角,让日常生活中的盘子、篮子、桌布、苹果等进入画面。伍尔夫深受塞尚的影响,作为作家,也常从生活中撷取材料。水手的故事是叙述者在街道拐弯处看到的一幅普通的日常场景,并非在美术馆里看到的真正挂在墙上的画作,但是,为强调这确确实实是一幅画,作家在《第一幅画》中仅"picture"一词就重复了 14 次。

列斐伏尔区别了每日生活(daily life)和日常生活(everyday life):前者自古就存在,是具体而有丰富内涵的生活,充满着价值与神秘;后者是指现代社会的令人乏味的机器般的、有节奏的日常生活,重复而单调。现代日常生活具有二重性:一方面是日常性,即日常生活的同质化、重复性与琐屑等特征;另一方面日常生活又是具体的、丰富多彩。因此,日常生活既平庸又神奇。伍尔夫在创作中聚焦现代人的普通生活,对于日常生活中的物体、经验和行为有着特殊的兴趣。她常用"普通生活"(ordinary life)来指代日常生活,例如,最著名的那句"如果审视普通一天的普通大脑……"就用的"普通"一词。澳大利亚评论家 Lorraine Sim 认为"普通生活在伍尔夫的小说和非小说中是一个非常重要的概念"。认为通过分析伍尔夫作品中普通和日常的经验形式,不仅可以洞察到伍尔夫小说的重要主题,还可以洞察到她更广泛的哲学和历史背景。伍尔夫曾谈到人们的生活是如何被她所说的生活中的"棉絮"所包裹。"棉絮"就指代了生活中日常和普通的部分,这些部分往往不为人所注意。在《日常生活之神话：走向普通的异质性》（The myth of everyday life: Toward a heterology of the ordinary）一文中（刊载此文的这一期《文化研究》是个专刊，名为《日常生活再思考》（Rethinking Everyday Life: And Then Nothing Turns itself Inside Out），Sandywell 注意到 ordinary 和 everyday 概念的紧密的历史渊源。ordinary（普通的）源自拉丁词 ordinarius，意思是有规律的、有秩序的、习惯的、惯常的（regular, orderly, customary, usual），ordinary life（普通生活）常常与普通的日常生活相联系，如吃饭、洗澡、上班等——构成伍尔夫所说的"星期一或星期二"；日常生活（everyday life）和普通生活（ordinary life）虽然在许多方面有所重合，但它们是有区别的：有些事情虽然普通，但不是每天都在发生，例如，生病、庆祝、恋爱等是人们普通经历和生活的一部分，但并不是每个人日常生活的一部分。而日常生活，尽管展现的是常规化、静止、本能的特点，也能令人惊讶地充满活力，展现犀利的洞察力和无尽的创造力。日常生活是"多维的"：流动的、自相矛盾的、不稳定的。正是这些微不足道的、互相矛盾的琐事，最能展现人性中最复杂的一面，可以看到光鲜背后的阴暗，慷慨之人的小气。列斐伏尔在《日常生活批判》（第一卷）中说：

> 从一个角度看，生活就像一个巨大的蚁冢，挤满了不起眼的、盲目的、无名的生命和行动；从另一个角度看，生活是那么灿烂辉煌，充满了魅力……我们一定不要回避

这样一个事实:"生活就像一个巨大的蚁冢"的看法产生了生活是多么灿烂辉煌的看法,后一种看法"反衬"了前一种看法,两者之间的对比只是暂时的。

日常生活基本遵循两种节奏,一是伴随着大自然的节奏,春耕、夏锄、秋收、冬藏等,二是跟随人的生理变化,生、老、病、死等。在《三幅画》这个篇幅不长的小说里基本都涵盖到这两点,小说截取的并不是普通的日常生活片段,而是人生的重大时刻:团聚、死亡、埋葬。有极度的喜悦与悲伤,是人生逃不掉的课题。小说所描写的三幅画,每幅画是一个主题,实际上是人生的三个重要时刻。

二、彼此为画

人身处生活之中,无法成画,要跳出生活,拉开一段距离。这也是伍尔夫所赞赏的一种艺术创作方法:身处其中的人,难免自以为是,以自我为中心,主观有余,客观不足。"你看我斜倚在铁匠铺的门上,手中拿着一个马蹄铁"便是活生生的一幅画。看他人生活,就是在欣赏一幅画卷。人们彼此为画:"如果我的父亲是个铁匠而你的父亲是王国的一位贵族,我们相互而言就必定是一幅画。"

日常生活无边无际,入画首先需要一个框架。给那些与自己生活相距甚远的人强加一种限制性的"框架",就是把主人公从人群中剥离出来,把要描述的事情从众多的日常生活琐事中剥离出来。框架效应似乎很受伍尔夫的青睐。她常常借用窗户、门框、镜子等形成叙事"框架",如《到灯塔去》中"窗"的部分、《镜中女士》中的镜子等,在《小池塘的魅力》中甚至小池塘也是一个框架,视野被周围的灯芯草包围并变暗。这样叙事就框定了一个界限而不会漫无边际。

其次,作画需要一个视角。从谁的视角去创作、去观看?文本中的叙述者承担了很重要的角色:他(她)既是观画者,也是书写者,同时又是故事中的人物,身兼数职。从自己的视角、经验出发对他人的人生进行思考,对对方的生活进行想象,虽然这思考与想象不一定正确,但可以彼此为镜。叙述者所谓何人?他是村里的人吗?从叙述情形来看,他对村子里的状况不很熟悉,这就保持了一定的叙事距离,使得叙事冷静、客观,叙述者同读者的地位一样,以一双好奇的眼睛打探着行将发生的事情。但在小说的最后,他似乎又是村里人,了解村里的情况,"道得森老先生终于去世了吗?"说明叙事者曾经对这个村庄熟悉,但对现状不甚了解。叙述者身份的不确定,更使得画面叙事虚实不定,营造出一种既此又彼的朦胧效果。

第一幅画里,叙述者宛如一个路过的旅人,读者跟随叙述者看到了第一幅画:一位年轻的水手与他的妻子和朋友们在幸福地团聚。叙述者给这幅画起了个标题:《水手还家》。这幅画里有归乡的各种细节:水手背着包袱,妻子挎着他的胳膊,家里丰盛的宴席等着为他接风。妻子腹部高高隆起,马上要生下他们的第一个孩子。一切幸福美好,充满希望。这一情景使人感到安慰:"一切都如人所愿,正常而美好。"

　　水手回家的场景宛如节日庆典,是一个欢庆的日子,这样的重要时刻与平凡的日子比起来似耀眼阳光。水手离家之前、之后的生活与村人无异,平凡而普通,遵循男女自然分工:男人砍柴、汲水,女人缝制衣服。而水手归家则成为节日狂欢,它既来自日常又反日常。它是日常生活的一部分,但又与普通的日常生活不同。人们的生活里,总是日常生活与非日常生活相互渗透,共同前行。不只是妻子与家人激动、喜悦,连带周围的邻居、村人都前来欢庆这样的时刻。这样的场合人们会表达善意,彼此安慰祝福,能增强人们之间的凝聚力,促进人际关系的和谐。在彼此赠送礼品、祝贺问候等活动中,可以看到人与人之间的温情。妻子紧挎着丈夫的胳膊、将丈夫的礼物放置在壁炉架上最显眼的地方,都暗示着妻子对丈夫的依赖与骄傲。这样的画面,"让人健康,让人满意。生活比以前更甜美,更令人艳羡"。

　　然而,文学叙述上的先扬后抑在现实中也如此,在这样和乐融融之中潜伏着危机。"一只沙灰色的猫绕着农舍的门鬼鬼祟祟地溜过去"给人带来不祥之感。草蛇灰线,伏脉千里。后面一句"不论人们走向哪里……似乎总有某种东西在令人不安地搅动,让人们周围的祥和与安稳看上去都有些不切实"。预示着悲剧的发生。图像叙事,如同文字叙事一样,遵循的是线性时间。生活是个连续剧,不会因欢乐时光做片刻停留。

　　按照苏珊·迪克在《伍尔夫短篇小说全集》中的注释所讲,

第三幅画"坟墓场景"是根据罗德梅尔一个小酒馆老板儿子的葬礼场景描述。第三幅画中墓地里掘墓人一家人的生活与第一幅画中水手一家的生活相对照。这也是一家人日常生活的情景：丈夫在工作（掘墓），妻子在准备午餐，两个孩子自得其乐。只是这一切发生的场所不同，是在墓地，至少说明两点：第一，掘墓人一家人其乐融融的画面映衬着失去丈夫的水手妻子的凄凉，他们彼此为画；第二，掘墓人一家人在墓地里怡然自得地吃饭喝茶，对死亡见怪不怪，对他人的苦难不能感同身受，说明人们之间的隔膜、冷漠。如果说第一幅画里孕育着新生命，象征着希望；第三幅画里则是死亡，而且是英年早逝，象征着孤寂与绝望。人们在第一幅画里有多幸福，在最后一幅画里就有多凄凉。正如艾米丽·迪金森说：

> 最具活力的戏剧表演是普通的生活
> 每天发生并带给我们——
> 别样的悲剧

三、声音入画

当白日的欢乐与喧嚣沉寂之后，夜晚悄然降临。所以第二幅画的画面上没有色彩，没有光亮，周围寂静一片。人们努力听，却听不到；努力看，却看不见。只有感觉，让人心生恐惧。猛然传来的尖厉的哭喊将表面的平静撕裂，之后一切又被黑暗吞噬。虽然称为"第二幅画"，可是只闻其声，不见其形。观画者如何听得到声音，换句话说，声音如何入画？如何用视觉艺术表现听觉？怎样知道有凄厉的喊声？是暗影幢幢中，人们惊慌的神情吗？当年中国作家老舍点题，让齐白石画"蛙声十里出山泉"，就是想看看画家如何把这声音画出来，结果画成一看，画面中两旁石崖高耸，中间流泉湍急，几只蝌蚪在激流中顺流而下，随波游动。虽然画面上不见一只青蛙，但会使人想象小蝌蚪刚离开妈妈，而在不远处，青蛙正在鼓腮鸣叫的场景。起伏的蛙声和着奔腾的泉水声，声声入耳。齐白石并没有直接在画面上画出青蛙，但是此时无蛙胜有蛙，画家将可闻而不可视的场景通过移景表现了出来。同样，《三幅画》中的"第二幅画"本是最悲哀的场景：罗杰斯之死。作家没有描述他死前的痛苦和妻子的绝望。而是采取移就的手法，去描述树木、田野，映射的是人们不安的灵魂和哀伤。

第二幅画的画面由于夜晚，画面朦胧不清，是三幅画里最简洁的。从构图的角度看，好的绘画不会把画面完全画满，要有留白，疏密有致，给观众以丰富的想象空间。所以《三幅画》里第二幅画的作用也同样如此，可看作三幅画中的留白。作家并没有聚焦在罗杰斯身上，读者也不知道他是病了许久后去世，还是暴病身亡？没有写他如何死去、他的妻子如何绝望等，在本该大写特写的地方并没有浓墨重彩。唯有留下一段空白让人细细品味，以"无声"写"有声"，以"无言"写"有言"。戴维·洛奇说：

所有的小说都必定含有空白、沉默的间隙，由读者自行填入补充来生成文本，但是，这些空白、沉默其实是作者无意间规避或是压抑；有时也是刻意的艺术创作策略，以朦胧暗示来取代平铺直叙。

村庄里的人们似乎知道发生了什么，但无人前去帮忙，与白天庆贺热闹的景象形成鲜明对比。对他人来说，那"仅仅是一个声音"。灾难来临之时，众人唯恐避之不及，"没有光，没有脚步声"，言而待答，行而待应，众人陷入停顿，翘首以盼的定格姿势让悲伤的妻子甚至"没有第二声哭喊"。人们被惊醒，恐惧笼罩着上空。作家用文字描述出一个黑暗蔓延的世界，触动着人类心底最原始的恐惧。这一部分的描写与《到灯塔去》中第二部分"岁月流逝"相似。都是以高度象征的手法描述了人们生命中或人类生活中的至暗时刻。小说中哀号的声音极具象征意义，象征着人类面对厄运的愤怒、无奈、恐惧，是对整个人类命运发出的悲怆之声。有评论家指出，罗杰斯是从远东参战回来的士兵，虽然从战争中侥幸活了下来，回到了家乡，然而死亡如影随形，最终他也未能逃过其魔掌。结合小说创作的年代，可以明显看到，作家在这里哀叹并斥责了战争给人们带来的痛苦。据统计，一战之后，英国大量死亡的士兵使得家庭支离破碎，失去劳动力的家庭甚至流离失所，生活困顿不堪。还有超过240，000名的士兵从战场上回来被截肢，60，500名士兵眼睛或头部受伤，89，000名士兵身体不同部位遗留着严重伤痛。"僵硬的腿、单个的腿、橡胶靴里的棍子和空袖子都太寻常了。在滑铁卢，我有时也看见一些面目可憎的蜘蛛在爬来爬去——全是尸体，紧连着尸体的腿都被砍掉了。"如同《达洛维夫人》里饱受战争创伤的赛普蒂莫斯一样，生活没有希望，没有光亮，只有绝望的呼喊，而后连这呼喊也被淹没在黑暗之中。这不只是罗杰斯一家人的悲剧，约翰·邓恩说过："没有谁是一个独立的岛屿，每个人都是大陆的一片土，整体的一部分。因此不必去打听丧钟为谁而敲，它是为你敲的。"

人类的命运互相联系，都在同一条船上，是一个命运共同体。万古长空尽在一朝风月，人生无常，生命易逝。第一幅图画里的黑猫预示着后面的悲剧，第二幅图中的一声尖叫在第三幅图里找到了答案，三幅图彼此联系，互相呼应，构成人的一生命运起伏。同样一幅画，经历了死亡之后，人们再回看的时候，又有了新的感悟：表面上一切未变，生活依旧，但在心底，人们对生活、人生有了更全面的理解：

　　一切都极为宁静安全，然而，人们仍会想起，一声哭喊曾经将它撕裂。……它随时都会被再次撕裂。这样的美好、这样的安全都只是现象。

四、文字作画

在《三幅画》的第一部分《第一幅画》中，叙述者就交代清楚，这是她在路的转弯处瞥见的一幕，随即在她的脑海中勾勒出了一幅画，并命名为《水手还家》。从画面构图到命名都是叙述者，并非真正的画家所为，因此这三幅画的创作者是叙述者"我"，是"我"用文字创作了这三幅画。

弗吉尼亚·伍尔夫年轻时羡慕姐姐文妮莎会画画，她甚至学姐姐画画时的样子站着写作。但后来发现，擅长写作的自己同样可以用手中的笔，运用文字来作画。同样，以解构主义闻名于世的法国文艺理论家雅克·德里达小时候因为不能像哥哥那样擅长绘画而苦恼，但后来发现，自己可以通过文字作画——写作。他在《盲目的记忆》中写道：

> 对于我来说，我将写，我将把自己倾注于那些向我发出召唤的词语……我编织有关图画的语言之网，或更准确地说，我使用痕迹、线条和字母编织一件书写的外衣，这件外衣捕获了图画的躯体。

诗画本一律，北宋郭熙在《林泉高致》中写道："诗是无形画，画是有形诗。"图像与文字是两类再现事物或观念的媒介，是两种不同的符号，是叙事最基本、最重要的工具和手段。伍尔夫曾写过不少有关绘画的评论及随笔，如《绘画》《天才海顿》《电影》《沃尔特·西克特》等。《绘画》专门讨论了绘画与文学写作的关系；在《沃尔特·西克特》中作家虚拟了两位朋友的谈话，肯定了西克特对文学产生的影响，认为画家所画的一系列的肖像画抓住了人物精神"他画一幅肖像时，我读到了整部传记"。"他让一个男子或女子在他面前坐下后，一下子就看到了那张脸上反映出来的生活的全貌 …… 他凭借着沉静的非凡天才开始画画了——谎言、琐事、光辉、腐败、忍耐、美丽等都一清二楚 ……"指出绘画与写作有许多共同之处："在西克特的画展中，有着许多故事和三部曲长篇小说。"而艺术与文学的发展相互影响，相互渗透："即便所有的现代绘画作品都给毁于一旦，片纸不留，一位25世纪的批评家也能仅根据普鲁斯特一人的作品就推断出马蒂斯、塞尚、德朗和毕加索的存在。"

反过来，人们同样在伍尔夫的作品中可以看到宛如画家笔下的人物肖像，例如在《罗杰·弗莱》中对传主的罗杰的描述：

> 那年春天，他在一间房子里讲话，他的声音如同雷鸣般深沉，他的眼睛看着窗外伦敦广场树木上的天空……在眼镜后面，浓黑的眉毛底下，他有一双非常明亮的眼睛，它们就有一种深不可测的观察力。当他讲话时，也在观察着，似乎在打量着他所看到的一切。他会有意无意地伸出一只手，开始调整花瓶里的花的位置，或是粘起一小块黏土，转动几下，然后再放下去。

作家将人物描写得如此生动、细致、传神，艾德尔称之为"我们时代最美的传记画像之一"：

在一位伟大的艺术家的手里，文字可以用来画出一幅肖像。在百把个文字中，伍尔夫画出了弗莱的一幅准备挂起来的画像。在短短的几个句子中，她不但告诉了我们他的外貌、他的眼睛、他的身体的存在，而且还有他的性格、他的不肯安分，他伸出去的手指生气勃勃，在触摸、调整、安排物体的形状。

乔治·斯坦纳说，语言是有生命的有机体，自身就有一种生命力，可以吸收、借鉴其他的艺术表达方式，获得自身的成长："在文学结构努力探索新潜能的地方，在真正的推动力挑战旧范畴的地方，作家都将伸手求助人类认知的其他主要语言规则：艺术、音乐……"伍尔夫曾不断地拿画家的分析来测试自己对画作的判断能力。她常去欧米伽工作坊，接受罗杰·弗莱的连续轰炸般的对现代艺术的讲授，提高绘画的欣赏水平。现实生活中，伍尔夫经常去看画展，并且在作品中常借主人公之口抒发观画时的感受：在《一首简单的曲子》中，主人公卡斯莱克被一幅画所吸引。第一眼看到这幅画，卡斯莱克就被"它必须让他的思想平静下来"的力量所震撼，因为在像他目前所参加的这样的派对上，他的情绪通常是"分散而混乱的"。但在这种情况下，这幅画让"他的其他情感……成比例"。在《海浪》中，伯纳德厌恶了通常的秩序，来到一家美术馆，为的是"让自己去领受那些像我一样不受秩序约束的头脑的影响"。那些头脑就是画家的头脑。而画家的头脑与作家的头脑本质上是一样的，不愿意按部就班，不愿受到约束。

T. S. 艾略特曾说："一种共同的遗产和共同的事业把一些艺术家自觉或不自觉地联合在一起……在任何时代里，真正艺术家之间，我认为有一种不自觉的联合。"画家在艺术上的追求与作家在文学上的创新相互影响，互相启发、渗透。一如反对小说的故事性，伍尔夫也反对绘画的故事性，认为"一幅讲述故事的画就如一只狗所玩的把戏那样可怜可悲、荒唐可笑"。在《三幅画》里，没有戏剧冲突，人们看到的是普通人的生活。小说通过欣赏绘画这样一个独特的视角，避免了小说叙事的平庸，赋予文本以一种空间感和恢宏的视野。作品以时间为线索串联起人生的三个场景，张弛有度的叙事，使小说成为一个具体而有机的连续统一体，结构缜密紧凑。最后结尾"这是怎样的一幅画啊"。回应开头的第一句话"人们不可能没有看过画"，依然回到观画的状态，彼此呼应。是真的在观画，还是看他人现实生活，反观自己？人生如画，人们彼此为画，《三幅画》映照出人类的共同宿命。

参考文献

［1］Derrida, Jacques. Memoirs of the Blind: The Self-Portrait and Other Ruins［M］. Chicago: The University of Chicago Press, 1993.

［2］Edel, Leon. Telling Lives, the Biographer's Art［C］. Marc Pachter ed. Washington: New Republic Books, 1979.

[3] Ellmann, Maud. More Kicks than Pricks: Modernist Body-Parts [A]. A Handbook of Modernism Studies [C]. Jean-Michel Rabate ed. Chichester: John Wiley & Sons Limited, 2013: 255 −280.

[4] Gardiner, Michael E. Critiques of Everyday Life [M]. London: Routledge, 2000.

[5] Lodge, David. The Art of Fiction [M]. New York: Penguin Books Ltd. , 1992.

[6] Sandywell, Barry. The Myth of Everyday Life: Toward a Heterology of the Ordinary [J]. Cultural Studies 2004(2 −3 March/May): 160 −80.

[7] Sim, Lorraine. Virginia Woolf: The Patterns of Ordinary Experience [M]. Burlington: Ashgate Publishing Company, 2010.

[8] Woolf, Virginia. Roger Fry: A Biography [M]. New York: Harcourt, Brace and Company, 1940.

[9] Woolf, Virginia. A Sketch of the Past [A]. Moments of Being [M]. New York: Harcourt, Brace and Company, 1967.

[10] Woolf, Virginia. The Diary of Virginia Woolf II [M]. 5 vols, Anne Oliver Bell and Andrew McNeillie eds. New York and London: Harcourt Brace Jovanovich, 1978.

[11] Woolf, Virginia. The Complete Shorter Fiction of Virginia Woolf [M]. Susan Dick ed. New York: Harcourt Brace Jovanovich Publishers, 1985.

[12] 艾略特，托·斯. 传统与个人才能 [M]. 上海：上海译文出版社，2012.

[13] 吉尔伯特，桑德拉和古芭，苏珊. 阁楼上的疯女人（下）[M]. 上海：上海人民出版社，2015.

[14] 列斐伏尔，亨利. 日常生活批判（第一卷）[M]. 叶齐茂、倪晓晖，译. 北京：社会科学文献出版社，1997.

[15] 斯坦纳，乔治. 语言与沉默 [M]. 李小均，译. 上海：上海人民

出版社，2013.

[16] 伍尔夫，弗吉尼亚. 海浪 [M]. 曹元勇，译. 上海：上海译文出版社，2000.

[17] 伍尔芙，弗吉尼亚. 伍尔芙随笔全集 II [M]. 王义国，译. 北京：中国社会科学出版社，2001.

[18] 伍尔芙，弗吉尼亚. 伍尔芙随笔全集 III [M]. 王斌，译. 北京：中国社会科学出版社，2001.

第四节　结尾即开端

　　乔治·艾略特说："结尾是大多数作者的薄弱之处。"然而，小说成功与否很大程度上取决于结尾。南宋姜夔说："一篇全在尾句，如截奔马。"英国评论家弗兰克·克默德在其专门论述结尾艺术的著作《结尾的意义：虚构理论研究》里认为，结尾就像基督教中的世界末日启示，赋予之前的行动以意义和阐释。这就如同中国梁代刘勰在《文心雕龙·章句》中所说的"启行之辞，逆萌中篇之意；绝笔之言，追媵前句之旨"，认为文章开头和结尾都应当为作品的主旨服务，结尾"绝笔之言"要照应前文，共同达到揭示主题的目的。美国小说家及文学评论家戴维·洛奇在回忆自己创作时说："对于小说如何收尾我总是先有个临时性的想法，但在写作过程中经常会修正，这是因为小说写作牵涉太多的'规则'——叙述连贯、心理真实、主题意义、形式优美等，而结尾应该满足这一切。"

　　小说的结尾从情节结构上，一般可划分为"封闭式"和"开放式"两种，各有其存在的合理性。传统小说多为封闭式结尾，注重故事情节的完整性。现代主义作品中，因为人们深切感受到生活的无序状态，一切转瞬即逝，倾向于在文学作品中寻求秩序和稳定，在文学创作中注重"有意味的形式"，通过重复而形成循环叙事结构。而后现代主义则认为，正因为生活是杂乱无序的，人性复杂多变，作为反映现实的文学作品，也应如生活一样，充满着各种不确定性和多义性，结尾呈开放式，留有广阔的空间让读者去想象或与作者共同完成。

一、"寻找—发现"：传统现实主义的直线型

最早，亚里士多德在其《诗学》中把开端视为打结，而把结尾视为解结。即对于戏剧叙事来讲，就是在开场提出有待解决的一个危机和关键问题，在结尾处这一问题得到解决。希利斯·米勒在研究传统小说结尾时说："就是让寻找的最终找到，让受阻的最终重新开始，使散漫无序的最终变得集中有序，变形的得到复原，悬疑的或受到质疑的最终获得答案。"也就是说，结尾意味着冲突的缓和或矛盾的最终解决。传统现实主义的许多小说，如查尔斯·狄更斯的作品等就是如此，小说多是叙述一个完整的故事，有开端、高潮和结尾。读者读完后获得一种任务完成的满足感。从心理学的角度来说，人的内心深处有向往完美和完整规划的心理需求，这种封闭式结尾则满足了人们的这种向往。

亨利·詹姆斯在《小说的艺术》（*The Art of Fiction*）中批评像狄更斯作品这样传统现实主义小说的结尾时，说："最后不过是分发奖品、养老金、丈夫、妻子、婴儿、百万英镑等，附加几段话或愉快的评论。甚至为了迎合读者'善有善报'的口味

而更改作品的结尾。"

伍尔夫有一些短篇小说遵循这种创作的三一律，叙述一段关系，如婚姻、友谊等，从开始到结束，注重故事的完整性。《拉平与拉平诺娃》开头即是"他们结婚了"，结尾是"这段婚姻就此结束"。以象征性的语言描述了女主人公婚后生活的不适感，讲述了一个婚姻的开始与结束。《坚实的物品》中，从一开始沙滩上两个好友的谈心，到最后"从此就永远离开了约翰"，曾经的好友由于志不同道不合最终分道扬镳。《三幅画》中，开端第一句话："人们不可能没看过画。"到最后感慨："这是怎样的一幅画啊！"描述了从"水手回家"到"水手身亡"的场景，人生如梦，欢乐总是短暂的，死亡如影随形。这样的叙述有始有终，是传统的直线型叙事。

伍尔夫还有一些短篇小说开端提出一个问题，但不知结果，从而产生悬念。读者跟随叙述者一起去寻找答案，答案找到了，叙述也就完成了。在意识流名篇《墙上的斑点》中，女主人公刚开始不知道墙上趴着的到底是什么，经过一系列联想、猜测，终于明白那是一只蜗牛。《公爵夫人与珠宝商》中，精明的珠宝商为何会被公爵夫人欺骗？最后一句"那将是一个长长的周末呀"回答了所有的疑问：因为害怕孤独。《闹鬼的屋子》里，一对鬼夫妻旧地重游，小说的开头就说他们是在找寻什么，读者跟随他们一起寻找、回忆，最终知晓答案：心中的光，往日的温情岁月。《小池塘的魅力》中，最后在结尾告诉读者："这可能是人们喜欢坐着往水池里看的原因。"

这种"寻找—发现"型的小说还有一种是逆转式结尾：作品中的人物行为或故事发展的结局突然转向与情节表面指向相反的方向，使读者产生错愕。此中翘楚当属20世纪初美国著名短篇小说家欧·亨利，他的名篇《麦琪的礼物》《警察与赞美诗》等，都是以"意外结局"取胜，在故事的结尾处笔锋一转，一个奇妙的"回旋"，人物命运发生重大转变，出人意料。在《麦琪的礼物》中，作者写了女主人公为给丈夫买表链作为圣诞礼物而卖掉长发，而丈夫却卖掉金表为妻子买了发梳，他们彼此牺牲自己的最爱给对方买的礼物都没有了实际用途。在《警察与赞美诗》中，主人公想方设法想进监狱的时候未能如愿，然而却在听到教堂的赞美诗、想洗心革面重新做人之际遭到逮捕。伍尔夫的作品中也有这样的结尾。如《热爱同类的人》中，主人公非但不热爱人类而是憎恨人类，与标题形成明显反讽；《一个社团》最后结尾时，叙述者说还在玩洋娃娃的女孩安也许会做未来的社团主席，但一句"poor little girl"（可怜的小女孩）道不尽的心酸与无奈。在《遗赠》中，丈夫自鸣得意于自己的魅力，最后结局翻转，原来妻子是厌倦了与丈夫的虚伪无聊的婚姻，毅然跟随情人赴死，是对骄傲自大的丈夫的莫大讽刺。在《同情》中，汉弗莱·哈蒙德的名字出现在报纸讣告栏，使一个随意浏览《泰晤士报》的朋友感到震惊，产生了一系列的回忆和对死亡的感想，仿佛看到尸体伟岸而又僵硬。但最后才发现，去世的另有其人。《象征》中，一个美丽的形象被残酷地发现具有欺骗性，证实了希冀与现实相悖。

在这样的叙述中，作家对固定叙述范式进行刻意偏离，先是让信息对读者进行有意误导，制造一些悬念，渲染氛围，为后面真相一层一层被揭开造势，打破读者期待的圆满结局，从而揭示某种更真实的东西。结尾在意料之外却在情理之中，令人印象深刻，能深化主题。但这样的结尾也为评论家所诟病：作品的高明之处是不落痕迹的自然结尾，刻意为之则嫌过。亨利·詹姆斯说："在小说提供给我们的东西中，我们越是看到那'未经'重新安排的生活，我们就越感到自己在接触真理；我们越是看到那'已经'重新安排的生活，我们就越感到自己正被一种代用品、一种妥协和契约所敷衍。"

二、结尾即开端：现代主义的环形循环

在《伍尔夫式短篇小说的形式》（Forms of the Woolfian Short Story）一文中，弗雷诗曼（Arrom Fleishman）以 1925 年左右为界，将伍尔夫的短篇小说分为线型（Linear）叙事形式和环型（circular）叙事形式：前者是对一系列事物的描述或定义，在结尾点出要旨；后者则首尾呼应，激起瞬间洞察力，而这瞬间经由辩证的、终又含混的描述而变得意蕴丰富。文本是要"追踪的循环过程，找回一直存在的潜藏意义"。伍尔夫短篇小说中的这种环形结构主要是：叙事场景或话语在文本结束之处复现，形成首尾重叠衔接，故事的结尾便是故事的开始，用一种蛇吞尾的自我指涉叙事方式，构成一种周而复始的循环叙事结构。它使叙述时间在事件结束时又流向了开端，就像大自然的黑夜

连着白天，白天又连着黑夜。现在重复着过去，未来重复着现在。《从外面观看一所女子学院》叙述的时间是从夜晚到清晨女主人公安吉拉的活动及心理状态。初到纽纳姆女子学院上学的19岁的安吉拉在宿舍里惴惴不安，激动地想等待证实什么。当另一个女生爱丽丝·埃弗里偷偷进到她的房间并且吻了她之后，她终于勇敢地肯定了自己的恋情。小说开篇时"皎洁的月亮一直不肯让天空变得昏暗"，结尾时"而清晨就要来临"预示着日常的下一个循环。《寡妇和鹦鹉：一个真实的故事》中，开头提到"大约50年前，一个上了岁数的寡妇盖奇太太正坐在约克郡一个叫斯皮尔斯比村的一个农舍里"，结尾为"……一些人会看见一个系着白色围裙的老妇人坐在那儿"。像电影叙述一样，结尾的空旷感立刻赋予整个故事年代感，仿佛从遥远的岁月而来。《晚会》主要由文人间的对话组成，记叙了人们来赴宴、找房间，在晚会上对雪莱、吉本的讨论等，不知名的叙述者宛如幽灵一般，"人们走过我时看不见我"如同《闹鬼的屋子》中的鬼夫妻。小说开头描写夜晚海边的景象："啊，让我们等一会儿——月亮升起来了，天空打开了。在那儿，在天空的映衬下，大地从树木葱茏的山丘里升起来了。"结尾模仿雪莱的诗歌："去吧。那荒野上的月光暗了。去吧，我们将迎接它们，那些在树木遮映下的黑色波浪，不停涌涨，孤独而黑暗。月升月落，水雾如空气般稀薄，月亮藏身其后。你沉下去还是升起？你看到那些岛屿了吗？独与我一起。"从结构上讲，开头和结尾常常是一个回声系统，首尾相接则以一种更加开阔的视野，既支撑起叙述框架，又使文本在结构上彼此呼应。它们首尾重叠，周而复始。

重复本是自然常态。潮起潮落，四季更替，大自然在重复中开花结果；重复又是生活的常态，吃喝拉撒等日常生活，日复一日；而人的成长、生老病死等无一不是在重复：婴儿在重复中一天天长大，成年人在重复中一天天老去，一代人的生活重复着上一代。作为源于生活、反映生活的文学，自然也离不开重复，文本在重复中生发出无穷意义。修辞学家霍斯金斯说："在话语中从来没有不重要的重复。"作为西方文化源头的《圣经》对同一事件的反复描述、中国的《诗经》中对同一事物的反复吟唱都是重复的范例。重复出现在不同的情景中会有不同的意蕴，重复叙述不是简单的复制文字和场景，而是有发展与变化。首先，重复在情感上有递进和推动的作用，在一次次的重复回忆中，人物的情感和形象得到完整诠释。鲁迅的祥林嫂"我真傻，真的"反复的自语中，读者能真切地感受到她内心的凄苦与无助，感受到她所遭受到的精神上的创伤。其次，同一句话重复多次，不是单纯循环，而是为了重构，深化小说主题，从而充实作品的内容，加深作品的意义。最后，正如 E. M. 福斯特在《小说面面观》中所说，小说中反复出现的重要词语或句子就像乐曲中反复出现的小乐句一样，会产生美感。在文本中对同一场景或事物的重复描写能产生奇特效果，使散乱的生活片段凝聚起来从而形成一种叙述网络，使叙事结构变得简单明了，直指中心。重复会将小说从内部缝合起来，具有联结作用，使小说作为艺术作品的整体性、一致性得以达成。

伍尔夫的短篇小说中，结尾重复开头句子的有很多，主要分为两种：

1. 完全重复开头的句子

在《镜中女士》中，第一句话是"人们不应该在房间里挂镜子"，最后一句话结尾也是"人们不应该在房间里挂镜子"。叙述者时而外部观察，时而潜入主人公内心，从现实到想象再回到现实，想象的欢欣与骄傲映衬着现实的残酷与悲凉：她什么都没有，只是一个孤零零的老太太。"她站在那儿，垂垂暮年，瘦骨嶙峋，青筋暴突，条纹纵横……"《祖先》中，开端就提到杰克·任肖说不喜欢看板球比赛，在范伦斯夫人看来这个说法太愚蠢、太自负；结尾又回到这句话："范伦斯夫人觉得所有这一切本都可以存在，她本可以，哦，非常幸福，非常好，而不是在这儿被迫听一位年轻人说——她轻蔑地大笑着，眼里溢出了泪水——他受不了看板球比赛。"小说中有许多对比：苏格兰与英格兰、爱丁堡与伦敦、过去与现在、都市与乡村等，充满着对过去的缅怀，发出"今不如昔"的感叹。同时，也从另一个侧面说明女主人公生活的不如意以及不能与时俱进，被时代抛弃的不甘与落寞。《存在时刻——斯莱特商店的别针没有尖儿》也属于此类。开头一句"斯莱特商店的别针没有尖儿"，结尾再次重复，从玫瑰花到康乃馨的置换其实是女主人公从异性恋到接受同性情谊的象征过程。作家描述了从别针掉落到捡起瞬间，女学生对家庭教师的观察与想象。重复的话语在最后向源头回归，从后面结尾反推，读者才能明白作者的匠心独运：为什么掉落的明明是玫瑰花，而女教师捡起来却变成了康乃馨。所以 Phillip F. Herring 说："结尾可以起到厘清的作用或让读者思考一些不太清晰的地方，或施加秩序，或是说明混乱的必要性。"

2. 稍做改动，结尾重复开端

伍尔夫还有一些短篇小说，结尾是在重复开端，但稍做改动。《星期一或星期二》非常短，只有三百个英文单词，从开头的"懒散、漠然，苍鹭展翅"，到结尾"懒散，漠然，苍鹭归来"。其间既有现实的细节描写，也有全景式概观；既看到表面，同时又质疑本质，中间不停呼唤"渴求真情""期待真情""永远渴求真情"等，每一部分结尾的时候都会发出"何处是真情"的疑问，一模一样的词语重复三遍，支撑起整个小说。谁在询问？不是苍鹭，而是坐在桌边喝茶的丁格米小姐。她穿着裘皮大衣，隔着平板玻璃望向天空。她刚看完书，书中的情节引发她的感慨。她发出的是永恒的"to be or not to be（活着还是死去）"的问题——是死守在家，还是浪迹天涯？生命如何度过更有意义？开头与结尾句式结构完全相同，在英文中仅一字之差。《新连衣裙》中，首句"梅布尔脱掉她的披风时"，结尾"同时把身子严严实实地裹在她这二十年一贯穿着的中国式披风里"。从入门的脱衣到离开时的穿衣，从步入晚会到离开晚会，形成一个循环的叙述结构，从中可以看到主人公梅布尔一直处在焦虑之中，而这种焦虑模式"会带着一些有趣的变化反复地出现于现代主义发展的不同阶段……它是我们的文化传统的一个特征……"，这种相似中蕴含着叙述的张力，直逼作品的内核。

詹姆斯·乔伊斯也非常偏爱这种循环结构，Herring 说："乔伊斯对环形结构（circular structure）的兴趣与他所称的'启发式结尾（the heuristic ending）'相对应，它否定了问题解决的期待并鼓励重读。"例如，《尤利西斯》的最后一章——第十八章中，莫莉的意识流开头和结尾都是"嗯"，而《芬尼根守灵夜》中，起止页虽然不同但是却衔接了同样一句话，或许象征人类历史在不同时间内的循环。米勒在研究伍尔夫的时候指出：

> 一部特定的小说最重要的主题很可能不在于它直截了当明确表述的东西之中，而在于讲述这个故事的方式所衍生的种种意义之中。伍尔夫围绕众多的重复形式，将她的小说组合为一个整体，便成了那些方式中最重要的一种，在伍尔夫看来，故事的讲述是过去在记忆（不仅在人物角色的记忆里，而且在叙述者的记忆里）中的重复。

三、并非结局：后现代主义的开放式

伍尔夫的短篇小说，无论是寻找—发现的直线型叙事，还是首尾循环的环形模式，都是通过一定的结构，完成作品的一致性。叙事不是杂乱的、浮光掠影般的呈现，而是有着内在的逻辑与秩序，因此构成一种宇宙模式，成为一个完整的整体。

但是在另外一些短篇小说中，叙述不再完整，没有确定性，结尾呈现明显的开放性。开放式结尾是后现代主义文学的一个重要特征，伍尔夫尽管是现代主义的大师，作为一个在文学创作上孜孜不倦的探索者，她在文本中"不断质疑自身"，如同 E. J. Bishop 所说的那样："她的文本故意阻挠任何形式的概念化结尾。"从典型的现代主义文学创作到后现代主义特点的产生，说明作家对艺术创作的不停探索。现代主义作家把关注的目光聚焦日常生活，不以虚构的故事情节曲折取胜，有时只是描述生活的一个横截面、一幅生活场景。伍尔夫在《弦乐四重奏》中，只是描述了人们战后去剧院听音乐会的一个过程，从久违见面的人们之间的寒暄、听音乐的过程中大脑里激起的想象，直至最后道别。《聚散》中，故事的开端和结局巧妙呼应，印证主题。开篇达洛维夫人介绍两人认识，男女主人公的心灵产生共鸣，突出"聚"的主题；然后受到外力干扰，交流受阻，终于分开，印证了"散"的结局。这样，小说的结构浑然一体，题目和内容也恰如其分相互印证。但是，作者在小说中可以将情节安排得井井有条，合情合理，但在现实生活中，并非一切都按照人们期待或安排好的样子发生，而是充满着偶然性和突发性。作家若要忠实地反映现实生活，就不会人为地去制造结局，在文本中摆脱必须有结局这样一个"紧身衣"。从另一方面，文本中的不确定性也带来一种神秘感，更容易激起读者的好奇。因此，伍尔夫的一些作品也具有了后现代主义文学特征。在小说《会猎》《一部未写完的小说》中，充满着不同的叙述声音，过去与现在、虚幻与真实杂糅并存。一个话题未完就又跳跃到另一个话题，语境转换不留痕迹，支离破碎，结尾更具开放性、不确定性、多义性。主人公到底要走向何方？她（他们）是干什么的？叙述者拒绝为主人公的困境和抉择指明出路。最终作者不说，读者也不知晓。在《邱园》中，四组人物飘然而过，结局会怎样，不得而知。作者只是描述花园里的一个日常场景，描述完就结束了，不给读者任何交代，也不给任何暗示。不同的读者会在脑海里产生不同的想象和思考。《邦德大街上的达洛维夫人》是从女主人公出门买手套开始，最后终于想起并喊了一个人的名字"安斯朱瑟小姐"，之后会发生什么？读者尚未反应过来，叙述就戛然而止。《杂种狗"吉卜赛"》中，"她的微笑多迷人啊"被重复多次，前面提到的是姑娘海伦，不知不觉间就转换到小狗"吉卜赛"身上，偷换了谈话主题，暗示着姑娘的不幸结局。从开头知道海伦的不幸，到最后狗的不知所终，最后一句"此并非结局"，明确告知故事尚未结束，给读者留下无限想象空间。

后现代理论家米勒从解构观念出发，把开端视为一个解结的行为，而结尾则是打结，即把开端中打开的诸多线条最后归拢到一起，重新阐释了亚里士多德的观念。然而，不是所有的"结"都能得到"解"，也不是所有的"解"都会导致一个确定的"结"。王岳川在评论后现代小说结尾的不确定性时说：

　　　　后现代作家写作时，并不给出一种结局，相反，往往将多种可能性结局组合并列起来，每一个结局指示一个层面，若干个结局组成若干个层面，既是这样，又是那样，既可作如是解，也可如彼解，这一并置的依据是：事物的中心不复存在，事物没有什么必然性，一切皆为偶然性，一切都有可能。

　　传统美学那种确定的、中心化和实体化的意义被解构了，成为一种开放性和生成性，被赋予多种可能性。巴尔特认为，传统的文本是一种"及物的""可读文本"，它把确定的意义和场面交代给读者；而后现代小说则是"不及物的""可写文本"，需要读者与作者一道参与文本意义的生产中。西班牙学者维阿奴（Lidia Vianu）在论述小说的开放式结尾时说："开放式结尾小说的最后一页都是不确定的：一些诗意的符号引人进入沉思的心境，读者也许对自己所读到的真实意思不知所措；或者，突然的结束断绝了读者的期望，但又强化了读者读下去，分享新发现的书内天地的欲望，不管是何种情况，开放式结尾是文本的保证，经得起一读再读。"

　　当然，开放性结尾并非随意而为。梅丽琳·西蒙兹（Merilyn Simonds）在评论加拿大短篇小说女王爱丽丝·门罗的作品时说，门罗的小说仅仅是看上去和生活一样随意和无序，但事实上这些小说结构严谨，"每个行动产生的余波效应把叙事推向出人意料的结尾，回头一看，这个结尾看上去又是必然的"。

弗吉尼亚·伍尔夫在短篇小说创作中进行了多种尝试，其结尾也呈多样性。这些小说的结尾并非作者故意为之，而是叙述使然，当止则止，曲尽其妙。如果说传统的直线型叙述以及循环叙事结构有一定的封闭性和稳定性，试图给予过去、现在或未来以某种秩序或模式的话，开放性结尾则打破了这种井然有序的表面，在看似随意结尾的背后是作家对文学创作的先锋探讨。作为现代主义文学大师，伍尔夫在短篇小说的创作方面既有对传统的继承，又助推了后世文学的变革，起到了承上启下的作用。

参考文献

[1] Bishop, E. J. Writing, Speech, and Silence in Mrs. Dalloway[J]. English Studies in Canada. 1986 (2).

[2] Fleishman, Arrom. Forms of the Woolfian Short Story[A]. Virginia Woolf: Revaluation and Continuity[C]. Ralph Freedman ed. Berkeley: University of California Press, 1980: 44 −70.

[3] Herring, Phillip F. Joyce's Uncertainty Principle[M]. Princeton: Princeton University Press, 2014.

[4] James, Henry. Henry James[M]. Bibliography and Notes by Lyon N. Richardson. Urbana and London: University of Illinois Press, 1966.

[5] Simonds, Merilyn. Rev. of Hateship, Friendship, Courtship, Loveship, Marriage[N]. Montreal Gazette. 29, September. 2001.

[6] Vianu, Lidia. The Desperado Age: British Literature at the Start of the Third Millennium[M]. Bucharest: Bucharest UP, 2002.

[7] Vianu, Lidia. Interview with David Lodge. http://lidiavianu. scriptmania. com/David-lodge. htm.

[8] 姜夔. 白石道人诗说 [A]. 历代诗话（下）[C]. 何文焕，辑. 中华书局，1981.

[9] 克默德，弗兰克. 结尾的意义 虚构理论研究 [M]. 沈阳：辽宁教育出版社，2000.

[10] 刘勰. 文心雕龙 [M]. 上海：上海古籍出版社，1984.

[11] 米勒，希利斯. 解读叙事 [M]. 北京：北京大学出版社，2002.

[12] 米勒，J. 希利斯. 小说与重复——七部英国小说 [M]. 王宏图，译. 天津：天津人民出版社，2008.

[13] 松尼诺，L. A. 16 世纪修辞手册 [M]. 伦敦：劳特利奇和基根·保罗出版社，1968.

[14] 余杰. 开端叙事学 [M]. 北京：中国社会科学出版社，2015.

[15] 王岳川. 后现代主义文化研究 [M]. 北京：北京大学出版社，1992.

第五章

小说之外：责任担当与后世影响

第一节　历史使命与文化情怀

霍加斯出版社自成立后，身为出版人的伦纳德和弗吉尼亚·伍尔夫夫妇在自己所熟悉的政治和文学领域出版了许多具有创新意义的作品，其作用在英国文学发展史上不容小觑。小维利斯（Willis. J. H.）在《作为出版家的伍尔夫夫妇：霍加斯出版社 1917—1941 》（ *Leonard and Virginia Woolf as Publishers*：*The Hogarth Press 1917—1941*）中按编年史的方法将霍加斯出版社的发展历程分为五个阶段，每个阶段都有不同的特点，侧重出版不同的图书；海伦·萨斯沃斯（Helen Southworth）编辑出版的论文集《伍尔夫夫妇、霍加斯出版社及现代主义网络》（ *Leonard and Virginia Woolf, the Hogarth Press and the Networks of Modernism*）探讨了围绕霍加斯出版社所构建的知识分子网络对现代主义文学、艺术发展所起的作用与影响。在霍加斯所出版的诸多种类图书中，传记是排在仅次于诗歌、小说、政治和文学批评之后的第五类。这一方面是由于夫妇俩对传记文学的个人偏好；另一方面从务实的角度来说，也为获利，因为公众对这类作品的需求增加了。相比较虚构小说中的人物，历史上和现实中真实存在过的人物更让人们感兴趣。

一、兼收并蓄：精英创新与大众传播

霍加斯出版社最早出版的传记作品是从俄文翻译过来的，在 20 世纪 20 年代先后出版了四部与托尔斯泰相关的传记。后来又出版了《工作中的亨利·詹姆斯》《约翰·德莱顿的品性》，再版了弗吉尼亚·伍尔夫的父亲莱斯利·斯蒂芬爵士的自传《早年印象》、斯蒂芬·桑德斯的自传《早期社会主义岁月》以及《伏尔泰》《普鲁斯特》等作品。这些传记的写法既有传统的，也有现代的，其中不乏大胆的革新之作。

弗吉尼亚·伍尔夫从小就阅读了许多传记，为很多传记写评论，先后出版了三部标有"传记"的作品，对传记的写法有独到见解。她把真实性看作是坚实的"花岗岩"，而人性则是变幻不定的"彩虹"，好的传记就是"花岗岩"与"彩虹"的完美结合。她赞赏以利顿·斯特雷奇和哈罗德·尼科尔森具有开创意义的"新传记"写法。在利顿·斯特雷奇的《维多利亚女王传》《维多利亚时代名人传》中，作者对所写的人物以阐释为本进行心理描摹，充分反映了传主的性格特点，使人物的性格呈复杂性和多样化。哈罗德·尼科尔森的《某些人》用一种自我调侃的喜剧方式注重表现传主的个性和揭示隐秘的内心世界，写得幽默风趣。伍尔夫自己先后出版的《奥兰多——一部传记》（1928）和《弗勒希——一条狗的传记》（1933），里面充满了丰富的、魔幻般的想象，受到读者喜爱，它们的畅销也为霍加斯出版社赢得了丰厚利润。这些传记的作者基本上都是布鲁姆斯伯里文艺圈里的人，是英国中、上层社会的知识精英，他们的读者也大多是与他们在美学追求上相似的朋友或熟人，有很高的文学欣赏水平和美学追求。霍加斯出版社出版了一批这样学术价值较高的图书，在催生、引领现代主义传记方面发挥了重要作用。一般说来，出版社作为传媒机构，引领文化艺术上的创新是其所承担的基本功能，否则，就没有文学艺术的真正发展。作为出版人的伍尔夫夫妇，以出版社为阵地，凭借自己高深的文化素养和敏锐的感知力，成为传记这一领域的开拓者和时代先锋。

霍加斯在20世纪30年代推出了两个传记系列：第一个是"透过当代人之眼传记"（Biographies Through the Eyes of Contemporaries）（1934），从当代人的视角去剖析过去的人物，因为从新历史主义的角度看，任何历史都不可能准确叙述过去的本来面目，历史总是要受到人们当前观点的影响，也就是克罗齐所说的"一切历史都是当代史"，"当代"或"当下"作为一种强势话语建构了历史。这套传记是带有实验探索性质的写作，最终只出版了两部作品：一本关于查尔斯·兰姆，另一本关于勃朗特姊妹。第二个系列是"世界建构者与世界推动者"（World-Makers and World-Shakers），伦纳德·伍尔夫最早列出了22位人物，其中18位男性，4位女性，有科学家如爱迪生、文学家如托尔斯泰、艺术家如达·芬奇、探险家如哥伦布、政治家亚伯拉罕·林肯、印度圣雄甘地，甚至还有列宁等。涵盖面广，时间线长，涉及世界历史发展不同阶段的重要人物。但最终只出版了四本：《苏格拉底传》《达尔文传》《圣女贞德传》《加里波第、马兹尼和加沃尔传》。前三本是个人传记，后一本则是三个人的合传。如果说前一个系列还侧重于传记写作的理论探讨的话，那么后面这个系列则是面向公众的基本层面，侧重于大众传播。作为出版人，伍尔夫夫妇一直坚决反对流行文化，不媚俗，不屑于出版一般商业出版社出版的获利快的书，重点出版先锋派和具有独创性的书籍。但是，针对当时的形势，伍尔夫夫妇暂缓形而上的文学探索的脚步，认为非常有必要出版这样一系列传记。伦纳德亲自为之进行了具体定位：读者是 12 至 16 岁的青少年；内容是为人类文明做出贡献者；书籍篇幅短小，限定 80 页左右；价格低廉。出版这套丛书旨在通过阅读传记来了解历史，通过一些名人故事来教导青少年。Battershill 指出，这两个系列，前者显示了出版者"文化理论家"的地位，后者则达到了"谨慎的教育目的"。

二、挑战与使命：出版人的责任与担当

在给朋友的一封信中，伦纳德·伍尔夫表达了出版此系列丛书的初衷：

> 我建议这些传记的传主应该是那些影响历史进程的人，要么是由于他们的行为，要么是由于他们本人的存在，他们可能令人钦佩，也可能恰恰相反。他们可能是积极的革新者，也可能是改革的消极抵制者。他们的人生丰富多彩，

足以写出好故事。年轻人听说过他们的名字，愿意读他们的故事，但学校的历史课和课本看起来过于教条而学生们对他们又不甚了解。

20世纪30年代，随着德国纳粹的崛起，法西斯主义在欧洲开始盛行。希特勒和墨索里尼不但要将自己的国家拖入战争，还将侵略的触角伸向其他国家。1937年，纳粹宣传日益猖獗，正是在这种情况下，霍加斯出版社于7月份出版了四本短篇传记丛书。其意义不言自明：以此来对抗德国和意大利当时的政治风云人物和独裁者的鼓噪，让青少年了解什么样的人物才是真正的历史创造者，哪些人推动了世界文明进程。所选择的传主苏格拉底、达尔文、圣女贞德、加里波第、马兹尼和加富尔等都有一个共同特点：都是专制统治的抵抗者、个人自由的捍卫者和和平主义者。而伦纳德邀请的各位传记作者要么是夫妇俩的朋友，要么是之前在霍加斯出版过作品的作家。这一方面让即将出版的作品有了质量保证，另一方面，这些作者都有共同的政治主张，都是和平主义者，反对战争。伦纳德还专门聘请艺术家、政治活动家约翰·班廷（John Banting）为这四部传记设计封面。

作为出版人，伍尔夫夫妇高瞻远瞩，看到了法西斯主义宣传对于公众的恶劣影响。正如二战结束后，希特勒的装备部长阿尔伯特·斯佩尔在接受审讯时说："借助广播和扬声器等技术手段，八千万人被剥夺了独立思想。人们也因此屈从于一个人的意志……"尤其是青少年涉世不深，还没有形成一定的理性思维，更容易受到蛊惑。为了让青少年避免卷入战争的狂热之中，伍尔夫夫妇结合当时的政治形势，利用出版社的优势和书籍的影响，拓展年轻人的视野，培养他们独立思考的能力，保持理智与清醒。针对法西斯主义的威胁，作为出版人与知识精英的伍尔夫夫妇不是远离政治，躲在象牙塔里孤芳自赏，而是勇敢地承担起教育青年的职责，体现了出版人的良心、勇气和责任担当。

在这套传记中，五位作者政治态度鲜明，他们在写作中往往联系现实，针砭时事。例如，在意大利统一"三杰"的传记中，作者玛乔丽·斯特雷奇（Marjorie Strachey）在最后不无遗憾地指出，"三杰"曾为之奋斗的理想已经在意大利幻灭：

> 他们的成就持续了多久？今天的意大利确实是团结的，是独立的——到目前为止，三位伟大解放者的愿望已经实现了。但是，加富尔为之奋斗的宪法、马兹尼为之牺牲的民主，还有加里波第为之流血的自由已经从意大利王国消失殆尽了。

在《苏格拉底传》的最后，作者呼吁年轻读者独立思考，反抗暴政："虽然他已经去世两千多年了……如果我们对他持一种开放的态度，他能激励我们追随他，努力从权势、金钱和骄傲中甘冒危险和刺激去争取自由，寻找我们自己时代的真理。"

这些传记一方面要传达出版人坚定的政治立场，另一方面要吸引对枯燥的历史课和历史课本感到厌倦的学生。早在1918年，英国议会通过了以弗吉尼亚·伍尔夫的堂兄、劳埃德·乔治联合政府的首任教育大臣赫伯特·费舍（Herbert Fisher）发起的教育改革，也就是以其名命名的"费舍教育法"，旨在建立面向所有人的公共教育制度，将义务教育年限延伸至14岁，为超龄青少年设立继续教育学校（学生年龄初为14~16岁，后为14~18岁）；地方教育局全面负责本地区教育的发展，建立和维持继续教育学校，并向进入这种学校的学生免费提供一定的学习课程和教育训练。伦纳德认为这些免费生是这个传记系列的最主要的读者，他们大多是平民大众家的孩子，不太可能继续上大学，很少有机会接受精英教育，但是通过了解历史人物，他们可以分辨良莠，保持清醒。伦纳德希望这套传记能吸引英国乃至其他国家的教师和学校校长的注意，能被地方教育局认可，供继续教育学校学生使用。1937年，与"世界建构者与世界推动者"系列出版的同时，英国教育委员会发表了一份报告，鼓励学生通过阅读传记来了解历史："这样学生离开学校时至少会获得一些知识，了解我们民族历史中的杰出人物，并使他们的名字在人们的日常生活和思考中耳熟能详。"而霍加斯出版的这个传记系列所关注的人物不仅限于英国，还包括了来自古希腊和欧洲其他国家的杰出人物。

后来，伦纳德扩大了它的读者群，希望这个系列不只是吸引青少年，也能有助于那些对传主生平感兴趣的年纪大一点儿的读者，对于那些没有时间阅读大部头著作（维多利亚时代的传记动辄分为上下两部）的百姓来说，也可以"短、平、快"地了解这些历史人物的大概样貌。所以，伦纳德一开始就强调，这些传记应该由那些了解年轻人和普通大众的作家或专家来写，力求简洁生动。他提醒《达尔文传》的作者皮金（I. B Pekin），不要学术化，语言务必简洁，要求他修改一些语句以适应年轻读者。伦纳德甚至以自己给工人做演讲的经历为例来说明使用通俗易懂的语言对大众的重要性。

作为出版人的伍尔夫夫妇，在出版这套丛书的时候，考虑到读者的实际文化水平，竭力靠近大众，当然不可否认有销售方面的考虑，但是如果出版的图书年轻人不爱读，那么目的就会大打折扣，因为就社会效益而言，如果没有读者的接受行为，图书所承载的引导舆论和教化的社会功能就如空中楼阁，无从谈起。

三、寓教于新：创新理念与客观实践

"世界建构者与世界推动者"这套传记不只是在语言上让年轻人易于接受，还考虑到读者的年龄特点，选取他们感兴趣的内容。在《苏格拉底传》中，专门写了苏格拉底对师生关系的看法。苏格拉底认为师生应该平等，他"从不假装什么都知道"，他说自己不是老师，而是学生，"渴望向任何人请教他所问问题的答案"。这种教师不是高高在上，以权威自居，而是放下身段，不耻下问的态度其实对当时英国的教育体系提出了含蓄批评，受到学生热烈欢迎。《圣女贞德》是系列小说中唯一一部关于女性的传记，也是四部传记中，似乎最适合少年读者的，因为传主的年龄与期待读者的年龄相当。作者是弗吉尼亚·伍尔夫的密友维塔·萨克维尔－韦斯特，她一年前已在别的出版社（科布登－桑德森 Cobden-Sanderson）出版了长篇传记《贞德传》。在后来这部简化版的传记中，作者侧重于描写贞德神奇的说服力，像男性对手一样的战斗力。在被教会宣布为异教徒的情况下，坚强不屈，依然坚持自己的观点与理想。同时，维塔也描写了贞德性格中的矛盾性，既写优点也写缺点，写她作为普通女孩的一面，"脆弱时她也会哭……"弗吉尼亚·伍尔夫曾批评维多利亚时期的传记作品太过模式化，总是描绘传主的高贵、正直、纯洁、严肃，把其缺点压缩到最低限度，脱离了日常生活的真实面貌。"这样的人物几乎总是戴着大礼帽，穿着礼服，比真人还要高大，而将他们展现出来的方式却变得越来越笨拙、生硬。"维塔笔下的《圣女贞德传》在一定程度上还原了一个生动活泼的少女，而非不食人间烟火的圣女形象。

　　尽管读者定位于青少年或普通大众，但这套丛书同样反映了出版者的艺术主张。写传记，首先就得面对资料的选取问题。在八十页的篇幅内不可能把传主的生平事迹写得面面俱到，写作者一般都是挑选传主最主要的品质和特点来重点突出。米契森（Dorothy Mitchison）和克罗斯曼（Richard Crossman）笔下的《苏格拉底传》就突出表现了苏格拉底拒绝随大溜，勇于抗拒社会和政治压力，追求真理的品性。《达尔文传》中的主人公是这个系列中最远离政治、埋头学术的人，但他的学说成为宗教的最大破坏者。作者强调了达尔文为人谦虚的品德和对事业的坚持，在描写达尔文的生平性格与其进化论观点之间取得了很好的平衡。达尔文的非自我中心，与当时的法西斯独裁者形成了鲜明的对比。

在意大利统一运动"三杰"马兹尼、加里波第和加富尔的传记中，作者浓缩了三个人物截然不同的人生以及半个世纪的政治事件，突出了他们各自不同的性格特点与历史作用。作者玛乔丽·斯特雷奇，是传记文学家利顿·斯特雷奇的妹妹，是伍尔夫夫妇的朋友。她既是教育家也是文学家，曾出版过小说《伪钞》《肖邦传》等。本来在1936年，伦纳德·伍尔夫写信给玛乔丽的时候，传记中并没有加富尔，但玛乔丽坚持认为就意大利统一大业来说，加富尔比马兹尼更重要：

> 他被遗忘了，或者说，被忽视了——这很不公平。他不是一个浪漫的人……他应该被铭记，应该提醒年轻人：剑和没有大脑的灵魂可能会导致不良和灾难性的后果。

伦纳德充分尊重并采纳了作者的意见。[1] 在这三个人的传记

---

[1] 无论作为出版人还是写作者，伍尔夫夫妇都能够虚心听取不同的意见。弗吉尼亚·伍尔夫经常把玛乔丽·斯特雷奇叫作"秋葵"（Gumbo）。玛乔丽性格率真，常常直言不讳。她不喜欢伍尔夫的《罗杰传》，一针见血地指出了存在的问题，对此伍尔夫也接受并认同。在1938年7月7日的日记中，伍尔夫写道："秋葵……昨晚给这个传记泼了一盆冷水。她说，《罗杰》没有写出生命活力。我敢说这是真的。"伍尔夫写《罗杰传》的时候，因为要避讳许多周围朋友、亲人的隐私，不好下笔，不能深挖，也无法展开想象，写得缩手缩脚，是其三本传记中最受诟病的一本。

中，作者描述了作为政治家的加富尔年轻时的叛逆，其自由主义思想和善于学习的精神，其为解决本民族问题而孜孜研读英国的政治、宗教、教育等政策措施，在相互参照中，学为己用，强调独立思考的重要性。

Eleanor McNees 指出，《世界构建者与世界推动者》传记系列无论是选题还是选定的传记作者，都表明了伍尔夫夫妇致力于一种具有教育目的的新传记类型（a new genre with a pedagogi-cal purpose），希望为年轻人提供人文历史样本，以对抗德国和意大利的法西斯统治者以及伍尔夫在《三个基尼》中嘲笑的父权式的独裁人物。这些传记结合现代心理学研究，注重描绘人物心理，突出人物个性，将自己的文学主张巧妙地融入针对大众的阅读文本中，在新传记的创新与服务大众之间找到一种平衡，成就一种有趣而生动的传记书写方式。从文学上来说，这些篇幅不长的传记不及"新传记"作品影响深远；从出版社的角度来说，这套丛书的出版亦并未像那些先锋类的图书让出版社赢得高度赞誉，但就当时的社会背景而言，它关注青少年的培养及大众启蒙，满足了不同读者多元性的需求。

虽然出于教学的目的而购买这个系列的学校并未如伦纳德所期待的那样多，但他认为这是值得的、有意义的一件事：

这些给年轻人读的系列传记，尝试通过给他们讲述伟人的生活，同时从现代和启蒙的角度来呈现历史。我曾希望这些书能在学校里使用，但这个愿望并未完全实现，出版的四本书卖光了……我们没有继续再出，部分原因是战争，纸张短缺。但我还是觉得这个主意不错，而且我们的四本书非常有趣。

正是这些成就非凡的历史人物将人类的文明推向前进，其智慧的光芒穿透历史，思想的价值跨越时空。伍尔夫夫妇作为出版人，能站在时代的制高点，看到读者的多样性和差异性。既能在文学艺术上突破旧有的传统写作手法，进行大胆创新，丰富和提升人们的精神视界；同时，又着眼于现实社会的需要，积极引导大众，自觉勇敢地承担起时代使命，体现了出版人的崇高的文化使命感和卓越的文化情怀。

参考文献

[1]Battershill, Claire. Modernist Lives：Biography and Autobiography at Leonard and Virginia Woolf's Hogarth Press[M]. London：Bloomsbury Academic，2018.

[2]Cannadine, David, Jenny Keating, Nicola Sheldon. The Right Kind of History：Teaching the Past in Twentieth Century England[M]. London：Palgrave Macmillan，2011.

[3]McNees, Eleanor. Alternative Histories：Hogarth Press's World-Makers and World-Shakers Series[A]. Virginia Woolf and the World of Books[C]. Wilson, Nicola and Claire Battershill eds. Liverpool：Liverpool University Press，2018：83 −92.

[4]Mitchison, Naomi and R. H. S. Crossman. Socrates[M]. London：Hogarth

Press, 1937.

[5] Sackville-West, Vita. Joan of Arc[M]. London: Hogarth Press, 1937.

[6] Strachey, Marjorie. Mazzini, Garibaldi and Cavour[M]. London: Hogarth Press, 1937.

[7] Woolf, Leonard. The Journey Not the Arrival Matters[M]. New York: Harcourt Brace Jovanovich, 1969.

[8] Woolf, Leonard. World-Makers & World-Shakers Series. University of Reading Special Collections, Hogarth Press Archive, MS 2750/579.

[9] 赫胥黎, 阿道司. 美丽新世界 重返美丽新世界 [M]. 陈亚萍, 译. 上海: 华东师范大学出版社, 2014.

[10] 伍尔芙, 弗吉尼亚. 伍尔芙随笔全集 IV [M]. 王义国, 译. 北京: 中国社会科学出版社, 2001.

第二节　艺术理想与现实经营

一、缘起

1917 年 7 月，弗吉尼亚·伍尔夫夫妇在自家霍加斯出版社出版了第一本书《两故事》（*Two Stories*），其中的版画插图就是在欧米伽工作坊制成的。这个工作坊始于 1913 年，其实，早在 1912 年 3 月罗杰·弗莱在一次朋友的聚会上就提出了成立工作坊的想法。后来工作室先成立了起来，但是还没有取名字。至于后来为什么叫 Omega 没有一定的说法。希腊字母表里第一个字母是 A（Alpha），代表开始，最后一个字母是 Ω（Omega）代表终了。在《圣经·启示录》中，耶和华也用到了这个词："I am the Alpha and the Omega——the beginning and the end."（我是阿尔法，我是欧米伽——是始、是终。）有成员回忆说没有什么特殊含义，只是为方便人们记住而已；也有人说其作为希腊字母的最后一个，意味着"最后的尝试"；还有的说跟弗莱的专业背景相关，弗莱在剑桥大学学的是理科，Ω 是物理学上的电阻单位。Arthur Marks 认为，取名欧米伽，是弗莱及其工作坊以一种反叛的姿态表明对传统的抵制。不管什么原因，不得不承认，欧米伽这个名字起得很好，无论是作为企业名称还是产品商标，它新颖、简单、朗朗上口，让人过目不忘。

1912 年 12 月 11 日，弗莱写给作家乔治·萧伯纳的一封募集资金的信中说：

> 我正计划为装饰与实用艺术开设一家工场。我发现有许多年轻的艺术家，他们的画作显示了强烈的装饰情感，他们也很高兴将才华用在实用艺术上，这既可以为他们提供一定的生活来源，也可以有助于他们作为画家与雕塑家进行作品创作。

从中可以看到弗莱创建工作坊的主要目的有二：其一，将艺术引进日常生活，提高公众审美能力；其二，帮助年轻的艺术家们谋生，增加收入。工作坊注册于 1913 年 5 月 14 日，正式名称为"欧米伽有限工作坊"（Omega Workshops Limited）。1913年 7 月 8 日，弗莱用从叔叔那里继承的一笔钱，加上募集而来的资金，在布鲁姆斯伯里区的费兹罗伊 33 号正式挂牌，创建了其美学"实践场"。

工作室创办之初采取股份制形式。核心人物除了弗莱外，还有弗吉尼亚·伍尔夫的姐姐画家文妮莎·贝尔和邓肯·格兰特。他们身兼数职，不仅负责公司规章制度的制定、产品风格的定位，还要维系、把控公司的运行，积极利用各自广泛的人脉关系为工作坊寻找项目。他们既是公司的艺术总监，也是项目实践中的创作主力。在工作坊中，成员每周只需工作三天半即可，弗莱制定此举的目的是要让艺术家在通过增加收入、改善生活的同时，又有足够的时间致力于艺术探索。工作室成立之初就吸引了众多艺术家：有雕塑家亨利·戈迪耶·布热斯卡（Henri Gaudier-Brzeska）、艺术家大卫·邦勃格（David Bomberg）、佩尔西·温德姆·刘易斯（Percy Wyndham Lewis）等。1916年后，与利顿·斯特雷奇关系密切的女画家朵拉·卡琳顿也来为欧米伽工作，她曾就读于斯莱德艺术学院，设计过木刻版画。工作坊从一开始就聘用了二十位来自斯莱德艺术学校的年轻学生，给了青年艺术家们如弗雷德里克·埃切尔（Frederick Etchells）、爱德华·沃兹沃斯（Edward Wadsworth）等寻找、发展自己的机会。如同霍加斯出版社的成立缓解了弗吉尼亚·伍尔夫出版作品的压力一样，欧米伽工作坊的成立为这些艺术家们，尤其是先锋派艺术家们找到了一个地方，能让自己的作品直接面对大众，更快地转换为金钱，缓解经济压力。

二、产品定位：先锋艺术与日常审美

欧米伽工作坊期望提高公众的审美能力，将艺术引进日常生活，消解艺术与日常生活之间的界限，让日常生活艺术化，实现艺术尤其是先锋艺术与日常生活的完美融合。因此，对于工作坊的艺术家们来说，艺术不仅局限于绘画，而是囊括了整个日常生活的方方面面，如室内外装修、家具设计、厨房器皿、纺织品及服装、陶瓷、雕塑、书籍装帧等，在一切可能的条件下进行广泛的跨界合作。工作室鼓励年轻的艺术家们大胆、自由地表达自己的观点，在一切能作画的物品上进行再创作。

　　欧米伽工作坊的纺织品设计一般多用于家居装饰，主要有对亚麻印花织物、地毯和挂毯的设计与制作。文妮莎设计了两款"莫德""白"，弗莱设计了"阿蒙诺菲斯"，邓肯设计了"帕梅拉"等，这些印花亚麻织品一时广受欢迎。1915 年 4 月，文妮莎向弗莱提出了在欧米伽工作坊设计服装的新计划。他们购进了一些曼彻斯特的 Foxtons 专供非洲市场的花纹鲜艳的布匹进行制作。其实，早在 1914 年，贝尔夫妇、弗莱等一行人在到巴黎的旅行中，除了拜访、参观了毕加索的画室外，文妮莎和好友莫莉·麦克卡西（Molly MacCarthy）等人还去了老佛爷百货公司购置服饰，回来后参考、设计、制作服装。此外，挂毯和地毯也是欧米伽销售最好的产品。其图案设计受立体主义和抽象主义的影响，"V"形的粗犷黑线及率性的不对称色块是其设计的标志性元素。由于弗莱对原始艺术的喜爱与推崇，这些织物的构图上带有明显的非洲风格。英国著名的超现实主义画家和应用艺术设计师保罗·纳什曾说："纺织品设计的现代运动发端于欧米伽工作坊的成立。"

　　他们也从土耳其或意大利购买陶器或其他物品进行二度艺术创作。1913—1914 年间，弗莱与多塞特郡的普尔陶瓷工厂（the Poole Pottery）联系，决定在公司增设陶瓷设计，他们从陶瓷工厂选购一些烧制好的素坯进行装饰加工。在具体设计中，受野兽派画家安德烈·德兰（Andre Derain）、奥托·弗里斯（Othon Friesz）及马蒂斯的影响，陶瓷设计中的抽象主义和野兽派风格十分明显，画面充满生机与活力。弗莱将工作坊的陶瓷种类拓展至日常厨房用品如调料罐、果酱瓶、茶壶、咖啡杯以及餐具等，注重表现陶瓷本身的"原始性"，让人们在做饭的同时也能享受到美的愉悦。他们的室内装饰设计还受到了后印象主义的影响。邓肯、文妮莎、弗莱及其同伴们爱用各种花卉、马蒂斯式的裸体画以及立体主义的抽象图案。弗莱刻意要打破爱德华时代的那种对淡雅、柔和色调的偏爱，经常使用橘、蓝、绿、黄、紫等对比强烈的色彩。邓肯在橘黄色的背景下画出蓝色山羊，他的用色和构图即使放到今天依然大胆、热烈、奔放，有强烈的撞色效果。弗莱评价邓肯对欧米伽工作坊所做出的贡献时曾说道："他极富想象力的'奇幻'生活使其非常适合屏风和镶嵌版的装饰工作……邓肯的想象力支配着工作室做出最好的产品来。"（弗莱1918年10月4日写给文妮莎的信）1914年3月受汉密尔顿女士之托，弗莱等人为其位于海德公园花园1号的房屋进行了室内装修。弗莱绘制了一些彩色玻璃，文妮莎等人在大厅出口处增设了一条由马赛克装饰而成的小道，用了她最初给彩色玻璃窗设计的图案，而戈迪耶则设计了一些石罐。这些点睛之笔为汉密尔顿女士的房屋增添了更多艺术气息。

这样将艺术带进日常生活，一切生活用品皆可创作的理念，使得艺术品不再只是高悬于画架或墙壁上，一方面确实扩大了艺术家们的创作范围；另一方面，对于民众来说，在日常生活中就能享受到艺术家们创造的美，不知不觉间提高了审美能力。但是，用色过于大胆，设计过于前卫，也会让普通民众一时难以接受。伍尔夫曾从欧米伽购买衣物，但当她看到工作室过于大胆的色彩与设计的时候，这个一生都对自己的服装品位不自信的作家忍不住写信责备姐姐：

> 上帝啊！你用的是什么颜色！卡琳（Karins）的衣服几乎让我把眼珠子都快瞪出来了了——一条难看至极的红黄相间的条纹短裙，上面配一件豆绿色的衬衫，头上扎着一方俗气花哨的手帕，这品位真够胆儿。我还是喜欢浅灰和淡紫，配有蕾丝领和草绿色护腕……

艺术家们将源自现代艺术尤其是法国马蒂斯、毕加索、塞尚、凡·高等大师作品中的艺术元素和技法运用到日常生活中，极大地挑战了人们传统的审美观念。弗莱在1917年春季组织了一个展览，本想将古老与现代艺术融合，鼓励工作坊的艺术家们自由创作或临摹过去的伟大艺术，但观众寥寥，没什么反响。克莱夫·贝尔的父亲本来答应资助欧米伽，但在参观完第二届后印象派画展之后拒绝出资。文妮莎后来发现，并非一切物品皆可作画，过度装饰的效果并不好：当她看到工作室为比利时外交官的妻子所装修的房子时，深感震惊：小小的房间里挤满了绘画物品，更糟糕的是它们彼此并不呼应，放在一起甚不和谐。

三、消费者定位：产品价格与大众消费

多年的博物馆工作经历无形中培养了罗杰·弗莱敏锐的社

会洞察力，他清楚地意识到像后印象派这样的先锋思潮对于这一时期英国中上层阶级的吸引力要远大于下层阶级，所以，弗莱决心先将新艺术引进来，开始自上而下地渗透。弗莱早年在博物馆工作时所创建的人脉关系在此刻发挥了重要作用。布鲁姆斯伯里文化圈里诸多朋友前来捧场：伍尔夫夫妇不仅积极参加了由工作坊组织的各种活动和展览，还定制、采购了大量衣物和装饰材料，他们的霍加斯出版社也购入使用欧米伽的手工纸张；凯恩斯、利顿·斯特雷奇等均以购买画作的方式以示支持。欧米伽工作坊的成立正值世纪之交的文化动荡时期，又面临着即将爆发的战争，英国文化呈现出保守派与激进主义的矛盾对立态势。而布鲁姆斯伯里文艺圈的成员抵制维多利亚时代的旧道德、旧观念，挑战宗教、国家、社会里的各种权威。他们乐于学习新知识、接受新文化，他们英气风发、清高桀骜，是站在英国社会精神文化之塔最上端的人，他们是欧米伽工作室实践产品的主要服务对象。另外，弗莱、文妮莎、邓肯等人不为世俗所束缚、逍遥自由的生活方式也让大众向往。所以，欧米伽的产品从诞生之日起，应该说产品定位准确，目标客户明确。他们的产品是一种艺术奢侈品，经营的是一种美学品位，销售的是一种时尚生活方式。

此外，一些刚刚在资本市场上赚了钱的新型的资产阶级，为了向贵族和上流社会看齐，彰显自己的艺术审美，也会购买这些产品。这些新兴的资产阶级暴发户需要重塑自己的形象，而最直接的方式就是通过自己的消费活动来转换原来的身份，购买并使用那些上流社会所使用的产品就意味着认同他们的美学理念，因而成为其中一分子，于是文化消费就成了他们所追求的目标之一。欧米伽工作室有时也直接购置一些便宜家具，按照艺术家的感觉或理念进行再次绘画、设计或包装，如在椅子的椅背处进行十字绣花、镂空编织等，赋予商品以艺术价值，为商品注入符号价值，并将其置于使用价值之上。这样一来，欧米伽所生产的产品就成为像小汽车等这样的地位性商品一样，可以用来炫耀。购买者中，一些人因懂艺术而对这些产品大加赞赏，但也确实有一些人不懂装懂，附庸风雅。

　　欧米伽工作坊之所以在正式成立前就已引起了公众的高度关注，与弗莱的大力宣传不无关系。他通过受邀演讲、为杂志撰稿等方式传播他的美学观点。因此，工作坊刚成立的时候，订单与委托就源源不断。但是，由于定价过高，在一定程度上也影响了产品的销量。与知名的莫里斯（Morris）公司的产品价位相比，欧米伽没前者质量上的优良与精致，但价格却超出许多。例如，欧米伽生产的一把有装饰性的高背藤编椅的价格是110磅左右，一张绘制图案的桌子为210磅，而类似的家具莫里斯公司售价仅为9磅9分（由菲利普·韦伯所设计的精致橡木隔板桌也仅需125磅）。奥特兰·莫瑞尔是英国文艺事业有名的赞助者和支持者，热爱和支持前卫艺术，是伦敦文学界与政界社交圈的活跃人物。昆丁·贝尔曾在书中写道："如果后印象派艺术，一种极具装饰风格的艺术，能够横扫伦敦的家具商店，那该多棒啊！市场是有的，这个市场一直受到一位传奇人物的主导——她就是奇特的、巴洛克风格的、火烈鸟般的奥特兰·莫瑞尔女士。"她有经济实力，敢于大胆尝试新风尚，但就是这样一个人，也会觉得欧米伽的产品索价过高。她曾答应在欧米伽订一套餐桌椅，不久之后文妮莎去她家吃饭，惊讶地发现她家已经购买了古董椅，莫瑞尔夫人抱歉地解释说欧米伽的椅子实在太贵了。另外，由于艺术家们在此都是兼职工作，缺乏手工艺人的精细高超的技艺，有时难免粗制滥造，滥竽充数，在一定程度上也影响了欧米伽的声誉。

四、管理分工：艺术理想与现实经营

作为欧米伽工作坊的发起者和管理者，弗莱凡事亲力亲为，他在写给朋友的信中讲道：

> 我必须考虑各方面的事宜，包括如何处理设计和完成品之间的关系，并最终将它们销售出去；如何支付艺术家的报酬，等等，要顾及的事情远比我想象的多。不管怎样，我希望我能协调好这一切。同时，我想我必须成为一名优秀的推销员：踏进智识社会中去宣传、推广我的计划。

弗吉尼亚·伍尔夫在欧米伽工作坊就曾亲眼看到弗莱温柔地力劝一位胖胖的德国女士买他们的产品，同时还要尽量礼貌地接待来自南肯辛顿的玻璃制造商。这些琐事，占用了他的精力与时间，也损耗了他的创造力。

就工作坊的管理方式而言，"匿名制"损害了成员的积极性。弗莱明确规定，无论一件作品是由谁设计完成的，在最终成品上一般只允许出现商标"Ω"。"匿名制"在保护公司产权、树立品牌文化方面起到了一定的积极作用。弗莱曾向一位记者解释道："我希望能聚集一群艺术家一起工作，希望他们在工作坊里可以自由地交流想法、意见，而不是各自埋头只做自己的事情。这种开放而融洽的、资源共享式的工作氛围与方式在我看来很重要，而且我认为我们不应该只一味地培养极端个性化的艺术家。"

在弗莱看来，该举措能够促使艺术家逃离出一味地追求个人功绩的狭隘思想观念从而完全置身于团体之中，并易于他们在交流思想、分享技法和主题的过程中激发彼此的潜在才能，最终实现更高层次的"智性"探索，实现真正的"大艺术"的融会与贯通。在匿名制下，员工的薪水与单件产品的制作、销售没有直接关系，而仅与总体销售有关。也就是说，在工作坊中，无论一件产品多么受欢迎，与设计者与制作者无关，其所得报酬与众人相同。这一充满"乌托邦"色彩的想法很好，但在现实生活中，挫伤了艺术家的积极性。1917 年 6 月，弗莱发现文妮莎和邓肯答应了给玛丽·哈钦森装修两间房子，比欧米伽的报价少了 8 镑。弗莱非常生气，文妮莎抗议说："邓肯过去已经为欧米伽做了许多廉价工作，现在他不希望再通过欧米伽的这种一次性的佣金牺牲掉他潜在的收入。"另外一些成员不满弗莱分配不公，不能多劳多得，反对他对工作室作品的处置权。

在利物浦桑登工作室第二次后印象主义展览上，弗莱未经同意就擅自更改其作品价码的行为让刘易斯非常气愤，两者的矛盾激化。最终，在"理想之家展览"项目中，刘易斯对弗莱积压已久的不满爆发，在尚未完成手中设计时就转身离开并带走了汉密尔顿等人，还成立了"艺术中心"装饰工作室，与曾经的老东家欧米伽工作坊展开竞争。

工作坊的成立源于艺术家们的热情与对艺术的热爱，但是艺术家们往往感性大于理性，个性强，意气用事，过于掺杂个人感情。一旦有了分歧，不能互相迁就容忍。工作坊的管理几乎是以一种极具乌托邦色彩的理想主义情感为运作纽带，一旦产生纠纷和挫折，这种热情就会因时而逝，工作坊就会面临无法继续发展的危机。1913 年 12 月，文妮莎觉得欧米伽占用了太多精力而影响了自己的绘画，有一段时间退回自己家中进行创作。管理层之间的不睦是经营之大忌，文妮莎与弗莱之间恋爱的结束以及其和邓肯的双双离开，严重打击了弗莱管理工作坊的积极性。1916 年 10 月，邓肯·格兰特、大卫·加内特和文妮莎·贝尔搬至查尔斯顿庄园，粉碎了弗莱最后的一线希望，给其造成巨大的精神伤害，使他心灰意懒。1918 年 12 月 16 日，伍尔夫在日记中写道："我们听到了关于某些朋友背叛欧米伽的令人沮丧的消息。罗杰……总是宽宏大量，宽恕他人……欧米伽的实情就是他的艺术家们撇开工作坊擅自接活儿。由于这个和其他的一些原因，工作坊让他充满全然的幻灭感——厌倦、委屈。"1918 年年底至 1919 年年初，偌大的工作坊中就只剩爱德华·沃尔夫与弗莱两人，而不久后前者也因身患流感去国外疗养。弗莱一人孤掌难鸣，最终在 1919 年 10 月关闭了工作坊。

后来文妮莎曾经试图再恢复欧米伽工作坊，但由于各种原因未果。

导致欧米伽失败的原因还有很多，比如一直资金不足、战争的影响等。但其中很大的一个因素是：理想高于现实。同样的事例还有：几乎同一时期哲学家罗素与第二任妻子多拉·布莱克按照自己的理念创办的学校、伍尔夫夫妇创办的霍加斯出版社等，后者虽然不像前者夭折，但也历经波折。这一时期的文人与艺术家们将自己的理念与现实盈利结合起来，在此方面进行了各种尝试。他们怀抱美好愿望，也积极地付诸行动，甚至牺牲个人的利益，但一腔热血在现实中屡屡碰壁，经历重重挫折与困难后不得不宣告失败。因为办学、开店这样的经营必须有足够的资金支持，是一种营销行为，要按照经济规律去操办，而知识分子和文人往往做不到这一点。我们如今分析他们的失败原因，只是一种"后见之明"，是为了守正创新。不能否认的是，弗莱成立的工作坊，利用市场，最广泛地传播了自己的艺术理念，提高了民众的艺术欣赏水平，对于艺术文学的发展是有好处的。艺术家们在实用艺术方面的探索，跨界设计的试验产品及其内涵文化对当今的设计发展产生了重要影响。正如 Jennifer Wicke 在谈到布鲁姆斯伯里的存在的重要性时说：其存在打破了那种认为艺术与"市场"完全是相左的两条岔道的说法，或者认为两条路相交的结果只能是彼此受损。"在这场现代主义运动中，艺术重塑了市场，而市场催生了现代主义。"此话也适用于欧米伽工作坊。欧米伽工作坊算得上是以罗杰·弗莱为首的现代英国艺术家们的一个艺术基地，艺术家们在离开时，将在工作坊所浸润、学习到的文化精神、美学理念带走并传播，延续并丰富了欧米伽的生命力。

参考文献

[1] Anscombe, Isabelle. Omega and After: Bloomsbury and the Decorative Arts [M]. London: Thames and Hudson Ltd. ,1981.

[2] Collins, Judith. The Omega Workshops [M]. Chicago: The University of Chicago Press,1984.

[3] Marks, Arthur S. A Sign and a Shop Sign: The Ω and Roger Fry's Omega Workshops [J]. The British Art Journal, 2012 (No. 1 Spring/Summer): 18 −36.

[4] Nash, Paul. Modern English Textiles [A]. Artwork [M]. London: Lund Humphries Publishers Ltd. , 1926.

[5] Wicke, Jennifer. Mrs. Dalloway Goes to Market: Woolf, Keynes, and Modern Markets [J]. Novel: A Forum on Fiction, 1994 (No.1 Autumn): 5 −23.

[6] Woolf, Virginia. The Diary of Virginia Woolf I [M]. Anne Oliver Bell and Andrew McNeillie eds. New York and London: Harcourt Brace Jovanovich, 1974.

[7] Woolf, Virginia. The Letters of Virginia Woolf II [M]. 6 vols. Nigel Nicolson and Joanne Trautmann eds. New York and London: Harcourt Brace Jovanovich, 1976.

[8] 弗莱，罗杰. 为"欧米伽"工场募集资金的信 [A]. 沈语冰，编.

弗莱艺术批评文选［M］. 南京：江苏美术出版社，2010：147 -149.

[9] 贝尔，昆丁. 隐秘的火焰：布鲁姆斯伯里文化圈［M］. 季进，译. 南京：江苏教育出版社，2006.

第三节　穿越时空的对话

文学史上很少有像弗吉尼亚·伍尔夫这样的作家，其本人、作品不断地被后世所提起，给其他作家带来灵感，被写入文学作品中，成为重要象征或主人公。从美国戏剧家爱德华·阿尔比 1962 年创作的《谁害怕弗吉尼亚·伍尔夫》，到 1965 年戴维·洛奇的小说《大英博物馆在倒塌》，到 1998 年迈克尔·坎宁的《时时刻刻》，再到 2014 年的《伍尔夫漫步 21 世纪曼哈顿》（*Virginia Woolf in Manhattan*），随着每一部作品的出版，每过一段时间，伍尔夫都会再次引发热议。她已然成为一种文化现象和标志，不停地被借用、被塑造、被重现。《伍尔夫漫步 21 世纪曼哈顿》一出版，立刻引起文艺界关注。电视剧《纸牌屋》的编剧安德鲁·戴维斯（Andrew Davies）买下了这本书的电影版权，人们期望它能成为《时时刻刻》那样的经典。在这部穿越小说中，作者将一位小有名气的中年女作家、作家叛逆的十四岁的女儿以及死去多年的伍尔夫三位女性并置在同一时空中。

一、归去来兮：从纽约到伊斯坦布尔

弗吉尼亚·伍尔夫的丈夫伦纳德说妻子"对旅行抱有激

情"。因为旅行能让她愉悦和放松，给她带来新视野、新视角、新声音和新灵感。在作品中，伍尔夫常常通过旅行使人物性格的发展空间得以拓展。简·莫里斯在其所编辑的《与弗吉尼亚·伍尔夫一道旅行》（*Travels With Virginia Woolf*）的"导论"中甚至认为，伍尔夫的大部分作品都可被视为别具一格的旅行文学：《远航》就是以她 1905 年去西班牙的船上为原型所构思，通过对女主人公雷切尔初次旅行经验的想象，表达了与主人公同龄的作家对英国之外世界的憧憬；《夜与日》中的女主人公凯瑟琳虽然没有离开所在城市，但却不时沉浸于对遥远他乡的遐思之中；《到灯塔去》也是以作家小时候与家人去圣·艾夫斯岛度假为蓝本创作；《达洛维夫人》描摹的伦敦街景酷似《尤利西斯》中布鲁姆漫游的都柏林；《奥兰多》的主人公在君士坦丁堡体验了奇妙的变性经历，进而感受到两性的不同际遇；《弗勒希》通过小狗的眼睛描述了诗人夫妇从英国到意大利之旅；等等。《伍尔夫漫步 21 世纪曼哈顿》也可看作是一部旅游作品，因为本书的构思得益于作者在纽约的一次旅行；另外，书中的主人公们经历了从英国到美国再到土耳其的洲际旅程，整个故事也发生在旅行途中。

为什么作者会选择让伍尔夫在纽约公共图书馆的伯格收藏复活？首先，伍尔夫生前尽管没去过美国，但与美国有着丝丝缕缕的联系。她的教父是美国人，她与很多美国小说家谙熟；她的小说在美国很受欢迎，《弗勒希》（1932）卖了 5 万册；《岁月》不但在美国出版，在 1937 年还成为仅次于《飘》的畅销小说，伍尔夫的照片也登上了《时代》周刊封面。伍尔夫夫妇曾经被邀请去美国演讲但未能成行，所以这次作者让伍尔夫如愿以偿。其次，伍尔夫的研究资料美国比英国多，很多手稿被收藏在纽约公共图书馆。20世纪70年代以前，伍尔夫所属的布鲁姆斯伯里文艺圈在英国因太过精英化而让普通读者敬而远之，对她的研究在英国之外的国家兴起，1976年，美国成立了国际伍尔夫学会；1978年，日本成立了伍尔夫学会，待到这两个研究学会国际化之后，英国才于1998年8月为自己的作家成立了"英国伍尔夫协会"。

成长在19世纪末欧洲贵族家庭的伍尔夫乍然进入到21世纪的美国现代大都市将产生怎样奇异的效果？这足以让人期待。此时大英帝国已经没落，美国成为世界经济大国，纽约成为全球金融中心，而曼哈顿则是中心里的中心，商业气息浓郁，华尔街上的纽约证券交易所挤满了金融界精英。一同涌来的还有让人目不暇接的各种商品，消费主义思潮侵蚀着人们的日常生活，每一处都充斥着现代社会的噪音与污染。在巨大商业利益的驱动下，纸质书店日益凋敝，让热爱书籍、开办过出版社的伍尔夫直接面对这一变化，人们也不由得思忖：21世纪，是否还需要阅读经典？以她为代表的经典作家面对急剧变化的现代都市还有无存在的必要和意义？纽约也是主人公安吉拉与伍尔夫相逢的重要之地，却与女儿擦肩而过，喜悦伴随着遗憾，正如人生。纽约还是小女孩格尔达成长的关键所在，格尔达看到的纽约与母亲眼中的截然不同，繁华富丽的商业区、旅游区与贫民窟仅一墙之隔，读者跟随格尔达，看到了大都市光鲜背后不堪的另一面。

伍尔夫曾经去过土耳其两次。1906 年 24 岁的时候和姐姐哥哥及朋友维厄莱特·迪金森去过伊斯坦布尔，经过希腊，哥哥索比不幸染病身亡，后来伍尔夫创作《雅各之室》寄托哀思。1910 年，伍尔夫第二次踏上土耳其，因为当时姐姐文妮莎在土耳其旅游时小产，她前去照顾，这趟旅程被写在了《奥兰多》中。土耳其处于亚欧大陆的交接处，东西方文化在这里碰撞、交汇。再加上本身古老的文化、悠久的历史，宗教更迭与差异使这个国家极具特色。伊斯坦布尔曾是东罗马帝国的经济、文化、政治中心，其建筑、玻璃、镶嵌画等与众不同，形成了特有的"拜占庭文化"，吸引了许多艺术家前来拜谒。圣索菲亚大教堂是拜占庭建筑的杰作，它本是基督大教堂，后来被改成伊斯兰教清真寺，两种风格的建筑形式共置一体，伍尔夫第一次见到就被深深吸引，她将这里的建筑与英国相比，认为英国的建筑太沉闷。此外，伊斯坦布尔不同于伦敦的淳朴自然风光深深震撼了作家的心灵，认为它显示了不同于欧洲的"独特的进化历程"。她将自己的这种感受写在了《奥兰多》中：土耳其荒凉的自然生态让奥兰多第一次对自然产生了崇敬之感，认为它伟大、恢宏和博爱，传达了一种未经人工驯服、充满真实和野性的自然美。

如果说纽约代表了现代文明和经济中心，那么伊斯坦布尔在一定意义上就是自然之都、自由之所。如果说在纽约伍尔夫面对现代文明小心翼翼，身受束缚的话，在伊斯坦布尔，由于大自然的广袤和文化上的交融与开放，作家可以勇敢地做真实的自己，天性得到了解放，回归到了一个自然人的状态。在小说中，老、中、少三代女性最终相逢于此，这里就是目的，是旨归，是意义所在。

二、穿越：回归、发现与传承之旅

1. 伍尔夫：回归之旅

出生于1882年的弗吉尼亚·伍尔夫、出生于1966年的畅销书作家安吉拉·兰姆和出生于20世纪90年代的女孩格尔达，三代女性超越时空相聚。作者采用了一个三人视角的独特写作方法，分别以第一人称讲述各自的旅程，每个人物都有相对独立的故事线索，三条线索交替出现，互相烘托，互为呼应。作者潜入人物心理，追寻意识流动，采用大量的内心独白，把人物所看、所思、所感等以类似自言自语的方式叙述出来，叙事语气和文字符合三个人物的性格特点：当代作家安吉拉的彷徨急躁、格尔达的叛逆和渴望同龄人的认可等都栩栩如生；伍尔夫部分的文风刻意模仿作家的写作风格，句式婉约悠长，敏感细腻，同时还有面对现代世界的巨大变化而出现的陌生感，但以往生活的阅历又让她洞若观火，懵懵懂懂中不乏幽默、狡黠和大胆。伍尔夫作为一个旁观者的外部视角与安吉拉的身处其中、熟视无睹成为有趣的对照。"穿越"到21世纪的伍尔夫被城市的现代化所震惊，对电梯、电脑、手机等现代电子产品惊异不已，同时还与安吉拉为写作、特权、自由以及书籍出版等问题而争论不休。

作者写作此书的目的之一，也是安吉拉演说的目的，就是消解神话，摒除人们对伍尔夫的旧有的刻板印象，一改众人眼中作家远离尘世，一脸哀愁，总是陷入沉思的样子（如电影《时时刻刻》中妮可·基德曼所扮演的伍尔夫），拂去加在作家身上的不实之词，力图还原真实的、有血有肉的伍尔夫。作者在图书馆里面阅读伍尔夫的手稿是有温度的、活生生的资料，有质感，能触摸，在阅读的过程中作家的形象就在脑海里慢慢浮现，将其还原为世俗的女人的形象，她是多面的：大胆、机智、幽默甚至恶毒。伍尔夫的丈夫伦纳德记得，第一次世界大战期间，他们在伦敦住所的地下室里躲避敌人的轰炸，妻子逗得仆人们开怀大笑，害得他自己睡不着觉。西塞尔·伍尔夫说：“在我的印象中，她是一个爱开玩笑、机智、有时还很恶毒的人。”大卫·加内特曾评论道，伍尔夫“对那些她不喜欢的人很尖刻和残忍”。奈杰尔·尼科尔森还提到伍尔夫有时爱搬弄是非：“我想，我父亲觉得弗吉尼亚有点儿太恶毒了；他不喜欢流言蜚语。”有一些回忆资料确实提到伍尔夫爱传小道消息。例如，当拉尔夫·帕特里奇向朵拉·卡林顿求婚，而卡林顿不愿意放弃利顿·斯特雷奇的时候，拉尔夫将自己的痛苦告诉了伍尔夫夫妇。伍尔夫挑拨说，利顿曾告诉她，如果他继续和卡林顿住在一间屋子里太久，卡林顿就会觉得她对他有某种权利，这让他紧张。利顿竟然能忍受她三年，这对每个人来说都是奇迹。拉尔夫将此话告诉卡林顿，而卡林顿去找利顿质疑。利顿辩解说，伍尔夫有神经病，恶意地歪曲了他对她的感情。艾薇·康普顿·伯内特（Ivy Compton Burnett）指出："她有点儿恶毒，你知道——她会说别人的坏话，这最可怕了。当然，人们难免这样做。但人们并不希望弗吉尼亚·伍尔夫也会这样。"作家自有其光芒，但也有常人的缺点。人们将作家抬上神坛，有意抹去她的缺点与不足，殊不知，正是这些瑕疵才使得作家性格丰满，更接地气，更受欢迎。在这部小说里，作者并不讳言伍尔夫的种种缺点，让伍尔夫作为一个凡人而存在。伍尔夫时常沉浸在自己的世界中，很少顾虑他人的感受，当安吉拉照顾着这位挑剔的上流贵族时，时常被她的刻薄所折磨。伍尔夫在售卖自己的原版书时所展现出来的狡黠、世俗，与店员斗智斗勇、欲擒故纵等手段，读起来让人忍俊不禁，这与长期以来不识人间烟火的作家形象形成强烈反差，与其说这本书是重塑作家的形象不如说是还原，还原为真实可信的、有血有肉的作家形象，使之呈现出一种不同的生存状态和精神面貌。所以，英国伍尔夫协会评论此书道："于轻描淡写间展露高超的写作技艺兼具可读性。通过塑造一个极为丰满的人物形象，玛吉·吉让伍尔夫重获了新生。"①

2. 安吉拉：自我发现之旅

小说主人公安吉拉·兰姆出版了几部畅销书，收入颇丰，

————————

① 引文选自《伍尔夫漫步 21 世纪曼哈顿》。

处于事业上升期,有自己的房产,可以享受假期,经常坐飞机出国,同时拥有自己的家庭。但分居的丈夫、叛逆的女儿让她焦头烂额。她似乎每时每刻都陷入混乱、紧张之中,总在自我怀疑。在复活的伍尔夫看来,她总是很"暴躁"、不满、不耐烦、牢骚满腹。这位正处在中年危机中的现代女性发现难以平衡事业与家庭,她代表了女性在现代社会中内心的挣扎、对感情和婚姻的困惑,以及职场中的焦虑与疲惫等,她们所遭遇的烦恼似乎不比伍尔夫同时代的女性少。她对伍尔夫的贵族式的自我中心,包括她傲慢的待人接物方式等颇有微词,当伍尔夫对现代社会懵懂无知时也表现得颇不耐烦;对伍尔夫的创作才华有潜在的嫉妒,会暗地里比较自己与伍尔夫的创作成就;但同时心里又为能与著名作家同行而沾沾自喜。她们有性格冲突,有龃龉,但也常常亲密无间。她们彼此凝视,小心翼翼地探寻、揣测对方的心理,交流彼此对生活的透视和反省。

她们都一样热爱写作,把写作当作使命,希望通过写作来抵抗日常生活的平庸,实现自我价值。所以,当事业与家庭不能协调的时候,安吉拉希望能逃离家庭,把一切都投入自己热爱的写作中,因为"至少在写作时,我还可以做自己"。她钦佩伍尔夫的作品,与她之间有深层次的只有女性之间才有的理解,她永远记得自己初读伍尔夫时的那种激动心情:

> 写作是如此令人振奋,充满了生命的原始。我记得,当我还是一个 17 岁的孩子时读到伍尔夫,那种感觉是

"哦，是的！她抓住了生活！……她是我创作的领路人"。

伍尔夫曾说"一个女人写作时会回想她的母亲"。简·奥斯汀应该在芬妮·伯尼的坟墓上放一个花圈；所有女性都应该在阿芙拉·贝恩的墓前撒上鲜花，因为她为她们赢得了写出自己思想的权利：

> 若没有那些前驱者，简·奥斯汀、勃朗特姐妹还有乔治·艾略特就不会写作，就像莎士比亚没有马洛、马洛没有乔叟、乔叟没有那些被人遗忘的诗人就不能写一样，那些诗人替他们开好道路，驯服了语言的天生野蛮的地方。因为杰作不是单纯独立的产物，它们是多少年来普通思想的结果，是人民集体思想的结果……

那么，像安吉拉这样的后世女作家的写作当然也得益于像伍尔夫这样的前辈女作家们。从年代上看，伍尔夫的岁数可以当安吉拉的曾祖母，在文本中，她对于安吉拉是一个导师及母亲的角色。在圣索菲亚大教堂，患有幽闭恐惧症的安吉拉正是在伍尔夫手拉手的帮助下，或者也可以说在其精神烛照下，终于战胜了恐惧，穿越了黑暗，爬上了眺望台，站到了制高点上。这一段极具象征性的攀爬、行进，充分展示了女性间的姊妹情谊，她们互相信任，互相理解，互相鼓励：

终于，我们出来了……到处都是光，整个世界只有我们。弗吉尼亚带我穿越了黑暗之谷。

我仿佛获得了——新生。

人到中年的安吉拉肩负着承上启下的作用，是将女性文学传递下去的关键人物。她承接了伍尔夫的衣钵，从精神上继承了伍尔夫的文学信仰，践行了伍尔夫女性主义理念，通过写作不但养活了自己，并且还可以资助丈夫。是她在演讲中去纠正人们对伍尔夫的误解和认识上的偏颇，顽强地为伍尔夫正名（所列举的伍尔夫的仇家和名单，"足足用了十分钟"可见人们对她的诋毁之多）。是她将伍尔夫的作品介绍给女儿，一度讨厌伍尔夫的格尔达，在阅读《一间自己的屋子》《到灯塔去》的过程中，逐渐领略到了作品思想的迷人之处，并发自内心地喜欢上了伍尔夫。安吉拉能否成为老年的伍尔夫，享有伍尔夫的文学声誉，不得而知，但是，有榜样的力量，就有前进的动力："抓住任何机会去写作。为你的时代而写，为你的同胞而写。"安吉拉不断思索、不断质疑、不断寻找未开发的自己。

3. 格尔达：成长之旅

当安吉拉与伍尔夫乘飞机从纽约前往伊斯坦布尔的时候，她的女儿格尔达从英国的寄宿学校飞抵纽约。不到 14 岁的女孩格尔达的经历与伍尔夫有些相似，从某种意义上映照着伍尔夫的少年时期。伍尔夫年少时受到兄长的欺辱，而格尔达受到同学的霸凌，被同学捉弄；她们都为自己的容貌自卑，伍尔夫尽管美貌，但对自己的容貌不自信，格尔达则因为胖而自卑；她们都一样倔强，不肯与周围环境妥协，勇敢与脆弱在她们身上一并呈现，伍尔夫想通过自杀逃避痛苦，格尔达则直接给校长留下一封信后从学校逃之夭夭；她们与母亲的关系都如出一辙，既爱又怨，伍尔夫深爱母亲，但是母亲总是忙于照顾他人，更多地关注弟弟，让她失落，格尔达对母亲一心扑在工作上，忽略了她的情感需求而极为不满；她们都冲破了自己的所属阶层，扩大了社交范围，伍尔夫是在父亲去世后跟姐姐搬家到布鲁姆斯伯里，结识了一群志同道合的朋友，从而获得了思想上的解放，而格尔达则是在纽约身无分文时遇到了一群流浪儿，正是在这个群体里收获了友谊，学会了独立。格尔达部分可看作是一个典型的成长小说，有成长小说的各种要素，远离熟悉的环境，远离了父母的庇护；遭遇挫折，经历痛苦，理解了生活的丰富性，拓展了生命的深度与广度；伍尔夫可以被视作引路人，因为在两次飞行之中格尔达都在阅读伍尔夫的作品，从英国到美国的飞机上，她在阅读伍尔夫的具有开创性的女性主义作品《一间自己的屋子》；从纽约到伊斯坦布尔的飞机上她在阅读《到灯塔去》，可以说，她一直都是在伍尔夫精神的指引下获得成长。在这个过程中，格尔达开始理解母亲，为母亲骄傲，更为重要的是，她也想成为像母亲、伍尔夫一样的作家。

在纽约见证了两家老书店接连倒闭使得伍尔夫和安吉拉一度对文学的未来产生怀疑，但在伊斯坦布尔的学术会议上，两位作家的疑虑得以打消，因为她们发现后继有人：格尔达当众朗读《一间自己的屋子》，既是对前辈的致敬，又是对自己的期许。未来的她，既是莎士比亚的妹妹，又是莎士比亚本人。也许以后她还会遭遇到母亲所面临的纠结疑虑，但此刻她是勇敢的、坚定的。

三、来自 21 世纪的情书

1998 年，现代图书馆评选出 20 世纪一百部英文小说，《到灯塔去》名列第 15 名；《达洛维夫人》被美国《时代》杂志评为 1923 年至 2005 年百部最佳英文小说之一。2018 年 1 月 25 日，Google 以其首页 Doodle 纪念伍尔夫的 136 岁冥诞。布伦达·西尔弗（Brenda Silver）分析了"偶像伍尔夫"这一现象，指出：

> 无论是在学术话语、知识媒体或大众流行文化中……弗吉尼亚·伍尔夫的多面创作使作家变成了一个强大而有力的文化偶像，她的名字、脸和权威在人们讨论艺术、政治、性、性别、阶级、"正典"、时尚、女性主义、种族和愤怒时不停地被提及或否定。

如果说"偶像伍尔夫"已经成了一种象征，超越了她作为作家和公共知识分子的地位，那么本书的写作就是对前辈的致敬。《伍尔夫漫步 21 世纪曼哈顿》虽然是穿越小说，产生于作者丰富的想象力，但如果对伍尔夫的生活背景和作品不是了如指掌，也写不出如此丰富细致的真实情节。在现实生活中，作者玛吉·吉为英国皇家文学协会副主席、巴斯温泉大学（Bath Spa University）创意写作学教授，已出版长篇小说、短篇小说集、诗歌等多部作品，并屡获大奖。她的博士论文就是关于伍尔夫的研究（导师之一就是前面提到的著名评论家兼作家戴维·洛奇），她对伍尔夫的生活与作品如数家珍。这本书里有太多与伍尔夫作品的互文性，对其生活及作品的戏仿、反讽与重构比比皆是，下面仅摘取几例：

1. 戏仿

伍尔夫于1941年3月28日自投乌斯河，口袋里装满了石头。但复活归来的伍尔夫口袋里装的不是石头，而是自己的初版作品。正是靠着这两本书，两个女人在纽约走出了没钱的尴尬境地。再次证明：书写可以让女人摆脱困境，起码获得物质上的自由。同时，也回应了伍尔夫在《一间自己的屋子》中提出女性应该有自己赚钱能力的说法。

伍尔夫在土耳其买的帽子，是戏仿了她在日记里曾记载的一个情节：她戴了一顶新帽子，自己以为很好看，兴冲冲地去见老朋友，却受到克莱夫·贝尔等人的毫不留情的嘲笑，在心理留下阴影；此外，伍尔夫一直不愿意穿新衣服，因为怕被人嘲笑，有严重的"服装情结"。而在此书中，众人却夸赞她戴的帽子非常合适，而且她穿衣得体，"美得像一首诗"。并且，提到她对绿色的喜爱，挑选的羊毛裙是橄榄绿。

2. 反讽

伍尔夫对丈夫缠绵情深，以为自己的离世会让丈夫悲恸欲绝，殊不知，伦纳德早已另觅佳人陪伴，而且声称与后来人相爱"是我一生中最幸福的事"。安吉拉一直忍着没有告诉伍尔夫事实真相是最大的人性体现，她不愿意戳破这个粉红泡沫，维持着伍尔夫一厢情愿式的自我安慰，作家的想象与事实真相之间的差异凸显了现实的无情。

丈夫在伍尔夫生前明明已经答应不会出版她的日记，却在她去世后食言，将几大本日记完整刊出，并且一版再版，她所有的隐私已大白于天下。评论家们可以研究她文学创作历程，普通百姓则津津乐道于布鲁姆斯伯里人们的混乱关系以及伍尔夫童年最不愿提及的伤痛。在两个人的交谈中，伍尔夫的屡次欲言又止与安吉拉的心知肚明形成强烈的反讽。

3．重构

在现实生活中，伍尔夫骑过自行车，甚至学过开汽车，出门旅游坐过汽车、火车、轮船，独独没有坐过飞机。尽管她以丰富的想象力描写了《飞跃伦敦》的景象，但那毕竟只是想象。在这本书里，作者让伍尔夫坐上飞机，从曼哈顿直飞抵伊斯坦布尔，弥补了她生前的遗憾。

在伊斯坦布尔，伍尔夫与一位酒店男侍应发生了浪漫的肉体关系，享受到了性爱的快乐，同时与一位女服务员也有一段暧昧的接触。了解伍尔夫的读者都知道她因年少时受到同母异父哥哥的骚扰而在性事上与丈夫不和谐，周围的人以及后世评论家认为她性冷淡。但是作者作为女人，不忌讳谈性，乘着回归，让作家体味到作为自然人的最原始的快乐，哪怕只是一段露水情缘，让伍尔夫抛开一切禁忌，大胆享受鱼水之欢。性事之后的伍尔夫靓丽、轻快，宛若重生。

作者玛吉·吉称自己为伍尔夫的粉丝，认为这部书是"给伍尔夫的一封来自 21 世纪的情书"，正如伍尔夫创作《奥兰多》是给密友维塔·韦斯特的一封情书一样。《伍尔夫漫步 21 世纪曼哈顿》里打开的是一个女性的世界，男性要么缺席（如安格拉的丈夫）、要么仅充当辅助角色（如侍者），读者看到更多的是姊妹情谊，伍尔夫与安格拉的互助、格尔达与莉莉的友情与无私帮扶等。还可以看到母女传承：伍尔夫对安格拉、安哥拉对格尔达的影响等。少年格尔达、中年安格拉、老年伍尔夫结合起来几乎就是一个女人的一生，少年时期的懵懂叛逆，中年所面临的家庭、事业的危机与纠结，年老时面对飞速发展的世界的惶惑、疑虑等。从这个意义上来说，这本书不只是献给伍尔夫，而且是献给所有的女性的一封情书。

《伍尔夫漫步 21 世纪曼哈顿》的情节、结构并不复杂，两座城市、三位女性架构起了整部小说，但书中所涉及的话题广泛，除了姊妹情谊、母女关系、婚姻困境、事业瓶颈、校园霸凌之外，还探讨了宗教纷争、世界战争、文化交融、环境污染、消费主义等话题。两次世界大战结束之后，世界完成了重组，但各种社会、历史问题却从未消解，各处烽烟四起，战争依然存在，阶级争端从未消失。纽约在"9·11"事件中遭受了重创，伊斯坦布尔也因受到贸易制裁而发展迟滞。交通、交流的便捷并未消除现代人与人之间的隔阂，女性的地位虽然有了很大提高，也拥有了更多自由，但是焦虑还是如影随形。玛吉·吉说："读伍尔夫的书，每个人都能在其中看到自己的影子，看到自己内心的挣扎。"伍尔夫的精神及作品为什么会超越时空而存在？其意义在哪里？戴特洛夫（Madelyn Detloff）说：

伍尔夫的作品讨论了几个世纪以来一直存在的哲学问题，不是因为它们的复杂性，而是因为它们的简单性。这些问题是无法回答的，但对于打造一个有价值的生活来说却是至关重要的。一个人该如何生活？是什么造就了美好的生活？是自由自在的生活吗？我对别人的责任是什么？什么是爱？我应该怎样去实践它？如果我只有一个声音，而且是很小的声音，我该如何干预那些显得野蛮、不公平、不公正的文化习俗和制度？最重要的是，伍尔夫给世人树立了一个榜样：没有尴尬或多余的修饰，一个无畏的作家和思想家勇敢地直面这些问题。

参考文献

[1] Detloff, Madelyn. The Value of Virginia Woolf[M]. New York：Cambridge University Press，2016.

[2] Kemp, Peter. The Oxford Dictionary of Literary Quotations[M]. Oxford：Oxford University Press，1997.

[3] Lee, Hermione. Virginia Woolf[M]. London: Chatto and Windus, 1996.

[4] Morris, Jan ed. Travels With Virginia Woolf[C]. London: Pimlico, 1997.

[5] Silver, Brenda. Virginia Woolf Icon[M]. Chicago: The University of Chicago Press, 1999.

[6] Stape, J. H. ed. Virginia Woolf: Interviews and Recollections[C]. Iowa: University of Iowa Press, 1995.

[7] Woolf, Cecil. Virginia and Leonard, as I Remember Them[A]. Virginia Woolf and the Natural World[C]. Kristin Czarnecki, Carrie Rohman eds. Liverpool University Press, 2011: 35 −41.

[8] Woolf, Leonard. Downhill All the Way: An Autobiography of the Years 1919 −1939[M]. London: Hogarth, 1967.

[9] Woolf, Virginia. A Passionate Apprentice: The Early Journals, 1897 − 1909[M]. London: Hartcourt Brace Company, 1999.

[10] Woolf, Virginia. A Room of One's Own[M]. Oxford: Oxford University Press, 2000.

[11] Woolf, Virginia. Orlando[M]. Oxford: Oxford University Press, 2014.